I0722489

LE DIEU INFERNAL

L'OBSESSION DE LUCIFER #3

ELIZABETH BRIGGS

Le Dieu Infernal (L'Obsession de Lucifer #3)

Copyright © 2021 d'Elizabeth Briggs

Tous droits réservés. Aucune partie de ce livre ne peut être reproduite ou utilisée sans l'autorisation formelle et écrite de l'éditeur, à l'exception de brèves citations dans des articles critiques.

Ce livre est une œuvre de fiction. Tous les noms, personnages, entreprises, lieux, événements et incidents sont issus de l'imagination de l'auteur ou sont employés à des fins fictives. Toute ressemblance avec des personnes réelles, vivantes ou décédées, ou des événements réels sont le fruit d'une pure coïncidence.

Page de couverture par Sylvia Frost, thebookbrander.com

www.elizabethbriggs.com

Traduction : Well Read Translations

ISBN ebook 978-1-948456-28-9

ISBN paperback 978-1-948456-38-8

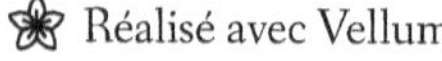 Réalisé avec Vellum

1

LUCIFER

Le Paradis avait été autrefois magnifique. Désormais, il était désolé comme mon âme.

Ça faisait des mois que j'étais emprisonné ici, sous le soleil qui ne se couchait jamais vraiment, et au milieu des ruines désertes, témoins de cette grande civilisation du passé. Même si j'y étais né il y a des milliers d'années, vivre si longtemps en Enfer m'avait changé. J'avais désespérément envie de voir la nuit, ne serait-ce qu'une minute d'obscurité totale, mais une telle chose était impossible sur la Terre de Lumière.

Tout ce que je connaissais, c'était la rage brûlante qui bouillonnait en moi. Elle remplaçait la nourriture, l'eau ou le sommeil. Je n'avais plus besoin de ça maintenant que j'étais un Ancien Dieu. J'étais devenu Guerre, le second Cavalier de l'Apocalypse. Mon objectif, dès mon évasion, était de semer le chaos et la discorde. Je devais réussir à retourner dans le monde des humains pour retrouver la femme qui m'avait enfermé ici. *Pour la tuer*.

Contemplant l'océan scintillant devant moi, je caressais l'encolure de Ruine, mon unique compagnon dans cet endroit misérable. L'odeur du soufre et le bruit de ses sabots contre la pierre m'étaient aussi familiers que ma respiration durant notre temps passé ici. Comme moi, mon fidèle destrier n'avait pas besoin de se sustenter, et peu importe la vitesse à laquelle il galopait, il ne se montrait jamais essoufflé ni fatigué. Il était simplement apparu après que j'étais devenu Guerre. Même s'il ne parlait pas, nous avions une connexion que je ne saurais expliquer mais que je ne remettais pas pour autant en question. J'étais un Cavalier, et Ruine était mon cheval. C'était aussi simple que ça.

Je poussai Ruine sur le sable blanc étincelant, en direction des vagues gracieuses. Il se déplaçait plus vite que n'importe quel autre cheval, aussi vite même que les voitures de sport que j'avais l'habitude de conduire quand je vivais parmi les humains. Partis ensemble à la recherche de la mince frontière entre les mondes, nous avions parcouru le Paradis si longtemps que j'en avais perdu la notion des jours. Nous avions examiné tous les endroits du Paradis qui, à ma connaissance, étaient autrefois des portails d'accès à d'autres royaumes. De là, je serais capable d'utiliser mes pouvoirs pour passer sur Terre. Tous sauf un.

Le Triangle des Bermudes. Aussi connu sous le nom de Triangle du Diable, qualificatif plutôt approprié. Ce n'était pas par hasard que les humains avaient tendance à y disparaître. J'espérais l'exploiter.

Une rage en fusion brûla mes entrailles à la pensée de la femme qui m'avait emprisonné ici. Je talonnai Ruine, le priant d'accélérer, de galoper encore plus vite. Tout pour nous faire sortir d'ici afin de pouvoir exécuter notre vengeance.

Son joli minois avait hanté mes pensées dès l'instant où elle avait disparu à travers ce portail, me laissant séquestré au Paradis avec Ruine. Je ne cessais de penser à ce que je lui ferais quand je la retrouverais. Je la plierais à ma volonté, la forcerais à s'agenouiller, à lui faire payer pour ce qu'elle avait fait. Je la détruirais complètement. Et ensuite, je détruirais son monde.

Bientôt, la guerre ferait rage sur Terre, puis dans tous les autres royaumes. Anges, démons, humains, fées, aucun ne serait épargné par ma colère, et tous s'inclineraient devant moi. Comme ils auraient toujours dû. Comme c'était mon droit.

J'étais le roi des démons. J'étais un Cavalier de l'Apocalypse. J'étais un *dieu*. Je fis avancer Ruine sur l'eau, que ses sabots effleuraient. Il pouvait courir sur terre comme sur mer, dans le désert comme sur la neige, n'importe où. Je déployai mes ailes tandis que nous traversions l'océan bleu foncé, appréciant la sensation de l'eau salée sur ma peau et mes plumes. Je me maintins avec mes genoux et écartai les bras, me délectant du pouvoir qui coulait en moi. Guerre m'avait rendu plus fort, m'avait donné des objectifs divins et justes. Personne ne pouvait me tenir tête. Plus maintenant.

Après des heures à galoper au-dessus des vagues, je sentis quelque chose, un changement dans l'air, un picotement sur ma peau. Chaque foulée nous rapprochait, et je balayai l'eau salée de mon visage pour la millième fois tout en me concentrant sur la petite île qui possédait une signature magique facilement reconnaissable.

Jadis, les royaumes du Paradis, de l'Enfer et des fées possédaient des portes permanentes qui s'ouvraient sur la Terre. D'anciens monuments avaient été érigés à ces endroits. Quand ces portes furent fermées, nombre de ces monuments devinrent de vieilles ruines, comme Stonehenge, ou Chichen Itzá. D'autres disparurent avec le temps, comme les Jardins Suspendus de Babylone ou le Phare d'Alexandrie. Cet endroit était l'une des dernières portes, une île qui n'existait plus sur Terre, mais qui était toujours là au Paradis.

D'une pression des genoux, je fis monter Ruine sur le sable.

De vieilles pierres, derniers restes d'une ancienne civilisation prospère, se profilaient devant moi. Cette île avait été abandonnée bien longtemps avant que l'Archange Michaël ferme le Paradis pour toujours, et tout ce qu'il en restait était quelques piliers qui s'écroulaient et des murs de pierres envahis par la mauvaise herbe. Les palmiers et la dense végétation luxuriante avaient repris leurs droits, mais Ruine n'eut aucun problème à se faufiler jusqu'au centre de l'île. Ici, de larges pierres formaient un cercle autour d'un léger éclat de lumière, brillant comme un pur rayon de soleil, suspendu dans les airs. Juste une minuscule déchirure dans le voile qui séparait les mondes, mais c'était suffisant.

Ruine grattait impatiemment la terre sableuse avec ses sabots et souffla fougueusement par ses naseaux. Je le sentis également. L'humanité. Le désespoir et le déclin, avec une forte pointe de passion et de peur. La sensation de leur monde m'appelait. J'avais trouvé un chemin pour aller sur Terre. Bientôt, j'obtiendrais ma vengeance, ma glorieuse revanche.

Je touchai l'éclat de lumière et y projetai mes pouvoirs, mobilisant les immenses ressources disponibles en moi en tant que Guerre. La vieille magie formait une barrière entre les mondes. Je la perçai et étirai le trou. Je vis de la lumière au travers et je découpai l'ouverture du portail, jusqu'à ce qu'elle soit assez large pour pouvoir passer.

Ruine chargea sans hésitation et nous traversâmes le portail. Ses sabots clapotèrent sur l'eau alors que nous émergions sur Terre au milieu de l'océan, l'île étant engloutie sous les sombres profondeurs de la mer depuis des lustres. Je pris une profonde inspiration de l'air salé et frais. Le soleil se couchait à l'horizon et le ciel s'assombrissait. Enfin, la nuit glorieuse.

Les étoiles et la lune apparurent au-dessus de nous. Ruine

galopa sur les eaux bleu foncé. Vers mon royaume à Las Vegas. Vers la femme.

Il était temps de me venger et de reprendre mon trône. Ensuite, mon apocalypse pourrait commencer.

2

HANNAH

En ce mois de mai, la chaleur de Las Vegas était intense, mais en tant qu'ange, je m'en délectais. Le soleil rayonnant au-dessus de nos têtes était l'un de mes rares réconforts ces jours-ci. Si j'étais honnête, je dirais que la vie avait été un enfer depuis que j'avais enfermé Lucifer au Paradis. Possédé par Guerre, il était plus en sécurité là-bas. Je le savais, mais je détestais chaque seconde sans lui, et jusqu'à ce que je trouve un moyen de le sauver de lui-même, je ne voyais pas de changement se profiler à l'horizon.

Six putains de mois et toujours aucune solution. Ça n'avait pas aidé d'avoir passé les trois premiers mois qu'à dormir et vomir mes tripes, sans résultat. Les nausées du matin, les nausées de l'après-midi, les nausées du soir, tout le temps des nausées bon sang. Mon corps se fichait que Lucifer soit parti et que quelqu'un doive prendre le relais pour régner.

Cette personne, c'était moi, bien sûr. Moi, enceinte, épuisée et le cœur meurtri. J'avais du mal à tout gérer, mais curieusement, j'y arrivais.

J'étais devenue la reine des démons.

Avec l'aide précieuse de mes amis. Tous mettant la main à la pâte quand j'en avais besoin, se dépassant le cas échéant. Je n'aurais pas pu le faire sans eux. Azazel me protégeait et m'empêchait de devenir folle. Samaël et son assistante Einial géraient les affaires et maintenaient les archdémons satisfaits. Olivia et ses compagnons angéliques devinrent mes intermédiaires auprès des anges, tandis que mon plus jeune fils, Kassiel, m'assistait dans mes recherches sur les quatre Cavaliers. Ils étaient tous de ma famille, mais ils ne pouvaient combler le vide que Lucifer avait laissé.

J'inspirai profondément le parfum floral émanant du Jardin de Perséphone, cet autre projet qui m'avait occupée ces derniers mois. La nouvelle zone de détente de l'hôtel casino le Celestial était presque prête à révéler toute sa gloire au public. Rien ne l'égalait sur le Strip de Las Vegas. C'était une luxuriante étendue verte avec des explosions de couleurs qui formaient une oasis tranquille au milieu du désert. La nature faisait son travail avec mon aide. J'y avais planté toutes mes plantes préférées, des oliviers et figuiers pleureurs aux lys, sans oublier les violettes et les iris. Mon endroit préféré était un banc de pierres niché au milieu des fleurs emblématiques de Perséphone : la narcisse, plus communément appelée jonquille.

Il ne restait qu'une dernière chose à fignoler : la superbe cascade. Je marchai sur le chemin qui y menait, savourant la légère brise qui apaisait ma peau échauffée. Une fois terminée, la cascade deviendrait une porte. Les clients passeraient dessous pour accéder à d'autres parties du jardin. La seule chose qui n'était pas finie était la grotte secrète au fond, interdite aux clients de l'hôtel, mais peut-être l'élément le plus important que j'aie jamais construit.

La fierté gonfla ma poitrine. Lucifer m'avait donné cet espace et je m'étais épanouie ces derniers mois en concevant ce jardin. Je l'avais rempli de vie et de beauté, et même si je pouvais désormais à peine supporter le parfum de certaines fleurs, c'était *mon* endroit. Là où je pouvais être entièrement moi-même, sans dissiper mon temps ou mon énergie. Là où je pouvais être seule avec mes pensées tumultueuses.

Ou presque seule. En effet, mes gargouilles de garde omni-présentes avaient métamorphosé leur peau en je ne savais quel motif pour me protéger au mieux ici. Elles ne me gênaient pas mais elles n'étaient jamais très loin, apparaissant en général sous une forme humaine pour ne pas effrayer les clients de l'hôtel. En cas de menace, elles sortiraient tout de suite leurs ailes et leurs griffes et leur peau se transformerait en pierre pour me protéger, ainsi que le petit être en mon sein.

L'ironie de la chose ne m'échappait pas. Il y a peu, j'avais tué des tas de gargouilles qui m'avaient attaquée dans le penthouse. À présent, elles étaient ma meilleure défense. Comme les choses avaient changé.

Je caressai distraitement mon ventre et me tournai pour faire face à ma meilleure amie. Ce faisant, ma fille me donna un coup de pied. Je souris au rappel de sa présence mais aussitôt, mon sourire s'effaça à la pensée que Lucifer ne puisse assister à ses premiers mouvements et à la joie qu'elle apportait. J'étais presque rendue à la fin de mon second trimestre. Il avait déjà raté tant de choses. Je n'avais même pas eu l'occasion de lui dire que j'étais enceinte, et d'une fille en plus.

— Les archdémons se sont réunis, dit Azazel.

Ses cheveux épais étaient tressés dans son dos et sa peau sombre luisait sous le soleil couchant. Elle plissait des yeux malgré ses lunettes de soleil. Il était plus tard que ce que je pensais, il ferait bientôt nuit. C'était à ce moment-là que les démons sortaient à Las Vegas. Mes démons.

Je hochai la tête et fis la grimace quand le bébé redonna un coup de pied, cette fois-ci dans les côtes. Elle était déjà forte. Comme la fille que nous avions perdue à l'époque. Parfois, je me demandais si c'était la même âme qui s'était réincarnée, me laissant une seconde chance d'être sa mère. Impossible de savoir bien sûr, mais l'idée m'apaisait un tout petit peu.

Cette fois-ci, je ne la perdrais pas. Cette fois-ci, si Adam essayait de lui faire du mal, je lui trancherais la gorge. Et cette fois-ci, il ne s'en relèverait pas.

Zel remarqua mon tressaillement, et porta tout de suite les mains à ses hanches, poignards en main.

— Tout va bien ?

Theo, le capitaine des gardes gargouilles, apparut à côté de nous comme s'il avait été convoqué par l'inquiétude de Zel. Grand et musclé, il avait des cheveux noirs et un léger accent français. Ses doigts se transformaient déjà en griffes.

— Vous avez senti une menace ?

Je secouai la tête et adressai à tous les deux un rapide sourire. Je m'étais désormais habituée à leur surprotection, même si elle était parfois agaçante.

— Non, ce n'est rien. Je vais bien.

Theo parcourut néanmoins rapidement le jardin du regard.

— Faites-moi savoir si vous avez besoin de quoi que ce soit, ma reine.

— Je le ferai, merci.

Il s'inclina avec raideur, puis se retira. Theo était le plus jeune frère de Romana, la nouvelle archdémon des gargouilles. Leur mère, Belphégor, avait comploté pour renverser Lucifer. Cependant, Romana et Theo avaient eux choisi de prendre une trajectoire différente après sa mort. Ils avaient juré fidélité à Lucifer, et me servaient à présent en son absence. C'était une bonne chose, car les gargouilles s'étaient avéré être les seules immunisées contre le mal de Pestilence lorsqu'elles se transformaient en pierre. C'était l'une des raisons pour laquelle Azazel les avait choisies pour assurer ma sécurité. Une bonne initiative étant donné que Pestilence, alias Adam, était venu me voir trois mois plus tôt.

Difficile de dire s'il restait encore beaucoup d'Adam en lui. Les deux êtres avaient fusionné en une affreuse entité déterminée à détruire le monde... et à m'avoir comme trophée. Cela me prouvait qu'il restait encore une trace d'Adam, ce qui laissait de l'espoir pour Lucifer.

Il était hors de question que je laisse Adam s'en prendre à moi, et je brûlerais le monde entier avant de le laisser faire du mal à ce bébé. Il m'avait déjà pris une fille, mais ce serait la seule et dernière fois. Donc quand il vint pour moi, comme je m'y attendais, j'étais prête. Ma combinaison inhabituelle de lumière et de ténèbres était encore plus forte avec ma grossesse. Mes gargouilles et moi parvînmes alors à le repousser, l'affaiblissant suffisamment pour qu'il n'ait pas d'autre choix que de partir en courant. Personne ne l'avait vu depuis.

C'était assurément une bonne nouvelle, vu qu'avant cette attaque, il avait infecté beaucoup de personnes à travers le pays. Aidée de l'Archange Raphaël, j'avais créé une unité opérationnelle d'anges guérisseurs et de guerriers gargouilles, dont la tâche était de nettoyer le chaos que Pestilence provoquait. Ce n'était qu'une question de temps avant qu'il ne réapparaisse, et quand il le ferait, nous serions prêts. Je regardai la grotte en dessous de la cascade. Une grotte avec une tombe suffisamment puissante pour y contenir un Ancien Dieu.

Du moins, c'était ce que nous espérions.

3

HANNAH

J'entrai, en chancelant peut-être légèrement, dans la salle de réunion, Azazel à mes côtés. Je tentai de paraître détachée, calme et confiante. J'espérai donner l'impression de savoir ce que je faisais, même quand ma fille continuait à s'appuyer contre mes côtes de la plus inconfortable des manières. La vie ne s'arrêtait pas quand on était enceinte, surtout quand on avait un royaume de démons à gouverner.

Samaël était déjà là, ainsi que les archdémons Lilith, Baal et Romana, pour représenter respectivement les Lilim, les vampires et les gargouilles. Je saluai chacun d'eux de la tête en m'asseyant au bout de la longue table. Cependant, je ne pouvais pas ignorer l'absence de trois autres archdémons. Les dragons se tenaient toujours à l'écart, restant neutres après la mort de leur chef, Mammon. Son fils, Valefar, ne s'était pas encore déclaré officiellement archdémon. Je le soupçonnais d'observer la situation avant de choisir un camp. Les dragons étaient si peu nombreux que je ne pouvais lui en vouloir de prendre ses précautions, même si j'espérais qu'il se rallie à nous.

Les deux autres archdémons, par contre, ne seraient pas les

bienvenus, même s'ils venaient ramper à mes pieds maintenant. Némésis, l'archdémon des diablotins, et Fenrir, l'archdémon des métamorphes, étaient allés trop loin dans leurs tentatives de renverser Lucifer. On ne pouvait pardonner ce qu'ils avaient fait. Sans eux, Pestilence et Guerre n'auraient pas été libérés, et Lucifer serait toujours là. Bien sûr, la faute revenait aussi à mon fils aîné, Belial. C'était lui le cerveau derrière tout ça, du moins au début. Je ne l'avais pas revu depuis que nous avions enfermé son père au Paradis. Il avait semblé changer de camp à la fin de la bataille, comme s'il regrettait peut-être de s'être rebellé contre son père, mais son absence me troublait. Désormais je n'étais pas sûre vers qui sa loyauté penchait.

Les yeux sombres de Samaël croisèrent les miens comme pour me poser une question silencieuse, si j'allais bien, si nous pouvions commencer. Il m'était devenu indispensable ces derniers mois, un vrai ami sur qui je pouvais compter pour tout, même si je savais qu'il souffrait lui aussi. Il n'était pas du genre à montrer ses émotions, mais Lucifer était son plus vieil ami, et il lui manquait beaucoup à lui aussi. J'inclinai légèrement la tête, lui signalant que j'étais prête.

Samaël hocha la tête et s'éclaircit la gorge.

— Maintenant que notre reine est là, nous pouvons commencer. Puis-je avoir votre attention ?

— Tu as toujours toute mon attention, murmura Lilith en lui faisant un petit clin d'œil.

Comme d'habitude, elle était magnifique avec ses boucles foncées et ses lèvres rouge sang. Sa robe décolletée verte faisait ressortir ses yeux de la même couleur. Étant la plus vieille des succubes, elle respirait la sensualité sans effort, la personnification parfaite de la luxure.

Le regard de Samaël s'attarda sur elle, mais ses yeux se durcirent à la vue de son amant, l'archdémon des vampires,

Baal. Samaël et Lilith avaient été ensemble des milliers d'années plus tôt, et leur grande histoire avait créé de nombreux problèmes encore non résolus, notamment concernant leur fils, Asmodée. Lilith l'avait rendu mortel afin qu'il puisse être avec mon amie humaine, Brandy. Je n'étais pas sûre que Samaël s'en remette, ou accepte de perdre son fils un jour. Toutefois, il était impossible d'ignorer la façon dont Samaël et Lilith se regardaient. En tant que succube, Lilith nécessitait plus d'un amant pour être rassasiée. J'espérais secrètement que ces deux-là dépassent leurs problèmes, mais Samaël se montrait si obstiné parfois.

— Merci d'être venus.

Je posai mon regard sur chaque archdémon, qui inclinèrent légèrement la tête en guise de réponse. Même si j'étais un ange dans cette vie, ils m'avaient tous acceptée comme reine ces derniers mois, et j'appréciais leur loyauté. Devant cette approbation, les démons s'étaient aussi rangés de mon côté, et personne n'avait remis en question mon statut pour l'instant.

— Quelqu'un a-t-il du nouveau sur la localisation de Pestilence ?

Romana grogna un peu à la mention de l'homme qui avait tué sa mère. Comme son frère, elle avait les cheveux noirs, des yeux gris comme la pierre, et un léger accent français. Elle portait une combinaison moulante.

— Non, rien. Mes gargouilles le cherchent, mais il doit faire profil bas et reprendre des forces après son attaque contre vous.

Zel recula dans son siège et croisa les bras.

— Vous pensez qu'il prévoit ensuite de libérer Famine et Mort ?

— On ne sait pas vraiment ce qu'il veut, à part Hannah, dit Lilith en secouant doucement la tête.

— J'ai appris récemment que Fenrir et Némésis comptaient

toujours libérer les autres Cavaliers, déclara Baal en passant sa main dans ses longs cheveux noirs.

Son accent britannique me rappela Lucifer et provoqua une douleur dans ma poitrine, même si l'accent de Baal était plus formel, à l'image de son costume noir démodé. Baal avait espionné les diablotins et les métamorphes pour nous, en prétendant être leur allié, malgré le risque.

— Même si leur tentative de détruire Lucifer a été déjouée quand il est devenu Guerre, ils se sont regroupés et ont décidé des prochaines marches à suivre.

— Quel est leur plan maintenant ?

Je haussai un sourcil. Bien sûr qu'ils avaient un plan b. Je n'en attendais pas moins de Némésis et Fenrir.

Baal tourna ses yeux d'un bleu froid vers moi.

— Ils vont se rendre au royaume des fées et libérer Famine dans l'espoir de vous renverser. Ça leur pose problème que vous soyez devenue reine, comme vous pouvez l'imaginer.

— Ce n'est pas surprenant, marmonnai-je.

— Ils auront un problème avec tous ceux qui s'asseyeront sur le trône tant que ce ne sera pas l'un d'entre eux, grogna Zel.

— Oui, et s'ils y parviennent, ils se retourneront contre eux-même, dit Baal. Ils n'ont aucune loyauté envers les leurs.

— Tu sais si Belial travaille avec eux ? demandai-je même si j'avais presque peur d'entendre la réponse.

Belial secoua la tête.

— Non, je n'ai pas entendu parler de lui ces derniers temps. Je ne pense pas qu'il soit encore impliqué.

C'était un soulagement. Peut-être y avait-il encore de l'espoir pour mon fils.

Samaël tapota des doigts.

— Nous coopérons déjà avec le grand roi Obéron pour protéger la tombe de Famine dans le royaume des fées. Si Fenrir ou Némésis débarquent dans le royaume, nous le saurons tout de suite.

— Nous devons nous préparer à nous battre non pas contre un, mais éventuellement trois Cavaliers, grommela Romana. Et si le quatrième est libéré, nous serons tous condamnés.

L'idée de me battre contre Lucifer me serrait le cœur, mais elle avait bien entendu raison. J'ignorais complètement s'il restait une trace de ma moitié maintenant que Guerre le possédait, même si je refusais de perdre espoir. Je posai les mains sur la table et m'adressai aux autres :

— Nous ferons tout ce qui est en notre pouvoir pour éviter cette issue. Nous avons une tombe prête pour Pestilence, s'il revient ici. Guerre est emprisonné au Paradis, et toutes les clés de ce royaume ont été cachées.

— Et s'il s'échappe ? demanda doucement Lilith avec une pointe de tristesse.

Je déglutis avec difficulté.

— J'essaierai de le sauver, de n'importe quelle manière. Et si je ne peux pas... alors je l'arrêterai. Ne t'inquiète pas. Je ferai ce qui doit être fait.

Le silence se fit autour de la table tandis que nous nous observions tour à tour avec un air grave. Aucun de nous ne voulait renverser Lucifer, mais nous savions tous que c'était peut-être la solution pour stopper Guerre. Je m'étais désormais préparée moi-même à cette horrible éventualité depuis des mois. Tuerais-je Lucifer si c'était le seul moyen de l'arrêter ? Oui. Mais je ferais tout ce qui est en mon pouvoir pour d'abord essayer d'autres solutions.

La réunion se termina sur des problèmes de démon plus généraux, et quand les archdémons partirent, je soupirai de soulagement et rentrai au penthouse me relaxer. En entrant, mon premier instinct fut de me demander ce que Lucifer penserait des changements que j'avais apportés en son absence. Rien d'extrême, juste une touche de moi ici et là. Quelques plantes luxuriantes et de la couleur, surtout du vert et du bleu, avec des coussins douillets et des plaids sur les meubles. C'était bien plus apaisant maintenant, ce dont le bébé et moi avions désespérément besoin pendant cette période pénible.

J'effleurai la feuille d'une fougère en me dirigeant vers la bibliothèque. C'était ma pièce préférée depuis longtemps. Je regardai l'énorme pile de livres que j'étudiais toutes les nuits, et même mon âme soupira. C'était une entreprise titanesque, mais je le faisais pour Lucifer. Pour lui, je ferais ça toutes les nuits pour le restant de mes jours.

J'ouvris mon cahier et lus mes dernières notes au sujet des Anciens Dieux et des quatre Cavaliers. Rien ne me donnait de l'espoir. Les Anciens Dieux ne pouvaient être détruits parce qu'ils étaient antiques et primordiaux, la représentation des premiers éléments de l'univers tels que la lumière et les ténèbres, la vie et la mort. Tout comme la pestilence, la guerre, la famine et la mort ne pouvaient être complètement éradiquées, les Anciens Dieux ne pouvaient jamais vraiment être vaincus. Néanmoins, ils n'avaient pas tous les pouvoirs. Par exemple, à l'instar des fées, ils ne pouvaient mentir. Alors bien sûr, ils étaient probablement aussi rusés que les fées. Voire pire.

Autre exemple, ils nécessitaient un réceptacle en dehors du royaume du Chaos s'ils souhaitaient posséder une enveloppe charnelle. Les Cavaliers réclamaient de plus un sacrifice de la part de cet hôte en échange de leurs pouvoirs divins, même si je ne suis pas sûre que ça s'applique à tous les Anciens Dieux. Pestilence réclamait un sacrifice du cœur, ce qu'Adam avait fait en tuant la femme qu'il aimait, Belphégor. Guerre avait besoin d'un sacrifice de l'esprit, et il semblait m'avoir effacée de la mémoire de Lucifer en guise de paiement. Famine demandait paraît-il un sacrifice du corps, tandis que Mort exigeait un sacrifice de l'âme, j'en ignorais les conditions exactes.

Ce n'était pas la première fois que le regret et la culpabilité d'avoir enfermé Lucifer au Paradis me comprimaient la poitrine. Mais je n'avais pas eu d'autre choix à ce moment-là. Je ne pouvais le laisser fouler la Terre, pas quand j'avais vu Guerre prendre le dessus et transformer mon compagnon en quelqu'un d'autre. Quelqu'un que je ne reconnaissais pas... qui ne me reconnaissait pas.

Nous manquions d'options et de temps. À un moment ou à un autre, nous devions stopper au moins un Cavalier, si ce n'est les quatre. Nous avions la tombe dans mon jardin, prise à Stonehenge et remaniée, mais nous ne savions pas si elle pouvait vraiment contenir un Ancien Dieu longtemps. Elle pourrait contenir Pestilence quelque temps, mais les autres ? Guerre était encore en liberté, et Famine pouvait être bientôt libéré. Nous serions peut-être capables de les vaincre, mais si Guerre était libéré, je craignais que nous soyons fichus.

J'ouvris l'un des vieux pavés qui racontaient la vie des Anciens Dieux autrefois, quand les différents royaumes étaient reliés. À cette époque, les Anciens Dieux se battaient et se terrassaient entre eux. Ils ne pouvaient pas être entièrement détruits, mais ils pouvaient être assujettis et extirpés de leurs hôtes, ce qui me donnait une petite lueur d'espoir, teintée d'une forte pointe de terreur.

Je commençais à penser que la seule façon de sauver Lucifer était que l'un d'entre nous prenne le contrôle d'un autre Ancien Dieu. Bien sûr, ça demanderait un sacrifice, sans garantie que la personne volontaire soit assez puissante pour éviter de se faire consumer par le dieu dans la foulée. Ou qu'il n'allait pas falloir la sauver, une fois qu'elle aussi deviendrait un monstre.

Non, il devait y avoir un autre moyen de communiquer avec

Lucifer. Il fallait juste que je continue à lire tous ces livres, et je finirais sûrement par trouver quelque chose. Je le devais.

J'étais la seule capable de sauver Lucifer de lui-même.

Je soupirai et me levai, étirant mon corps douloureux. Puis, je retournai dans la partie principale du penthouse et dans la cuisine pour me prendre quelque chose à manger. J'avais la sensation que la nuit serait longue, et j'avais de nouveau faim. Alors que j'ouvrais le réfrigérateur et en parcourais du regard le contenu, quelque chose attira mon attention, quelque chose qui tirait sur mon âme. Je me retournai.

Avec un bruit qui fit pratiquement trembler tout le bâtiment, les immenses baies vitrées donnant sur le Strip explosèrent, et une pluie de verre s'abattit dans le penthouse. Instinctivement, je fis apparaître un mur de ténèbres tissé avec de la lumière pour me protéger, et quand je l'abaissai, ma bouche s'ouvrit de surprise. Entre des éclats de verre en suspension se tenait ma moitié, la personne que je souhaitais et que je craignais le plus de voir.

Je me repliai de l'autre côté de la pièce, la voix coincée dans ma gorge, m'empêchant d'appeler mes gardes. C'était impossible. C'était trop tôt. Nous n'avions pas encore élaboré de plan.

Les ailes noires de Lucifer se déployèrent en entier. La colère et la haine jaillirent de sa peau sous la forme d'une lumière rouge menaçante, la même couleur que ses yeux. Des yeux braqués sur moi avec une telle fureur que mes mains tremblèrent et que mon pouls s'accéléra.

Lucifer avait débarqué ; et il semblait vouloir me tuer.

4

LUCIFER

Je rugis, faisant trembler les murs en atterrissant dans le penthouse. Ma pièce royale, désormais souillée par la femme blonde qui se tenait devant moi. Comment osait-elle revendiquer mon domaine, puis le transformer en un putain de jardin. Partout où se posaient mes yeux se trouvaient des fleurs, et l'air sentait la nature. J'entendais presque les plantes pousser. Une autre raison pour mettre fin à ses jours. Doucement. Douloureusement. Pendant qu'elle me supplierait à genoux de l'épargner.

— Qu'est-ce que tu fabriques ici ? demandai-je en balayant la pièce du regard.

Son pouvoir d'attraction était irrésistible. Je dévorai des yeux ses hanches pleines, ses seins lourds et ses lèvres délicieuses. Je sentis sa peur, qui me grisait. Oui, elle devait avoir peur de moi. Tous les êtres vivants le devraient.

— Tu m'as emprisonné au Paradis et maintenant, tu t'empares de ma maison ?

Malgré la terreur qui courait dans ses veines, elle se redressa et braqua ses yeux bleus magnétiques sur moi avec un air de défi, tandis que sa main se posait d'un geste protecteur sur son ventre.

— Non, Lucifer. Je vis ici... avec toi. C'est *notre* maison. Tu ne te souviens pas ?

— Mensonges ! hurlai-je.

Son regard s'écarquilla comme si elle anticipait mon geste, alors que je fis apparaître une épée composée de feux de l'enfer et d'ombres. C'étaient les ténèbres enroulées dans une rage rouge, et le pouvoir déferla en moi quand je la tins au-dessus d'elle. Mais alors que je baissais les yeux vers son visage, ce magnifique visage qui m'avait hanté des mois durant, mon épée ne s'abattit pas. Ma prise se resserra autour d'elle, mais je ne pouvais asséner le coup fatal.

Quelque chose m'empêchait de la tuer. Et le pire, c'était qu'elle le savait.

Au lieu de crier de peur et de s'enfuir, elle s'approcha si près que je pouvais la sentir. Les fleurs, la vanille, et quelque chose d'autre, quelque chose de primitif et de féminin qui fit durcir mon sexe.

— Lucifer, lâche cette épée, ordonna-t-elle. Souviens-toi de qui tu es. Souviens-toi de *moi*.

— Je sais parfaitement qui je suis, grondai-je. Et tu vas mourir.

— Non. Tu ne peux pas me tuer. Tu ne le feras pas.

Elle posa ses mains sur mes épaules et mon épée partit en fumée.

J'enroulai ma main autour de sa gorge, mais mes doigts ne serraient pas. Au contraire, ma poigne ressemblait davantage à une caresse. Elle soupira et ferma les yeux. Comme si elle *aimait* ça. Comment pouvait-elle désirer que je la touche ? Et, plus important encore, pourquoi la désirais-je encore plus ?

— Qui es-tu, femme ?

Elle caressa mon visage avec tendresse et me regarda avec un air que je ne saisissais pas. Son toucher était une décharge d'électricité qui me transperçait, m'allumant d'une manière que la colère et la haine ne faisaient pas.

— Je suis Hannah, ta compagne. Ta reine. Depuis la nuit des temps, nous sommes liés par le destin. Tu as sacrifié tes souvenirs de moi quand tu es devenu Guerre, mais je sais qu'au fond, l'homme que j'aime est toujours là.

Elle avait tort. J'étais Lucifer et Guerre, et il n'y avait pas de place pour l'amour dans mon cœur courroucé. Surtout pas pour un ange. Sa caresse remua quelque chose en moi, et ma main glissa de son cou pour se poser sur ses seins, tandis que j'observais ses lèvres s'ouvrir pour émettre un petit cri. À ce son, mon autre main agrippa sa hanche avec possessivité et l'attira vers moi, avant que je réalise ce que j'étais en train de faire.

Puis, je la tins dans mes bras, ma bouche collée sur la sienne. Mes lèvres étaient dures et exigeantes, l'écrasant pendant que je lui volais son souffle. Ma langue caressa la douceur chaude et humide de sa bouche. J'approfondis le baiser en la poussant contre le mur, un bras autour d'elle et une main posée sur sa hanche. Embrasser cette femme avait l'air naturel, je n'étais jamais rassasié. Vu la façon dont elle me rendait mon baiser et s'agrippait à mes épaules, elle ressentait la même chose. Que se passait-il ?

Je ne savais pas. Je m'en fichais. Je devais la posséder. Ma queue réclamait de se glisser en elle et de la baiser jusqu'à obtenir des réponses. J'écartai grand ses jambes et glissai une main entre ses cuisses. Elle était déjà excitée et prête. Elle gémit et se cambra contre moi. Un grognement de satisfaction m'échappa. Bientôt, je lui ferais crier mon nom.

Je déchirai son ample robe par devant, exposant ses sous-vêtements. Mais je vis alors son gros ventre et m'arrêtai.

Merde. La femme était *enceinte*.

Ma main vint se poser sur son abdomen et je sentis la vie grandir en elle. Celle-ci m'appela, me frappant d'une vérité indubitable.

De *moi*.

La femme portait la vie. Et pas n'importe quel enfant, un que mon sang reconnaissait comme le sien.

Impossible.

Je reculai, me forçant à regarder son visage.

— Comment ?

Elle parut presque triste en me regardant.

— Il est de toi, Lucifer. Mais tu le sais, n'est-ce pas ?

— C'est impossible. Jamais de la vie je ne m'accouplerais avec un ange immonde !

Elle soupira et leva la main, mais je reculai. Je ne pouvais lui faire confiance. Je ne la connaissais pas. Elle n'était rien pour moi. Pourtant, elle portait curieusement mon enfant en elle. C'était. Quoi. Ce. Bordel.

— Tu peux le battre, dit-elle en s'approchant. Combats-le pour moi. Pour ta fille. Pour nous.

Ma fille ? Je ne savais pas de quoi elle parlait, mais quelque chose ne tournait pas rond. Des pensées et des émotions contradictoires luttaient en moi, et j'étais incapable de distinguer les vraies des fausses. Elle avait réussi à me piéger d'une manière ou d'une autre, elle avait embrouillé mes pensées, et je devais partir pour les clarifier.

Mes ailes se déployèrent brusquement et je laissai la colère et la haine familières m'envahir. Oui, voilà qui était mieux. Qui était réel. Qui était *moi*.

Sans un regard, je m'élançai par les fenêtres brisées, son goût toujours sur mes lèvres. Je ne pouvais tuer la femme, pas tant qu'elle portait mon enfant.

Mais je reviendrais.

HANNAH

Mince, j'avais failli atteindre Lucifer.

Je regardais, à travers les fenêtres brisées, l'endroit où ses ailes d'une lueur rouge l'avaient emporté dans la nuit. Il était venu pour me tuer, ça ne faisait aucun doute, mais il n'avait pu s'y résoudre. Même s'il ne se souvenait pas de moi, il avait senti notre lien vibrer entre nous, l'attirant vers moi jusqu'à ce qu'il ne puisse plus y résister. Quand il m'avait embrassée, j'avais senti mon Lucifer, et j'avais su qu'il n'était pas complètement perdu. Nous pouvions encore le sauver, mais je devais agir rapidement avant qu'il ne déclare une nouvelle guerre entre les anges et les démons, ou autre chose de pire qui échapperait à ma compréhension.

Il n'y avait qu'un seul moyen : je devais utiliser Famine pour combattre Guerre.

La porte du penthouse s'ouvrit en grand et Theo se précipita, suivi par d'autres gargouilles de ma garde. J'empoignai à la hâte ma robe déchirée et tentai de me couvrir, mais mes mains tremblaient et mon cœur battait si fort que j'entendais à peine les paroles de Theo.

— Ma reine, vous allez bien ?

Theo avait dégainé son épée et saisi mon coude d'un geste protecteur, prêt à protéger mon corps avec le sien. Pendant ce temps, ses gargouilles arpentaient le penthouse et scrutaient les cieux à la recherche d'une menace.

— Je vais bien, dis-je en essayant de reprendre mes esprits tout en examinant le sol jonché de verre brisé.

Je ne comptais plus le nombre de fois où ces pauvres fenêtres avaient été changées.

— Je ne suis pas blessée. Juste secouée, c'est tout.

— Qui a fait ça ? demanda-t-il.

J'hésitai, mais ça ne servirait à rien de le cacher à Theo ou à un autre de mes proches.

— Lucifer.

Theo jura en français dans sa barbe.

— Il s'est évadé ? Où est-il allé ?

— Je ne sais pas.

Azazel pénétra par la fenêtre principale, l'air de vouloir en découdre.

— Je vais le tuer, marmonna-t-elle.

Elle se posa en faisant disparaître ses ailes. Elle jeta un regard à ma robe déchirée et plissa des yeux.

— Qu'est-ce qu'il a fait ?

— Rien. Je vais bien.

Portant ma main encore tremblante à mes lèvres, j'ignorai la légère douleur que ses rudes baisers y avaient laissé. Inutile de nier combien son contact m'avait excitée, ça expliquait beaucoup mes tremblements. Lucifer m'avait tant manqué ces derniers mois, et avec ses hormones déchaînées en moi, mon corps avait été incapable de résister. Même encore maintenant, le désir montait entre mes cuisses, suppliant qu'il revienne et finisse ce que nous avions commencé.

Zel n'avait pas l'air convaincue.

— Le bébé ?

Je caressai mon ventre et fus récompensée par la sensation familière de mon bébé qui se retournait.

— Elle va bien aussi. Il ne nous a pas fait de mal. Jamais il ne nous en ferait.

Zel croisa les bras.

— Ça, on n'en est pas sûrs.

— Nous allons doubler le nombre de gardes tout de suite, dit Theo, la tête penchée. Je suis désolé, ma reine. Ça n'aurait jamais dû arriver. Je vais tout de suite enquêter pour savoir pourquoi mes gargouilles n'étaient pas là pour vous défendre.

Je balayai ses excuses d'un geste.

— Aussi impressionnants que soient vos gardes, je ne pense pas qu'ils auraient pu arrêter Lucifer ce soir. Mais j'ai presque réussi à le percevoir, ce qui veut dire qu'il y a de l'espoir.

Le visage de Zel s'adoucit.

— Hannah, je sais que tu penses ça, mais...

Je levai une main pour qu'elle arrête de me contredire.

— Je *trouverai* un moyen de le sauver. Convoque immédiatement tous mes conseillers. Nous avons beaucoup à discuter et peu de temps pour élaborer un plan.

***

Moins d'une heure plus tard, j'étais assise dans un fauteuil à bascule que Zel avait un jour ramené pour la chambre d'enfant, celle qui avait été autrefois ma chambre dans le penthouse, puis mon bureau. Elle ne m'avait pas donné d'explication, mais la chaise était somptueuse et confortable, et j'adorais m'y asseoir. Ça avait été un beau geste de sa part, et ce fauteuil était pour l'instant le seul meuble dans la pièce. Je n'avais pas encore décoré la chambre, surtout parce que j'espérais encore bêtement que Lucifer le ferait avec moi. Peut-être un tel espoir était-il stupide, mais je ne pouvais pas me permettre d'abandonner. Si je le faisais, je sombrerais réellement dans le désespoir, et je l'avais déjà fait suffisamment dans ma vie.

Zel passa la tête par la porte.

— Ils sont là.

Je rejoignis tout le monde dans la salle à manger du penthouse, où on avait déjà nettoyé le verre, et m'installai en bout de table, entourée de ces êtres qui avaient tout lâché sans hésitation pour me venir en aide. Samaël et Einial, bien sûr, Azazel et Theo, en plus de mon plus jeune fils Kassiel, de sa compagne Olivia, et ses autres compagnons, Callan, Bastien et Marcus. Ils avaient rejoint mon cercle intime ces derniers mois.

— Merci d'être venus si vite.

— Qu'est-ce qui s'est passé ici ? demanda Kassiel.

Ses yeux verts étaient remplis d'inquiétude tandis qu'il observait les fenêtres brisées. La fierté et l'amour emplirent ma poitrine en regardant mon plus jeune fils, mais avec une pointe de douleur car il ressemblait tant à son père. Kassiel avait vraiment pris le meilleur de nous deux, il était intelligent, loyal, courageux, et se battait toujours pour la paix.

Ça ne servait à rien d'arrondir les angles, alors je déclarai simplement :

— Lucifer s'est échappé du Paradis.

Plusieurs à la table s'exclamèrent ou écarquillèrent les yeux, choqués, mais Samaël demanda simplement :

— Comment ?

— Je ne sais pas.

— Qu'est-ce qu'il voulait ? demanda Olivia.

Je lâchai un soupir las.

— Je pense qu'il voulait me tuer, mais il n'a pas pu le faire.

Même s'il ne se souvenait pas de moi, il me reconnaissait à un certain niveau. Quand il a découvert que je portais son enfant, il a eu l'air... confus. Ou en désaccord. Puis, il est parti.

— Aucune idée de là où il pourrait aller ensuite ? demanda Callan.

C'était un guerrier angélique féroce, le fils de ma sœur Jophiel, morte en me protégeant de Pestilence. Depuis, Callan et moi nous étions rapprochés, nous raccrochant à la famille qui nous restait.

Bastien, un autre ange, toujours le plus rationnel du groupe, se frotta le menton.

— Vu que la dernière fois il a essayé de déclencher une nouvelle guerre entre les anges et les démons, où qu'il aille, ça n'apportera rien de bon.

— N'oubliez pas qu'il peut transformer les gens en guerriers fous, ajouta Marcus.

Ça me rappela ces derniers instants au Paradis et le chaos que Lucifer avait provoqué. En tant que guérisseur Malakim, Marcus avait été l'un des anges chargés de gérer les conséquences de ce combat.

— Raison de plus pour le stopper tout de suite, déclara Zel.

Kassiel se tourna vers elle.

— Ou le sauver.

Zel lui jeta un regard noir.

— On verra.

Je me pinçai les sourcils, combattant mon épuisement.

— Lucifer est une menace, je ne le nie pas. Avant de faire quoi que ce soit, nous devons prévenir l'Archange Gabriel que Lucifer est de retour sur Terre.

Einial prit la parole pour la première fois.

— Je m'en occupe.

— Merci, lui dis-je en inclinant la tête. Je ne sais pas s'il existe un moyen de sauver Lucifer ou pas, mais nous allons essayer. Je suis tombée sur quelque chose d'intéressant lors de mes recherches. Nous pourrions peut-être utiliser un autre Ancien Dieu pour maîtriser Guerre et libérer Lucifer. Ce qui signifie que nous devrions nous rendre immédiatement dans le royaume des fées.

— Tu veux libérer Famine ? demanda Kassiel, les yeux horrifiés.

— Oui. Avant que Némésis et Fenrir le fassent.

Callan tapa du poing sur la table.

— Hors de question. C'est bien trop dangereux. Surtout pour toi dans ton état.

— C'est la seule option que nous avons en ce moment, dis-je. Si c'est nous qui libérons Famine, nous pourrons contrôler la situation.

Callan avait perdu ses deux parents, et je comprenais qu'il ne puisse supporter l'idée de perdre sa future cousine ou moi. Mon neveu avait tendance à être surprotecteur envers ceux qu'il aimait. En dépit de ça, il ne pouvait m'empêcher d'accomplir ma tâche. Personne ne le pouvait.

— Mais alors l'un d'entre nous devra faire un sacrifice pour accueillir Famine, chuchota Olivia.

— Je le ferai, dit Kassiel.

Tout le monde à la table proposa ensuite de se sacrifier. Une chaleur teintée de tristesse envahit ma poitrine. Il y avait tellement d'amour à cette table. Tellement de bravoure. Je ne pouvais supporter de perdre l'un d'entre eux.

Zel se leva.

— Ce doit être moi. Je suis la plus âgée, la plus puissante, et contrairement aux autres ici, je n'ai rien à perdre.

Ses yeux sombres se tournèrent vers moi, brillants à la fois de douleur et de détermination.

— Tu sais que c'est vrai.

Je pinçai les lèvres, puis acquiesçai. Azazel était un bon choix, même si je détestais l'admettre. Elle était l'une des rares capables de contrôler un Ancien Dieu en elle, et à la différence des autres, elle n'était pas en couple. Elle avait perdu sa compagne des années auparavant, et à ce que je sache, elle ne s'en était jamais vraiment remise. Je n'étais pas sûre qu'elle le puisse.

D'un autre côté, elle était aussi ma plus vieille et ma plus chère amie, celle qui était restée à mes côtés pendant des siècles, durant des centaines de vies. Et si elle devenait un monstre comme Lucifer ? Devrais-je l'arrêter ?

Cette pensée me fit monter les larmes aux yeux, mais je savais aussi qu'elle avait raison, ce devait être elle.

— C'est décidé alors, dis-je. Azazel deviendra le réceptacle de Famine. Einial s'il te plaît, envoie un message au grand roi Obéron pour l'informer qu'on aura besoin d'entrer au royaume des fées dès que possible.

— Je viens avec toi, dit Kassiel. Il faut également qu'on aille chercher Damien.

Ma poitrine se serra à l'idée de revoir enfin mon autre fils. Ça faisait des mois que je voulais lui rendre visite au royaume des fées, mais ça n'avait jamais abouti, vu les événements. À présent, nous avions besoin de lui, Damien étant la seule personne à pouvoir ouvrir la tombe de Famine.

— Avant que vous partiez, laissez-moi vous examiner, dit Marcus en se levant. Vous êtes sûre que Lucifer ne vous a pas blessée ?

— Je vais bien, répétai-je pour la centième fois.

Personne ne semblait croire que Lucifer n'avait jamais représenté une menace pour moi. Ou que je pouvais prendre soin de moi toute seule, même enceinte.

— Tu devrais le laisser t'examiner, maman, conseilla Kassiel. Ou au moins le bébé. On veut s'assurer que vous êtes toutes les deux en forme pour vous rendre au royaume des fées.

— D'accord, d'accord.

D'accord, j'étais enceinte de six mois, mais j'étais aussi un être immortel avec du sang d'Archange et des souvenirs accumulés depuis des milliers d'années. Je n'étais pas exactement une petite chose fragile. Toutefois, comme je savais que leur inquiétude n'était qu'une manifestation d'amour, je les laissai faire.

Marcus contourna la table pour s'accroupir à côté de moi. Je me tournai assez pour qu'il puisse poser sa main sur mon ventre, et une douce lueur blanche émana de ses paumes.

— Votre fille est forte et puissante. Tout comme vous.

— Merci.

Un léger soupir m'échappa. Non pas que j'étais inquiète, mais après avoir perdu une fille, c'était toujours un soulagement de savoir que celle-ci allait bien.

— Je devrais venir avec vous moi aussi, dit Marcus en se levant. Rien que par sécurité.

— Non, j'ai besoin que tu restes ici au cas où Pestilence reviendrait, dis-je. S'il revient, les gens dans cet hôtel auront désespérément besoin de tes pouvoirs curatifs. Tu restes, ainsi qu'Olivia, Bastien et Callan.

Callan bondit.

— N'importe quoi ! Je viens avec toi. Les autres peuvent rester, mais tu as besoin d'au moins un ange avec toi. Il s'agit de ma nièce, après tout.

Je pinçai les lèvres, mais acquiesçai à contrecœur. J'aurais dû savoir qu'il aurait hâte de m'accompagner dès l'annonce de mon plan.

— D'accord, et nous prendrons des gargouilles aussi. Samaël et Einial, j'ai besoin que vous dirigiez ici pendant mon absence.

— Bien sûr, dit Samaël. Nous serons prêts si Adam ou Lucifer revenaient.

Dans leur intérêt, je priais que ça n'arrive pas, sinon je n'aurais peut-être plus de royaume une fois revenue du royaume des fées.

LUCIFER

Un léger clair de lune au-dessus de la Californie éclairait mon chemin tandis que je galopais vers Angel Peak, une petite ville uniquement peuplée d'anges et où résidait en ce moment l'Archange Gabriel. J'avais pris l'idiote décision de faire la paix avec les anges, mais Guerre m'avait montré mes erreurs. À présent, il était temps de reprendre cet ancien conflit. La lumière contre les ténèbres, le bien et le mal, le jour et la nuit : il était éternel et sans fin. L'issue importait moins que le combat en lui-même, et ça devait continuer.

La femme ange, celle qui vivait parmi les démons et qui portait mon enfant, ne souhaiterait pas cette guerre. J'en étais curieusement certain. Mais ce qu'elle voulait ne comptait pas. Tout ce qui importait, c'était que les anges s'agenouillent. Puis les humains, et les fées ensuite.

Grâce aux pouvoirs des ténèbres, j'arrivais à me dissimuler facilement dans l'obscurité nocturne tandis que Ruine fonçait à travers les villes, les autoroutes et les grands espaces. Le trajet avait paru très court quand nous nous arrêtâmes devant le petit chalet pittoresque de Gabriel, situé près de la Faculté des Séraphins, là où tous les gentils petits anges prenaient des cours.

— Gabriel ! tonnai-je alors que Ruine encerclait la maison au petit galop. Montre-toi !

Quand j'atteignis le porche de derrière, je le trouvai qui m'attendait. Gabriel buvait une bière et semblait s'attendre à ma visite. Avec ses cheveux couleur sable, son jean délavé et son visage amical, il ressemblait à l'oncle préféré de quelqu'un, non le chef des anges.

— Bonjour, Lucifer, dit-il d'une voix triste, d'une voix *faible*. J'ai appris que tu avais trouvé un moyen de t'échapper du Paradis. Je me demandais si tu allais venir me voir.

— Nous avons des problèmes non résolus entre nous.

Je bondis de Ruine, qui se cabra avec un hennissement sonore avant de détaler. Il reviendrait quand j'aurais besoin de lui.

— Tu veux une bière ? proposa Gabriel avant de m'en tendre une.

Je plissai les yeux en le regardant, me demandant si c'était un piège. Pensait-il pouvoir m'empoisonner ? Ou espérait-il que je baisse la garde afin de m'attaquer par surprise ? Il savait sûrement que ça ne marcherait pas.

— Non, je ne veux pas d'une putain de bière. Je suis ici pour déclarer la guerre à ton peuple.

Gabriel lâcha un long soupir.

— Et moi qui pensais que nous étions amis.

— Amis ? crachai-je. Nous sommes ennemis depuis que les Anciens Dieux nous ont créés !

— Ce n'est pas vrai et tu le sais. Nous étions amis il y a longtemps au Paradis, avant que tu nous tournes le dos et partes pour l'Enfer. Bien sûr, nous avons passé quelques années en désaccord et avons essayé de nous entretuer, mais nous sommes ensuite redevenus amis dès la fin de la guerre. D'autre part, nos enfants s'aiment. Ça fait de nous une famille maintenant.

— Enfants ? m'irritai-je. Je n'ai pas d'enfants.

Gabriel siffla doucement.

— Mince, Guerre t'a vraiment retourné le cerveau, n'est-ce pas ? C'était déjà mal de te faire oublier Hannah, mais oublier tes propres fils... c'est vraiment diabolique.

Fils. Au pluriel. Comment était-ce possible ? Comment pouvais-je ne pas me souvenir de ça ? Quelque chose n'allait pas. J'avais oublié de grandes parties de mon passé, et avais besoin de recouvrer la mémoire. J'enrageai à l'intérieur, luttant contre l'emprise de Guerre pour obtenir des réponses, mais il était trop fort. La colère me submergea et la fureur familière reprit possession de moi..

— Assez de mensonges !

Le ciel avait commencé à prendre une teinte violette à l'horizon, signe que le jour se levait. Avec Guerre en moi, je n'avais pas peur de Gabriel, mais je voulais en finir rapidement. J'invoquai mon épée forgée des feux de l'enfer et des ombres et la pointai sur l'Archange.

— En tant que roi des démons, je déclare la guerre aux anges. Prépare ton peuple pour la bataille.

Gabriel se leva et ses ailes argentées se déployèrent derrière lui.

— Je ne peux pas faire ça, Lucifer. Tu sais que je n'enverrai jamais plus volontairement mon peuple combattre les démons. Tout comme tu ne nous déclarerais jamais la guerre si tu étais encore toi-même. Nous savons tous les deux ce qu'il nous en a coûté la dernière fois. Nous avons perdu le Paradis et l'Enfer, et ce pour quoi ? Notre orgueil ?

La furie me parcourait en brandissant mon épée.

— Si les anges ne veulent pas se battre, alors je les soumettrai. Je détruirai vos villes. Vos écoles. Vos maisons. La guerre viendra pour ton peuple, et quand j'aurai massacré tous leurs êtres chers, ils n'auront pas d'autre choix que de répliquer, ou de se rendre comme les lâches qu'ils sont.

La haine envers cet ange qui se pensait bon et pur me serra la poitrine. En vérité, il était faible, incapable de gagner une guerre d'un millénaire. À présent, il essayait de me piéger et de me narguer avec ses paroles trompeuses et pacifiques. Amis ? Comment pourrais-je être ami avec quelqu'un comme lui ?

— Mais d'abord, tu vas t'agenouiller.

En m'avançant, je libérai les pouvoirs de Guerre vers Gabriel, projetant ma rage dans son esprit. Gabriel était fort, il possédait probablement l'esprit le plus puissant que j'aie jamais croisé, mais je l'avais contrôlé auparavant, et je pouvais le refaire. Et en effet, après quelques minutes de lutte, même le grand Archange Gabriel renonça.

Faible. Pathétique. Comme tous les anges.

Non, pas tous. La femme qui m'avait enfermé au Paradis n'était pas faible. Elle s'était défendue face à moi. Et maintenant qu'elle portait mon enfant en elle, elle n'en serait que plus forte.

Je repoussai toutes pensées d'elle de mon esprit pendant que je diffusais ma rage en Gabriel, jusqu'au moment où ses yeux et ses ailes se mirent à rougeoyer. Son visage prit une expression haineuse quand il le leva vers moi, et je savais que si je le libérais, il essaierait de m'étrangler.

— Les anges se prépareront à combattre, dit-il. Où la bataille doit-elle commencer ?

— À Las Vegas.

C'était le siège du pouvoir démoniaque sur Terre, et tuer des humains par la même occasion, n'en serait que mieux. La femme se trouvait également là-bas, mais je m'occuperais d'elle. D'une manière ou d'une autre.

La Grande Guerre recommençait, et ravagerait bientôt le monde entier.

HANNAH

Je me réveillai tôt le jour suivant, l'adrénaline circulant déjà dans mon sang. Lucifer nous avait forcé la main avec son évasion, mais j'étais prête à lui porter secours. J'avais un plan maintenant. Fonctionnerait-il ? Je n'en avais aucune idée. Mais je n'avais pas d'autres idées, et nous devions tenter quelque chose. Je ne pouvais laisser mon mari rester un monstre plus longtemps... ou le laisser détruire ce monde et tous les autres.

Je voletai dans le penthouse en préparant tout, pris un petit-déjeuner sain, puis revêtis une tenue de combat pour tout ce que nous pourrions affronter. Je pouvais facilement me mouvoir avec. Si tout se passait bien, il n'y aurait pas besoin de se battre, mais il valait mieux se préparer au pire dans de telles situations.

Je me dirigeai vers le Jardin de Perséphone, étroitement encadrée de guerriers gargouilles. L'attaque de Lucifer les avait couverts de honte, même si j'avais appris que Lucifer avait utilisé les pouvoirs de Guerre pour embrouiller et troubler leurs esprits. Ils n'avaient aucune chance contre lui de toute façon, heureusement que tout le monde s'était tenu à l'écart. Toutefois, Theo s'était montré extrêmement vigilant depuis, et je craignais de ne plus avoir aucun moment d'intimité.

Quand j'arrivai à mon banc préféré, je fus interloquée d'y trouver quelqu'un d'autre : Belial. Mon fils aîné portait un t-shirt noir qui faisait l'étalage de ses muscles et de ses tatouages, un jean noir délavé et des rangers. Dans l'ignorance, on pouvait le confondre avec son père, sauf que Lucifer préférerait mourir que de porter une tenue pareille.

Il se leva à mon approche. Ma garde l'encercla immédiatement, épées et griffes brandies, certains même déjà transformés en gargouilles. Belial se montra impassible et ne prit même pas la peine de dégainer l'Étoile du Matin, l'épée attachée dans son dos qui avait autrefois appartenu à son père.

Je me précipitai et ordonnai :

— Stop ! C'est mon fils !

— C'est un traître, dit Theo en plissant les yeux. C'est une menace.

— Il n'est pas une menace pour moi.

Je les chassai, et les gargouilles baissèrent avec réticence leurs armes puis reculèrent. Je m'approchai de mon fils et l'examinai.

— Qu'est-ce que tu fais là ? Où étais-tu ?

— Tu as l'air d'aller bien, mère, dit Belial en baissant brièvement les yeux vers mon ventre.

Puis, il me regarda à nouveau avec un air de défi.

— J'ai entendu dire que tu partais pour le royaume des fées. Je viens aussi.

— Comment es-tu au courant ? me fâchai-je en me demandant si nous avions un espion parmi nous.

Belial avait apparemment gardé un œil sur moi vu qu'il n'avait pas l'air surpris pour ma grossesse, et qu'il était apparu au moment même du départ. Quelqu'un lui transmettait des informations. Qui était-ce : Samaël ? Einial ? Certainement pas Azazel, elle le détestait...

Il haussa un peu les épaules.

— J'ai mes contacts.

Enfant têtu. Je pariais que c'était Kassiel. Ils étaient frères, après tout.

Je soupirai et croisai les bras.

— Pourquoi veux-tu venir de toute façon ? Comment savoir si on peut te faire confiance ?

Belial contracta la mâchoire.

— C'est de ma faute si Pestilence est libre. Je prévoyais de réparer la situation en devenant Guerre et en renversant Adam. Père a gâché ça, et maintenant il a aussi besoin d'être sauvé. Si tu utilises Famine pour le battre, je veux être là.

— Et Némésis et Fenrir alors ?

— Je ne travaille plus avec eux.

Ses paroles résonnaient de vérité, je vérifiai son aura et n'y vis aucun mensonge caché ou tromperie. Je hochai lentement la tête, tout en sachant que les autres n'aimeraient pas ça, mais inutile de nier à quel point j'étais soulagée de revoir mon fils. Il avait fait une erreur... bon d'accord, beaucoup d'erreurs. Mais il restait mon fils et je lui donnerais toujours une autre chance.

J'allais lui donner mon accord, quand Azazel apparut au coin avec Callan et Kassiel. Ils étaient équipés pour la bataille. Zel poussa un cri et fonça, poignards en mains en voyant Belial. Callan grogna et chargea aussi, et cette fois-ci, Belial essaya de s'emparer de l'Étoile du Matin. D'un mouvement vif, Kassiel les bloqua avant qu'un combat n'éclate. Il utilisa son corps comme bouclier pour protéger son frère.

— Qu'est-ce qu'*il* fait là ? demanda Zel, ses yeux sombres verts de rage.

Je me tins à côté de Kassiel, devant Belial.

— Il vient avec nous.

Callan secoua la tête.

— Hors de question.

— Moi aussi, ma reine, renchérit Theo. Je suis officiellement contre cette décision.

— On devrait lui laisser une chance, dit Kassiel d'une voix calme et posée.

Oui, c'était donc bien lui qui avait ramené Belial ici. Ça faisait sûrement des mois qu'ils se parlaient, et bien que ça m'ennuie que Kassiel me l'ait caché, je devais respecter sa loyauté envers son frère.

— Comment peut-on lui faire confiance ? demanda Callan.

— Il disait la vérité quand je l'ai interrogé.

Je regardai tous ceux qui se tenaient devant moi avec fermeté, et montrai mon autorité de reine dans ma voix :

— Belial vient. C'est mon dernier mot.

Theo s'inclina avec raideur, Callan me fusilla du regard mais acquiesça, et Zel me regarda avec une expression glaciale, pour finalement, incliner la tête. Belial se tenait là, les bras croisés, comme s'il se fichait de ce qui se passait. Une façade, bien sûr. Il pouvait peut-être tromper les autres avec son apparence insensible, mais je savais vers où son cœur penchait, et qu'il était plus touché qu'il voulait bien le dire.

Alors qu'ils baissaient tous les armes, Einial entra dans le jardin accompagné d'une femme aux cheveux noirs parsemés de mèches orange foncé. Attachés dans son dos, ils laissaient apparaître ses oreilles pointues.

— Voici Mirabella, dit Einial. L'un de nos messagers du royaume des fées. Elle est à moitié Déchue et à moitié fée de la Cour d'Automne.

Mirabella me fit une profonde révérence.

— Ma reine, je vais ouvrir le portail du royaume des fées.

— Merci, lui dis-je. Tu peux le faire d'ici ?

Elle se redressa et acquiesça.

— Le temps et l'espace sont différents dans ce royaume, alors vous n'avez pas besoin de vous rendre dans un lieu particulier pour traverser. Tout ce que je dois faire, c'est me concentrer sur la destination, et le portail nous y emmènera.

— Pratique, commentai-je.

— Je vous emmènerai le plus près possible du palais du grand roi Obéron. Vous êtes prêts, ou vous avez encore besoin d'un peu de temps?

Je jetai rapidement un œil à mes compagnons, mais aucun n'émit d'objections. Nous étions tous là, et il n'y avait aucune raison de retarder les choses.

— Nous sommes prêts.

Elle acquiesça et sortit une petite pierre de sa poche. Elle était similaire à celle que j'avais utilisée pour ouvrir le Paradis, mais celle-ci contenait un tourbillon aux couleurs de l'arc-en-ciel dont les motifs fascinants changeaient constamment. Elle la tint devant elle et les couleurs jaillirent pour former un portail étincelant, suffisamment large pour que nous passions tous au travers. Einial se recula pour laisser passer Theo et certains de ses soldats qui traversaient en premier pour s'assurer que l'entrée était sûre.

Dès qu'ils déterminèrent qu'il n'y avait aucune menace, je passai le portail, découvrant un autre monde, un monde de nature, de couleurs et de parfums floraux entêtants. Une petite pluie printanière tombait, et si j'avais bonne mémoire, ça signifiait qu'on était le matin ici aussi. Le royaume des fées était unique, les quatre saisons défilaient en vingt-quatre heures, des jours d'été brûlants aux froides nuits d'hiver.

Nous nous tenions au milieu d'une cour encerclée de piliers blancs recouverts de lierre vert foncé. Je levai les yeux vers le ciel, si bleu qu'il scintillait presque comme l'océan. À ma surprise, j'avais l'impression d'être chez moi au royaume des fées, tout comme au Paradis. J'inspirai les odeurs qui provenaient des fleurs démesurées qui poussaient autour de nous, et quelque chose en moi se réveilla, se déroula et s'étira, prenant le contrôle.

Le pouvoir.

J'étirai les doigts et de minuscules fleurs blanches jaillirent devant, sortant de la terre et de l'herbe, grandissant si rapidement que la nature ne pouvait rivaliser. Une puissante brise se leva, jouant avec les brins d'herbe, faisant danser les fleurs, et je ris aux éclats. Du temps de Perséphone, j'avais été une princesse de la Cour du Printemps, et mes pouvoirs étaient de retour.

— C'était quoi ça ? demanda Callan.

— Quand Hannah était Perséphone, elle possédait le talent unique de faire pousser les plantes, expliqua Zel avec un léger mouvement de tête. Vous auriez dû voir ce qu'elle avait fait au palais en Enfer.

— D'où possèdes-tu ces pouvoirs ? demanda Belial. D'abord les ténèbres, maintenant ça. Tu ne les as jamais eus dans tes autres vies.

— Je crois que c'est mon don d'Archange qui me permet de conserver les pouvoirs de mes vies antérieures, dis-je en faisant pousser plus de plantes autour de nous.

Même quand je croyais être humaine, j'avais fait des recherches sur les plantes et les fleurs, les trouvant apaisantes et revigorantes. J'avais été incapable de débloquer ce pouvoir jusqu'à ce que je sente l'énergie du royaume des fées autour de moi. Il était resté enfoui en moi tout ce temps, comme un rappel de ma vie en tant que Perséphone. Mes pouvoirs de fées de la Cour du Printemps revenaient aussi, me permettant également de contrôler l'air.

Kassiel hocha la tête comme s'il lisait dans mes pensées.

— Oui, ça fait sens. Le pouvoir de Jophiel était l'oubli. Le tien est le souvenir.

Je perdis le sourire à la mention de ma sœur, mais ça faisait étrangement sens. J'avais retrouvé presque tous les souvenirs de mes vies précédentes, et désormais, j'étais également capable d'utiliser leurs pouvoirs.

— Espérons que je puisse aider Lucifer à se souvenir.

Tout le monde avait maintenant traversé le portail, Mirabella en dernier. Le portail se ferma derrière elle et la pierre dans sa main se ternit.

— Le grand roi vit dans le château au sommet de la colline, dit-elle en pointant au-dessus de nous l'immense montagne sur laquelle se dressait un château de conte de fées, doté de pinnacles, d'arches et de tours argentées. C'est ici que les messagers et les autres visiteurs attendent pour y être reçus. Le transport devrait bientôt être là.

— On pourrait simplement voler jusque là-bas, marmonna Belial.

— Il vaut mieux suivre les protocoles du grand roi, dit Mirabella. Ceux qui l'énervent ne survivent pas souvent.

— Je l'ai rencontré une fois, et je ne peux que confirmer, ajouta Kassiel, la bouche tordue.

Zel posa les mains sur ses poignards.

— Quelque chose vient.

Des formes apparurent à l'horizon, et je protégeai mes yeux avec ma main en les observant s'approcher.

— Qu'est-ce que c'est ?

— Des griffons, répondit Mirabella. De la flotte personnelle du grand roi. C'est un grand honneur.

Les bêtes atterrirent dans la cour, étonnamment légères sur leurs serres et gracieuses pour de si grandes créatures. Elles possédaient le corps d'un lion, les ailes et la tête d'un aigle. Des cavaliers fées les chevauchaient sur des selles dorées. On devinait aisément qu'ils étaient des fées à leurs oreilles pointues, leur beauté céleste et leurs cheveux de couleur inhabituelle.

Plus surprenant encore, mon fils Damien guidait la troupe.

Alors qu'il descendait de son griffon, je me précipitai sur lui, incapable de me retenir. De tous mes fils, Damien était celui qui me ressemblait le plus – du moins quand j'étais Perséphone. Il avait les yeux couleur pervenche et les cheveux d'un indigo si foncé qu'il semblait noir, sauf quand la lumière révélait son héritage de fée. En tant que prince de la Cour du Printemps, il portait une petite couronne en or parée de fleurs, ainsi qu'un haut et un pantalon amples en soie noire, simples mais à l'évidence confectionnés par les meilleurs artisans. Tandis que je m'approchais, il me gratifia d'un sourire charmeur, ce sourire qui me donnait toujours envie de tout lui pardonner. Il avait toujours été un enfant espiègle.

— Damien !

Je l'attirai tout contre moi, mon cœur débordant d'amour. Ça faisait des décennies que je ne l'avais pas vu, et encore c'était dans une toute autre vie.

— Ou devrais-je t'appeler Dionysos ?

Il prit un air affligé puis rit.

— Non, je n'utilise plus ce nom. Damien, c'est bien.

Je reculai pour le regarder vraiment, remarquant une noirceur dans son regard qui n'avait jamais été là avant, même si son sourire ne faiblit pas.

— Tu m'as tellement manqué.

— C'est toujours trop long entre tes vies. Même si Père m'a dit qu'il avait enfin brisé la malédiction. Kassiel m'a raconté certaines choses, mais j'adorerais que tu me les racontes, toi.

Je caressai ses cheveux magnifiques, si beaux au soleil.

— Oui, on a beaucoup de choses à se dire.

— Ça, c'est sûr.

Il sourit et retira ma main de ses cheveux.

— Comme le fait que tu portes ma sœur.

— C'est bizarre, n'est-ce pas ? intervint Kassiel en s'approchant de nous. Nous avons tous vécu des centaines d'années et maintenant, nous allons avoir une petite sœur.

— Pas si bizarre pour nous, dit Belial. On l'a vécu avec ta naissance, après tout.

— C'est bon de vous revoir tous les deux, dit Damien.

Les frères se firent des embrassades viriles, à coup de claques dans le dos et de grognements. Mon cœur fondit à la vue des trois réunis pour la première fois depuis... eh bien, probablement des siècles. Notre famille était à nouveau réunie. Lucifer était le seul absent. Je me résolus encore une fois à le ramener, et à recréer ce moment avec lui.

— Bon de *me* voir, tu veux dire.

Kassiel leva son menton vers Belial avec un sourire.

— On n'est pas encore très sûrs pour ce gars.

Damien haussa un sourcil.

— Qu'est-ce qu'il a fait cette fois-ci ?

— Je te raconterai plus tard, dit Kassiel pendant que Belial leur jetait un regard noir.

— J'ai hâte d'avoir un rapport complet.

Damien montra d'un geste le château au-dessus de nous.

— Pour l'instant, le grand roi attend, et je suggère que nous nous dépêchions.

— Oui, nous ne voulons pas le faire attendre, dis-je. Surtout maintenant que je sens que nous allons avoir besoin de son aide.

— Alors allons-y pour la deuxième partie de votre voyage.

Damien s'avança et plaça sa main sur mon coude. Il me conduisit vers les griffons, et les autres cavaliers fées se levèrent et inclinèrent la tête. Nous nous arrêtâmes devant un griffon attaché à celui de Damien et qui n'avait pas de cavalier.

— Ça faisait si longtemps que je n'avais pas vu de griffons.

Je permis au griffon de frôler sa tête contre mes doigts. Son souffle chaud passa sur ma peau et son bec incurvé toucha ma main. Sans prévenir, il s'accroupit, tournant la tête avec curiosité en attendant mon prochain geste.

— Elle t'a acceptée, déclara Damien avec un sourire. C'est une invitation à monter sur son dos.

Je passai les doigts dans ses plumes blanches somptueuses puis m'installai sur une selle souple et ferme garnie de fourrure dorée. Comme la plupart des êtres mythiques et légendaires, les griffons provenaient du royaume des fées, et ils servaient à transporter les nobles de cour en cour.

— C'est bon de savoir que je n'ai pas perdu la main avec les êtres magiques après toutes ces années.

Damien monta sur le griffon à côté de moi.

— Je n'en ai jamais douté.

Mes compagnons étaient assis derrière les cavaliers fées, j'étais la seule à avoir l'honneur de monter mon propre griffon. J'espérais me souvenir comment on faisait.

Une fois tout le monde installé sur les griffons, nos bêtes déployèrent leurs ailes et s'élancèrent dans les airs, nous conduisant vers le château de l'un des personnages les plus redoutables : le grand roi des fées.

8

HANNAH

Nous volâmes vers le château d'Obéron. Chevaucher un griffon était complètement différent qu'utiliser mes propres ailes, avec ses muscles bien dessinés fléchissant sous mes cuisses et le battement régulier de ses ailes m'envoyant des courants d'air.

Le château se dressait devant nous, étincelant à la lumière du soleil comme si tout le bâtiment était fait de cristal. Peut-être l'était-il. Des tourelles s'élançaient haut dans les airs, des drapeaux colorés, symboles des différentes cours, flottant doucement dans le ciel bleu. Ici également nous étions entourés d'arbres et de fleurs, harmonieusement intégrés dans l'architecture. Les fées étaient en profonde harmonie avec la nature et les éléments, l'une des choses qui me manquaient.

Les griffons se posèrent dans la cour devant le palais, gardé par des douzaines de soldats équipés d'une armure argentée complexe et de casques à plumes. Un homme vêtu d'une belle livrée se tenait sur les larges marches menant à une immense porte incrustée de pierres et gravée d'anciennes runes. Il s'inclina bien bas quand je m'approchai, précédant mes gardes et compagnons, mes fils à mes côtés.

— Votre majesté, le grand roi vous attend, dit-il. Veuillez me suivre, je vous prie.

L'homme jeta un regard légèrement réprobateur à mon groupe tandis que la porte s'ouvrait silencieusement derrière lui, malgré sa taille. Il nous conduisit à l'intérieur du palais, dans un grand vestibule comptant encore plus de gardes, ainsi que quelques fées nobles vêtues de leurs plus belles tenues et aux cheveux de toutes les couleurs de l'arc-en-ciel. Je les regardai attentivement mais ne reconnus aucune d'entre elles. Ce n'était pas vraiment surprenant, vu que ça faisait des siècles que j'avais été Perséphone, et que j'avais passé la plupart de cette vie-là en Enfer de toute façon.

Pendant que l'homme nous guidait dans le château, j'assimilai cet environnement et eus l'impression de remonter le temps, ou d'avoir retrouvé mon ancienne vie. Presque rien dans le château n'avait changé après des siècles, et je soupçonnais que c'était pareil dans tout le royaume des fées. La technologie ne fonctionnait pas dans ce royaume, et les fées étaient réfractaires à tout changement. C'était l'une des raisons pour lesquelles elles préféraient rester neutres dans les conflits et vivre isolées dans leur royaume, avec très peu de gens en circulation.

Un calme feutré régnait dans tous les espaces que nous traversions. Nous nous arrêtâmes dans une antichambre, devant deux grandes portes qui menaient à la salle du trône si je me souvenais bien. D'autres fées discutaient entre elles, toutes nobles à en juger par leurs vêtements et les bijoux qu'elles arboraient. Elles portaient des habits élégants qui semblaient dater du dix-neuvième siècle, et elles nous jetèrent des regards critiques quand nous entrâmes. Mon groupe était vêtu pour le combat, pas pour la cour, mais on ne pouvait rien y changer maintenant.

Une grande femme élancée se tenait à côté de la fenêtre. Elle portait une robe rose pastel d'une soie des plus raffinées. Elle avait les cheveux violets, couleur hortensias, surmontés d'une couronne similaire à celle de Damien, mais bien plus élaborée. Elle se retourna lentement, se dévoilant d'une manière qui fit s'arrêter mon cœur.

— Mère ?

Je m'avançai pour la saluer, mais ses yeux bleu pervenche étaient froids et dépourvus de sentiments quand elle les leva vers moi. Déméter était la reine de la Cour du Printemps et ma mère quand j'étais Perséphone. Ça faisait de nombreux siècles que je ne l'avais pas vue, et mon cœur déborda de joie à l'idée de renouer avec un autre membre de ma famille.

Elle m'examina doucement de la tête aux pieds pendant que ses lèvres demeuraient fermement pincées.

— Tu n'es pas ma fille dans cette vie.

Je reculai comme si elle m'avait frappée au visage. Comment pouvait-elle se montrer si dure et cruelle ? Mes enfants n'en restaient pas moins les miens, même si ce n'était pas le corps avec lequel je leur avais donné naissance. Elle serait toujours ma mère, peu importe à combien remontait l'époque.

— Mère, je t'en prie.

Je détestais devoir me justifier, et tentai de ne pas paraître faible alors que je lui demandais de reconnaître notre relation.

— Je sais que je suis partie longtemps, mais j'ai récupéré mes pouvoirs et mes souvenirs. Je suis réellement ta fille. Dans mon âme et dans mon esprit, si ce n'est dans ce corps.

— J'ai pleuré la mort de ma fille. Elle est partie, et toi... tu es une inconnue.

Elle dépassa mon groupe, laissant flotter un parfum de lavande dans son sillage. Ses paroles me blessèrent profondément, et je la fixai tandis qu'elle rejoignait un autre groupe de fées, en me tournant le dos.

Même Damien avait l'air choqué et horrifié des paroles de sa grand-mère.

— Je suis désolé. Je lui ai demandé de venir avec moi à la réunion, mais je n'avais pas prévu qu'elle réagirait comme ça en te voyant.

— Ce n'est pas ta faute, soupirai-je.

J'essayai de ne pas montrer à quel point j'étais ébranlée. Déméter avait toujours été une mère difficile, certaines choses ne changeaient pas. Après tout, c'est elle qui avait conclu ce marché ridicule avec Lucifer, m'obligeant à passer la moitié de mon temps avec lui en Enfer et l'autre moitié ici au royaume des fées, et ce alors même que j'étais une adulte apte à prendre ses propres décisions. C'était un euphémisme de la qualifier de mère étouffante.

Toutes les pensées sur ma mère s'évanouirent quand l'homme qui nous guidait leva une fine trompette argentée, dans laquelle il se mit à souffler dès que les portes s'ouvrirent. J'entrai en premier dans la salle du trône, foulant un long tapis blanc, mon entourage à ma suite. Les gardes en armure étaient encore plus nombreux ici, et des nobles revêtus de longues robes ou d'élégants costumes nous étudiaient de façon hautaine.

L'homme que nous avions suivi fit une profonde révérence.

— La reine des démons Hannah et sa suite, annonça-t-il.

Le grand roi Obéron était assis dans un énorme trône posé sur une large estrade. Estampillé d'or et d'argent, il avait été fabriqué par les artisans les plus talentueux du royaume des fées. D'exquises plantes grimpantes en métal étaient torsadées entre elles pour donner l'illusion que le roi était assis sur un fauteuil fait de plantes et de fleurs. Il l'occupait néanmoins comme s'il était parfaitement détendu. Derrière lui se dressait de grandes fenêtres qui donnaient sur le ciel, offrant une vue imprenable sur une grande partie du royaume des fées.

L'être féerique le plus puissant de tous les temps se concentra sur moi, tandis que mon groupe s'inclinait bien bas devant lui. Je faillis m'incliner, puis me rappelai que j'étais désormais son égale. Au-dessus de ses oreilles pointues, il arborait une couronne du même style que son trône. Il avait de longs cheveux noirs et le regard froid, affichant une expression à la fois blasée et cruelle.

— Ça fait longtemps, me dit-il d'un ton hautain. Je te préférais en Perséphone, même si j'apprécie l'ironie que tu sois désormais un ange. Et la reine des démons, rien que ça.

Je dus faire appel à tout mon sang-froid pour ne pas lever les yeux au ciel. Tout le monde dans ce royaume faisait-il une fixette sur moi du temps où j'étais encore Perséphone ? J'avais peut-être changé, mais Obéron était resté le même enfoiré.

Toutefois je remarquais quand même une différence par rapport à mon ancienne vie : il n'y avait plus de trône à côté de lui. J'avais récemment appris que ma tante, son épouse, Titania, était morte, et nombreux en tenaient Obéron pour responsable. Elle avait été la grande sœur de ma mère et une puissante reine des fées, mais elle n'avait jamais réussi à avoir d'enfants. Obéron, dans son désespoir d'avoir un héritier mâle, avait eu beaucoup de maîtresses. Pour se venger, elle l'avait maudit pour qu'il n'ait que des filles. La rumeur disait qu'il avait essayé pendant de nombreuses années de briser cette malédiction, mais comme rien ne fonctionnait, il avait tué Titania dans un accès de rage. J'y croyais. C'était un homme mauvais. Malheureusement, je devais me montrer courtoise tant que j'étais dans son royaume.

Je serrai les dents derrière mon sourire pincé et fermé.

— Merci de nous recevoir si vite. Comme tu l'as vu dans mon message, Lucifer s'est récemment échappé des confins du Paradis.

— Tu veux dire Guerre, corrigea Obéron. Je doute qu'il reste encore beaucoup de Lucifer en lui.

— On verra bien.

Mes doigts s'enfoncèrent dans mes paumes alors que je m'efforçais à rester calme.

— Il veut lancer une guerre entre tous les royaumes, y compris le royaume des fées. Il doit être arrêté, et nous pensons que le seul moyen d'y parvenir est d'utiliser un Ancien Dieu.

Quelques cris de surprise jaillirent dans la salle du trône avant qu'un silence de mort s'y abatte. Obéron se redressa à mes mots et enroula ses mains sur les bras de son trône.

— Vous souhaitez libérer Famine.

— Oui.

Il inclina la tête en réfléchissant.

— Relâcher un Cavalier pour en arrêter un autre est un pari risqué. Cependant, Famine déteste Guerre, donc vous pourriez réussir si le but est qu'ils se battent. Mais alors que feriez-vous du vainqueur ? Ou du perdant, d'ailleurs ? dit-il en se frottant le menton. Il doit y avoir un autre moyen de sauver Lucifer.

— Quel est-il ? demandai-je, incapable de cacher mon empressement.

J'avais lu en vain tous les livres en quête d'une solution viable, mais peut-être qu'Obéron possédait un savoir encore plus ancien que le mien.

— Une personne possédée par un Ancien Dieu peut mener une bataille interne pour vaincre le dieu et prendre ses pouvoirs, expliqua-t-il en haussant les sourcils. Seules quelques personnes seraient assez fortes pour réussir, mais Lucifer est l'une d'entre elles.

Mon cœur sombra.

— Sauf qu'il a échoué.

Belial se tourna vers moi.

— Il a échoué à combattre Guerre uniquement parce qu'il a perdu tous ses souvenirs de toi. Il n'avait pas de raison de souhaiter la paix sans toi.

— Il a raison, dit Damien. Tu as toujours été celle qui calmait père, depuis le début.

Kassiel acquiesça.

— Et c'est grâce à toi s'il a mis un terme à la guerre contre les anges.

Une minuscule lueur d'espoir palpita dans ma poitrine.

— Donc si nous pouvons lui faire recouvrer la mémoire, il pourrait être capable de combattre Guerre et de le vaincre. Mais il a sacrifié ses souvenirs, comment les lui rappeler ?

Personne ne semblait connaître la réponse à ça.

Obéron agita la main avec nonchalance.

— C'est peut-être impossible. Vous devrez peut-être enfermer les Cavaliers dans leur tombe, comme nous l'avons fait à l'époque. Ou vous pourriez toujours essayer de les envoyer dans le Chaos.

Le Chaos, le royaume où tous les Anciens Dieux vivaient. Celui-ci était complètement scellé ; personne ne pouvait ni y entrer ni en sortir, essentiellement pour protéger tous les autres royaumes des êtres puissants qu'il renfermait.

— Comment ferions nous ça ? demandai-je.

— Lucifer possédait une clé du Chaos il y a longtemps, dit Obéron. Hérité de son père. Peut-être qu'il l'a toujours cachée quelque part ?

— Je ne me souviens pas du tout d'un endroit où se trouverait une clé.

Je me tournai vers mes compagnons.

— L'un de vous s'en souvient ?

Tous murmurèrent non ou secouèrent la tête. Mince. Encore une impasse. Même si je voulais envoyer Lucifer dans le Chaos, ce que je ne ferais qu'en dernier recours, les coins où il aurait pu cacher une clé étaient innombrables. Ça prendrait plus long-temps de la chercher qu'à Pestilence et à Guerre de détruire les royaumes.

J'inspirai alors que la voie à suivre se dessinait clairement.

— Alors nous n'avons pas d'autre choix que de libérer Famine.

— Tu as quelqu'un prêt à faire le sacrifice ? demanda Obéron.

Azazel s'avança.

— Je le ferai.

— Je me porte aussi volontaire, dit Belial.

— Moi aussi, intervint Damien.

Obéron pianota sur le trône.

— Peut-être que l'un d'entre vous est-il en effet assez fort pour contrôler Famine. Peut-être que non. Mes gens vous accompa-gneront pour s'assurer que tout se passe bien.

— Je n'en espérais pas moins.

En vérité, je m'inquiétais qu'il veuille nous accompagner. Après tout, il était l'une des personnes qui avaient enfermé les quatre Cavaliers au départ, et je pensais qu'il voudrait être là à la libération de celui qui était présent dans son royaume. Je supposai qu'Obéron n'aimait plus se salir les mains. Il avait changé depuis le temps où j'étais Ève. Il n'était pas aussi con à l'époque. C'était un vrai chef pour son peuple.

Le grand roi leva le menton.

— Je ne peux tolérer qu'un Cavalier de l'Apocalypse se balade dans mon royaume. Nous avons gardé Famine enfermé très longtemps à cause de nos liens étroits avec la nature, mais quand il sera libéré, qui sait ce qui se passera ici.

— Vous savez que je ne permettrai pas à Famine de s'en prendre au royaume des fées, dit Damien avec un petit hoche-ment de tête vers son oncle. Si je dois être celui qui fera le sacri-fice, je le ferai pour protéger notre peuple.

— Je sais. C'est la seule raison pour laquelle j'autorise cette entreprise.

Le regard d'Obéron se durcit et sa voix se fit acerbe :

— Et si tout le reste échoue, assurez-vous d'ouvrir un portail menant à la Terre pour que Famine détruise votre monde et non le nôtre.

Ouaip. Toujours un enfoiré.

9

———

LUCIFER

L as Vegas s'étendait sous mes pieds, toutes les lumières, le pouvoir, l'envie. Je m'en nourris avant de porter mon attention vers le Celestial et mon penthouse tout en haut. Rassembler mes guerriers démons et les mener à la bataille ne me prendrait pas longtemps. Dès que les anges arriveraient, nous causerions des ravages et la destruction dans leurs lignes, ainsi qu'aux mortels peu méfiants des environs. Personne ne serait épargné par ma colère.

Mes ailes battirent dans la nuit tandis que je m'envolais au-dessus de la ville, dissimulé par la pénombre. Alors que je volais près de l'hôtel Stratosphère, quelque chose chatouilla mon esprit, comme un souvenir perdu, mais la présence de Guerre écrasa aussitôt cette sensation. Il était toujours là, entrelacé dans mon être, et j'oublierais bientôt tout sauf ma rage prédominante.

Je me posai devant le Celestial, rétractai mes ailes et ajustai mon costume. Cette fois-ci, je prévoyais d'entrer dans mon royaume comme il se devait, je m'annoncerais à mon peuple pour qu'il sache qui il servait vraiment. Quant à cette femme ? J'avais prévu de l'enfermer loin, la garder en cage comme un oiseau chanteur jusqu'à ce qu'elle donne naissance à mon enfant. Ensuite, je déciderais de son sort.

Cependant, alors que j'entrais dans mon casino, je remarquai qu'il était bizarrement vide, et j'entendis des hurlements et des cris provenant du bar. J'accourus, passant devant les corps humains gisant au sol autour des tables de blackjack et devant les machines à sous. Ils étaient tous d'une couleur anormale et couverts de furoncles putrides. Quelques-uns étaient encore en vie, gémissant et agrippant leur tête et leur poitrine, leurs traits figés en un masque sinistre tandis qu'ils se tordaient de douleur sur la moquette.

Pestilence. Le nom vibra en moi, mon corps entier réagissant à la sensation visqueuse de sa présence. Oui, il était là. Un autre Cavalier. Un genre de frère, bien qu'il ne soit pas le bienvenu à ma porte. Mais pourquoi était-il là ? Que cherchait-il ? Planifiait-il de s'allier à moi, ou de me défier ?

Je le trouvai au Styx bar, entouré de gargouilles sous leur forme de pierre, qui parvenaient à le repousser et à résister à ses attaques, même si je me doutais que ça ne durerait pas long-temps. Elles s'arrêtèrent quand elles me virent, certaines la bouche ouverte, choquées et apeurées, d'autres me regardant avec espoir, comme si je pouvais les sauver de leur sort funeste. Je les sauverais, mais seulement parce qu'elles m'appartenaient. Je projetai mes pouvoirs autour d'elles et les soumis à ma volonté, extirpant toutes autres pensées sauf celles de combat et de violence.

Pestilence se tourna vers moi et grogna, ses yeux blancs étin-celants de folie. Le corps qu'il occupait n'avait pas bien supporté son contrôle. Il avait la peau jaune et cloquée, de fins cheveux blancs, et empestait la décomposition et la maladie. Rien qu'à cette distance, j'avais l'impression qu'il me contaminait, même si mes pouvoirs me protégeaient en grande partie de son infection.

— Pourquoi es-tu ici ? demandai-je d'un ton qui fit raidir les épaules de Pestilence. C'est mon domaine.

— Tu sais pourquoi.

Il inclina la tête avec un sourire de dément.

— Ou peut-être ne le sais-tu pas. As-tu aussi oublié notre ancienne querelle ?

Ses mots remuèrent quelque chose en moi, mais encore une fois, c'était hors de portée. Le corps qu'il occupait avait appartenu autrefois à Gadrel, un Déchu qui m'avait servi et qui s'était avéré être la réincarnation d'Adam. Je me rappelais tout ça, sauf la raison pour laquelle il m'avait trahi, ni pourquoi j'éprouvais une telle haine pour Adam.

Je serrai les poings et laissai ma colère rouge luire et suinter par mes pores.

— Qu'est-ce que tu veux ? Réponds-moi !

Son propre pouvoir putride jaune se diffusa également, contrastant avec le mien.

— Je suis ici pour Ève.

— Ève ?

Je ne connaissais pas ce nom.

Il lâcha un rire acerbe.

— Tu ne te souviens vraiment pas. Bien. Ça simplifiera les choses. Pousse-toi que je me débarrasse d'elle et que tu puisses continuer à mener ta guerre. Tu peux avoir cet endroit. Tout ce que je veux, c'est Ève.

Mes yeux se plissèrent alors que ses propos soulevaient une nouvelle vague de colère en moi. Mon cœur tonna contre mes côtes, aussi fort que les sabots de Ruine.

— Tu parles de la femme qui vit dans mon penthouse.

Pestilence s'avança, un air de défi dans les yeux.

— Elle m'appartient, et je suis là pour revendiquer mon droit sur elle.

— Non !

Le mot jaillit avec une telle véhémence qu'il fit trembler les bouteilles et les miroirs du bar. Il fit même reculer Pestilence vers les guerriers gargouilles sous mon contrôle. Ceux-ci attendaient patiemment le signal pour relâcher leur rage, même s'ils claquèrent des dents et tentèrent de le griffer avec leurs serres.

Pestilence leva un sourcil.

— Ce vieux conflit est-il de retour alors ?

Je ne savais pas de quoi il parlait, mais je savais, au fond de mon être, au plus profond de mon âme, que la femme – Hannah ou Ève ou quel que soit son nom – n'était pas à lui. La vie en elle n'était pas à lui. Elles étaient à *moi*. Toutes à moi.

— Sors de mon hôtel, crachai-je.

— Ce n'est pas obligé de se passer ainsi, dit-il. Plus maintenant. Nous sommes semblables désormais. Deux Cavaliers de l'Apocalypse ayant le même objectif : semer le chaos sur Terre. Nous pouvons oublier le passé, bon sang tu l'as déjà fait, et avancer comme des frères. Dès que nous aurons libéré Famine et Mort, nous serons encore plus forts. Nous gouvernerons tous les royaumes, même le Chaos.

Je m'approchai de lui, le coinçant contre le mur, les poings serrés.

— Je suis déjà le roi ici, et je n'aime pas partager. Dégage d'ici avant que je te détruise.

Il croisa mon regard, un coin de sa bouche se retroussant.

— Tu peux essayer, mais tu sais bien qu'on ne peut pas être tués.

— Pestilence non... mais ce corps oui.

Je levai le poing et l'écrasai sur son visage, éclatant l'une des pustules palpitantes. Le pus jaillissant me brûla comme de l'acide, mais je l'essuyai d'un revers. Je n'en avais pas terminé.

J'invoquai mon épée et me préparai à le pourfendre, mais il glissa de mes doigts comme la créature rampante qu'il était.

Quand je me tournai pour lui faire face, il se tenait de l'autre côté du bar, brandissant un arc et des flèches. Leurs pointes palpitaient de pouvoir jaune et noir, combinaison du mal de Pestilence et de ses ténèbres de Déchu. Il décocha une flèche plus vite qu'il était humainement possible, mais je dressai un bouclier obscur, puis lui jetai des feux de l'enfer entrelacés de rage rouge. Il les évita en s'élançant de ses ailes grisâtres qui avaient perdu beaucoup de plumes. Il était étonnamment alerte pour quelqu'un qui avait l'air aussi malade. Je libérai mes gardes gargouilles qui bondirent devant lui, lui bloquant le passage. Il se retourna et décocha d'autres flèches. La faiblesse et la maladie me parcoururent, tentant de me ralentir, mais je luttai contre ses pouvoirs, refusant de les laisser me stopper. Je ne pouvais le laisser s'en prendre à cette femme ou à mon enfant. Je brûlerais les lieux avant que cela arrive.

Je levai l'épée et lui fis une entaille de l'épaule jusqu'au bas du torse. Il poussa un cri strident quand les feux de l'enfer le cinglèrent, et fonça vers les gargouilles en sortant du casino. Je le pris en chasse, propulsé par mes propres ailes, mais quand j'arrivai dehors, je le vis sauter sur son cheval et s'éloigner dans la foule de touristes et de parieurs. Des cris éclatèrent dans son sillage, mais son cheval était si rapide que très peu eurent le temps de réagir quand il passa à côté d'eux.

— Suivez-le, ordonnai-je à mes gargouilles.

Elles n'étaient pas aussi rapides que son cheval, mais comme il était blessé, elles auraient peut-être une chance de l'attraper. J'aurais pu le pourchasser, mais j'avais des affaires plus urgentes à régler ici, et j'étais satisfait de savoir que ce connard ne me défierait plus de sitôt.

Je devais par ailleurs aller voir la femme avant de faire quoi que ce soit. Bien que je ne ressente que haine et fureur envers elle, j'avais besoin de m'assurer que mon enfant était en sécurité.

Je volai jusqu'au penthouse mais celui-ci était sombre. Désert.

La femme était partie.

HANNAH

De gigantesques colonnes blanches s'élevaient dans les airs, luisantes sous le doux clair de lune, au temple où se trouvait la tombe de Famine. Nos griffons les survolèrent en cercle, nous permettant d'observer toute la structure. Rien n'avait été à l'évidence touché depuis des années, la nature avait presque tout envahi. Tout sauf l'énorme statue d'Obéron à l'entrée. Elle devait faire au moins douze mètres de haut. Elle le représentait sur un trône décoré d'or et de pierres précieuses, une couronne sur la tête et un sceptre à la main. L'entrée du temple se trouvant sous le trône, il fallait donc passer sous les yeux attentifs d'Obéron pour y pénétrer.

Autrefois il existait sur Terre, en Grèce, une statue similaire représentant Obéron sous l'apparence de Zeus. Il avait été vénéré sur Terre sous cette appellation pendant de nombreuses années, mais la statue avait été détruite il y a des lustres. Seul restait son jumeau dans le royaume des fées.

La journée avait commencé au début du printemps, puis la chaleur de la mi-été s'était insinuée, et nous nous détendions désormais sous le climat tempéré d'automne, qui se rafraîchirait vite pour apporter l'hiver. La lumière avait changé, plus douce, elle tombait en franges pâles entre les colonnes tandis que nos griffons se posaient devant la statue. Je descendis, saisissant l'environnement préservé. Je n'étais pas venue ici depuis que j'avais été Ève, depuis que nous avions emprisonné Famine. Belial n'était alors qu'un enfant. Il n'y avait rien à des kilomètres à la ronde sauf ce temple et l'épaisse forêt sombre qui l'entourait.

— L'entrée de la tombe devait bien entendu être sous ses pieds, marmonna Belial alors que nous contemplions les portes de pierre devant nous. Elles étaient recouvertes de vignes et d'autres plantes sauvages, mais d'un geste de ma main, elles relâchèrent leur emprise sur la pierre et s'enfoncèrent dans la terre.

Damien leva les yeux vers la statue avec dégoût.

— Oui. Obéron ne fait confiance à personne d'autre pour garder une chose aussi dangereuse que Famine.

Je me retournai pour examiner le grand groupe qui m'accompagnait pour cette mission. Mes fils, tous trois impatients et déterminés à sauver Lucifer, malgré les conflits qu'ils avaient avec lui. Mon neveu Callan, planant près de moi d'un geste protecteur, et Azazel, qui arborait une expression lugubre. Theo était en train de mettre ses gardes gargouilles en formation autour de la tombe tandis que les guerriers fées envoyés par le grand roi Obéron se tenaient sur le côté, impassibles, paraissant ennuyés d'être impliqués dans une situation qui pourrait mal tourner. Notre messagère, Mirabella, dont le père faisait partie de la Cour d'Automne, appris-je, se tenait loin d'eux, prête à nous ouvrir le portail pour la Terre quand nous le souhaiterions.

— Nous sommes tous prêts, dit Kassiel. Les fées sont en train d'ouvrir les portes du temple.

Je hochai la tête, avant de me tourner vers Zel.

— Tu veux toujours faire ça ?

Elle me jeta un regard mauvais.

— Veux ? Pas exactement. Mais quelqu'un doit le faire, et je suis la meilleure personne désignée pour ce boulot.

Je pris son visage dans mes mains et sondai ses yeux foncés.

— Promets-moi que tu combattras Famine et que tu resteras toi-même, d'une manière ou d'une autre. Je ne peux pas te perdre aussi, Zel.

Elle posa ses mains sur les miennes et me rendit mon regard, les yeux déterminés et pleins d'amour.

— Je te le promets. J'ai juré il y a longtemps de te protéger et de me battre à tes côtés. Je ne vais pas arrêter maintenant.

J'acquiesçai et reculai, chassant mes larmes.

— Je t'aime.

— Ne sois pas trop mièvre avec moi, petit ange, dit Zel avec un grand sourire, le visage radouci.

Puis, elle m'enlaça et murmura :

— Je t'aime aussi, mais ne t'avise pas de le répéter à tout le monde.

La porte du temple s'ouvrit dans un grondement sonore et un panache de poussière. Zel et moi reculâmes pour observer. Je ne voyais rien à l'intérieur sauf la pénombre, mais Callan et moi pouvions arranger ça avec de la lumière angélique.

— Allons-y, dis-je à mon équipe en désignant l'entrée.

Pour l'instant, aucun signe de Némésis ou de Fenrir, mais je ne voulais pas pour autant m'attarder et attendre qu'ils se pointent.

Theo entra le premier avec quelques-uns de ses gardes, ainsi que Callan, qui éclairait le chemin avec une boule flottante lumineuse. J'entrai ensuite avec Azazel, Damien et Kassiel, utilisant ma propre lumière pour illuminer un escalier en pierres poussiéreux qui sentait le renfermé, à peine assez large pour deux. D'autres gargouilles suivirent, ainsi que quelques guerriers fées à l'arrière. Le reste demeura à l'extérieur, au cas où surgirait une quelconque menace.

L'entrée déboucha rapidement sur un tunnel qui descendait, descendait, descendait. Personne n'était venu à l'intérieur de ce temple depuis des millénaires, et alors que nous nous enfoncions sous terre, l'espace se fit de plus en plus oppressant. J'avais hâte de retourner dehors.

Enfin, le tunnel en pente nous conduisit devant une autre grande porte recouverte de runes magiques, à l'instar des tombes de Pestilence et de Guerre. L'air était particulièrement suffocant, et mon estomac se retourna face à l'horrible pouvoir qui émanait de la sépulture. Le bébé donna aussi un coup de pied, et je posai ma main sur elle, essayant de la rassurer en silence.

— On y est, dit Callan. La tombe de Famine.

Kassiel l'examina de près.

— Elle est construite à même le temple.

Belial fit signe à Damien de s'avancer.

— À toi de jouer. Rends-nous fiers.

Damien fit la grimace, mais il s'approcha de la porte et sortit un petit couteau. Seules quelques personnes pouvaient ouvrir la tombe de Famine, notamment Obéron ou l'une de ses filles ; et mon fils Damien. Pour se faire, il fallait être né dans ce royaume, et être du même sang que l'une des personnes qui avaient scellé la tombe à l'origine.

Damien me regarda et je hochai la tête, même si je tremblais intérieurement. Nous devions agir, mais ça ne voulait pas dire que j'étais prête pour ce qui nous attendrait. Allions-nous vraiment lâcher le troisième Cavalier sur le monde ? Ce plan fonctionnerait-il, ou courions-nous à notre perte ?

Damien prit la lame et se fit une entaille nette dans la paume. Je tressaillis, mais il ne broncha pas. Il pressa ensuite sa main ensanglantée contre la porte de la tombe. Les runes se mirent à luire, nous entourant d'une brume verte étrange. La porte s'ouvrit alors avec une explosion de pouvoir si puissante qu'elle nous projeta tous en arrière. Je heurtai le mur le plus proche, et seule ma magie fraîchement retrouvée amortit le coup et protégea le bébé.

— Je suis libre, prononça une terrible voix rauque depuis les profondeurs sombres de la tombe.

Un nuage verdâtre sortit de la tombe, ainsi qu'une odeur de plantes en décomposition et de nourriture avariée. Tandis que nous nous relevions, tentant de nous remettre de l'explosions, le brouillard vert prit la forme d'une femme, avec des traits floutés et qui ondoyait telle de la fumée.

— Je suis Famine... et je dois me nourrir. Qui fera le sacrifice et obtiendra mes pouvoirs ?

— Le troisième Cavalier est une femme ? interrogea Callan à côté de moi.

Zel se leva et s'épousseta.

— Je vais faire le sacrifice.

Dès que les mots sortirent de sa bouche, l'une des fées se déplaça et planta son épée dans sa poitrine. Je criai en voyant Zel se faire empaler, puis découvris derrière l'apparence magique de fée une superbe femme aux cheveux rouge feu : Némésis.

Je la repoussai avec une bourrasque, pendant que Callan se jetait en avant pour attraper Zel dans sa chute. Le sang coulait à flots de son ventre, et je me maudis de ne pas avoir autorisé Marcus à venir avec nous, et de n'avoir pas su détecter les illusions de Némésis plus tôt. J'avais à peine prêté attention aux fées qui nous avaient suivis à l'intérieur et à présent, Zel était en train de mourir. Que pouvais-je faire ?

— Prends son corps et soigne-la, criai-je à Famine.

Je tentai désespérément de recouvrir les blessures de Zel et d'arrêter le saignement. Zel était à peine consciente, son corps se refermant dans une tentative d'auto-guérison.

— Non, tonna la voix grinçante féminine. Elle est trop faible. Elle ne survivrait pas.

Deux gardes gargouilles que je reconnus se précipitèrent tout à coup vers nous, et l'une d'entre elles cria :

— Ma reine, des métamorphes attaquent le temple ! Nous sommes encerclés !

Je jurai intérieurement, et me tournai vers les autres.

— Défendez le périmètre et emmenez Zel à un guérisseur ! Je peux arrêter Némésis toute seule.

Ignorant le regard de mes fils qui avaient l'air prêts à me contredire, je levai une main et leur criai d'y aller.

Callan porta Zel à l'extérieur, et je priai pour que ce ne soit pas ses derniers instants. Damien et Kassiel suivirent avec quelques gardes, mais Theo et Belial restèrent avec moi.

La forme de Famine se mit aussi à bouger en direction de la sortie.

— J'ai faim… Qui me nourrira ?

— Moi, dit Belial en se plaçant devant Famine, nous protégeant avec son corps.

Mon cœur fit une embardée à la pensée que mon fils devienne un Cavalier, mais c'était probablement la meilleure option ici, tout en étant triste de l'admettre.

Famine ricana puis de sa main spectrale, elle le repoussa.

— Je réclame une femme.

— Prends-moi, dit Némésis en se levant, ses diablotins déguisés en fées serrés derrière elle. Je suis celle que tu veux.

Le spectre vert de Famine se déplaça vers elle, mais il était absolument hors de question que je laisse Némésis prendre le contrôle de l'Ancien Dieu. C'était ma seule chance de libérer Lucifer de Guerre, et je ne comptais pas la rater. Némésis nous avait trahis encore et encore, et elle avait maintenant poignardé Zel. Je n'allais pas la laisser gagner.

— Non.

Je m'avançai, la lumière et les ténèbres émanant de moi, mes pouvoirs de l'air fouettant mes cheveux, tandis que des lianes épineuses émergeaient du sol à mes pieds. Il était temps de montrer à cette garce ce qui se passait quand la reine des démons se mettait en colère.

— Famine est à moi.

Mes lianes vigoureuses s'enroulèrent autour de Némésis, écorchant sa peau de leurs épines. Elle sortit alors ses longues griffes noires et les taillada. Puis, elle réussit à se replier de l'autre côté de la cave. Belial et Theo se mirent à se battre contre les autres diablotins, mais la seule qui m'importait était Némésis.

Elle se dupliqua en une douzaine de copies, toutes brandissant vers moi épées et griffes, mais je libérai la lumière de la vérité et trouvai la vraie Némésis. Je l'attaquai avec mes ombres et ma lumière, mais elle était si rapide qu'elle semblait presque clignoter et elle parvint à tout esquiver. Pas question pourtant qu'elle m'échappe. Dans un rugissement, je créai une tornade entrelacée d'ombres et de lumière, puis la lâchai sur elle. Némésis s'y retrouva bloquée, alors mes ronces grimpèrent et la déchirèrent, membre après membre ensanglanté. Bien que je ne me réjouisse pas de la mort, je regardai Némésis se faire détruire avec une sombre satisfaction.

Ne cherchez pas une femme enceinte qui protège sa famille.

— Ma reine, vous allez bien ?

Theo boitilla jusqu'à moi, une main sur sa taille.

Des cadavres de diablotins étaient disséminés au sol. Belial acheva l'un d'entre eux avec l'Étoile du Matin puis il se tourna pour inspecter les restes de Némésis qui gisaient par terre dans une mare de sang.

— Merde, mère, dit Belial. Je ne pensais pas que tu étais si brutale.

— J'ai fait ce que je devais faire.

Je parcourus le caveau du regard et repris mon souffle.

— Où est Famine ?

Belial rangea son épée.

— Elle a dû s'échapper pendant la bataille.

Nous remontâmes le tunnel rapidement et émergeâmes au milieu d'une bataille hivernale. Diablotins et métamorphes se battaient contre gargouilles et fées, mais je fus soulagée de voir que Damien et Kassiel allaient bien. Je scrutai la zone et trouvai le spectre vert de Famine flottant au-dessus. Elle rôda au-dessus de Mirabella quelques secondes, puis se retourna et s'approcha d'un grand loup blanc à la fourrure enneigée, qui se tenait à côté de Fenrir.

Famine cherchait un réceptacle. Je ne pouvais laisser ça arriver. Mais Zel était partie, emportée par Callan dans un lieu sûr, et Famine voulait un corps de femme.

Il n'y avait qu'une seule personne assez forte pour la contenir. Moi.

11

———

HANNAH

Un chemin de végétation morte brunâtre menait directement à Famine. Les plantes fanaient et mouraient, les pétales tombaient des fleurs, les feuilles devenaient noires. Les métamorphes ainsi que les gargouilles tombaient à genoux sur son passage, comme s'ils avaient perdu la force de se battre ou même de rester debout.

Elle se nourrissait.

Tout cela révolta mon âme. J'étais une déesse du printemps et de la nature, et elle était l'opposé de tout ce qui m'était cher. Pourtant, je devais m'offrir à elle... il n'y avait pas d'autre choix.

Fenrir, sous sa forme de loup géant, vit Famine se diriger vers le loup blanc et il se jeta devant elle, tous crocs dehors.

Quel que soit ce loup, Fenrir ne voulait pas que Famine s'en empare. Et moi qui pensais que Fenrir se fichait de tout et de tout le monde sauf de lui-même. Famine ne pouvait néanmoins pas être stoppée, pas par Fenrir. Elle le poussa sur le côté et se rapprocha du loup blanc.

Je déployai mes ailes argentées et m'élançai vers Famine, utilisant les pouvoirs du vent pour accélérer.

— Famine ! criai-je.

L'Ancien Dieu se tourna vers moi, juste quand le loup blanc était en train de se transformer en une belle femme aux cheveux blancs et aux oreilles pointues. Celle-ci sortit une pierre et l'activa, utilisant une clé pour ouvrir un portail par où elle et Fenrir se glissèrent. Il se referma avant que Famine puisse s'échapper sur Terre. Tel le lâche qu'il était, Fenrir avait tourné les talons encore une fois, abandonnant la plupart de ses métamorphes.

Famine lâcha un grognement de frustration maintenant que son hôte avait disparu, mais son énergie se tourna ensuite dans ma direction. Être près d'elle, c'était voir son énergie drainée. Sa seule présence me fatiguait, m'affamait et me rendait faible. Comme si je n'avais pas mangé ou dormi depuis des jours.

— Je t'ordonne de te soumettre, dis-je en répétant les mots qu'avaient prononcé Belial avec Pestilence, avant d'ajouter ma propre touche personnelle. Famine, j'ai besoin de ton aide.

— Ah oui ? demanda-t-elle avec un gloussement ignoble.

— J'ai besoin de vaincre Guerre. On m'a dit que tu étais la seule à pouvoir l'arrêter.

Sa forme spectrale se fit sombre et colérique.

— Oui... Guerre doit souffrir...

Pas exactement ce que je souhaitais, mais je laissai couler.

— Sers-moi, et nous le renverserons ensemble.

— Mère, non ! hurla Belial.

Il se tenait à côté de Kassiel et Damien, qui s'exclamèrent en écho, mais je les ignorai. Mes fils devaient savoir que c'était le seul moyen à présent que Famine avait été libérée.

— Es-tu prête à faire le sacrifice ? demanda Famine.

J'hésitai. J'étais prête à tout pour sauver Lucifer... sauf à mettre en danger notre prochaine fille.

— Ça dépend de ce que tu me demandes. J'attends un enfant, et je ne te laisserai pas lui faire du mal.

L'essence de Famine s'approcha pour m'étudier. La clairière autour du temple se fit silencieuse tandis que tout le monde observait notre échange. Plus personne ne se battait, de toute façon ils étaient trop faibles pour ça.

— J'ai été mère autrefois moi aussi, dit-elle à voix basse. Peut-être connais-tu mon fils, Baal.

— Oui. C'est mon allié.

Je me rappelais vaguement Baal dire qu'il était le fils de Famine, mais j'avais bêtement pensé qu'il parlait de son père.

— J'avais aussi d'autres enfants, continua Famine. Guerre en a tué quelques-uns. Les autres... sont peut-être encore en vie. Peut-être serai-je capable de les retrouver.

— Alors tu comprends que je ferais tout pour protéger mon enfant.

— Oui. Je ne blesserai pas cet enfant. Je le jure.

Le soulagement relâcha ma poitrine et j'expirai l'oxygène que je retenais. En tant qu'Ancien Dieu, elle était incapable de mentir.

— Alors quel sacrifice attends-tu de moi ?

— Le sacrifice de ta fertilité. Ton bébé sera sain et sauf. Elle sera puissante et forte. Je m'en assurerai. Mais cet enfant sera ton dernier. Après sa naissance, ton corps ne donnera plus jamais la vie.

J'enroulai les bras autour de moi, saisie par ses mots. Le dernier. C'était difficile à envisager. Je n'avais pas pensé à avoir d'autres enfants après celui-ci, mais l'idée que ce soit impossible me glaça. Je passai la main sur mon ventre et sentis le bébé bouger à l'intérieur. Je pris conscience qu'une fois qu'elle serait née, je ne ferais plus jamais l'expérience de ce miracle.

Je déglutis avec difficulté alors que mes yeux s'emplissaient de larmes. Ensuite, je me tournai et regardai mes braves fils, beaux et intelligents. Lucifer et moi avions eu de la chance avec eux et avec cette fille qui grandissait à présent en moi. Tant que cet enfant serait en sécurité, je pouvais accepter de ne plus jamais en avoir après elle.

— J'accepte le sacrifice.

— Très bien.

Famine s'avança vers moi à la manière d'un essaim d'abeilles.

— J'ai hâte d'être à nouveau mère.

Quelque chose dans sa façon de parler, irrévocable, me glaça le sang. Comme si l'enfant serait le sien, et non le mien. Elle s'imaginait prendre le contrôle de mon corps, mais j'allais me battre. Quand la forme fantomatique de Famine m'entoura, je me souvins des paroles d'Obéron sur la manière dont on pouvait vaincre puis devenir un Ancien Dieu. Son pouvoir m'enveloppa et s'insinua dans ma peau, suintant par mes pores, s'introduisant par tous les trous, jusqu'à se glisser vers mon âme. Une faim écrasante et un besoin désespéré m'arrachèrent presque les yeux, outre une mélancolie si forte que je pouvais à peine respirer. Je fus remplie d'une profonde et intense envie, pas seulement de nourriture mais de pouvoir. De vivre.

Me battre contre les immenses pouvoirs de Famine était impossible. Comment avais-je pu croire que je serais capable de la vaincre ? Elle s'étira dans mon corps, pris le contrôle, me revendiqua comme réceptacle, et je ne pouvais plus l'arrêter. Pas étonnant que Lucifer n'ait pas réussi à prendre le dessus sans ses souvenirs. Il n'avait jamais eu aucune chance.

Je contemplai le champ de bataille, l'herbe morte et tous les êtres affaiblis à genoux devant moi. Je percevais leur aura, leur pouvoir, leur essence, et je les aspirai, extirpai leur force, et l'exigeai mienne. C'était dans ma nature de me nourrir, personne ne pouvait m'empêcher de drainer tous les êtres vivants autour de moi. Je serais assez forte pour stopper Guerre qu'ensuite.

Mon regard se posa sur les trois hommes devant moi, ceux qui criaient mon nom encore et encore. Damien vacillait, sa peau se ternissant alors que j'inspirais sa force vitale. Kassiel était à quatre pattes, le visage pâle. Belial, le plus âgé et le plus fort, était celui qui résistait le plus, mais lui aussi finit par s'écrouler face à mon pouvoir.

Alors qu'il tombait à terre, mes sens me revinrent et je reculai. Qu'étais-je en train de faire ? Je ne pouvais laisser Famine aspirer les pouvoirs de ceux que j'aimais. C'étaient mes enfants qu'elle drainait, et derrière eux, mes amis et alliés. Je devais l'empêcher de tous les tuer. Je devais reprendre le contrôle, d'une manière ou d'une autre.

Je me forçai à relâcher l'énergie que j'avais volée, lui permettant de réintégrer les personnes autour de moi. Famine essaya de reprendre le contrôle sur moi, mais cette fois-ci, je savais ce qu'elle faisait et je répliquai. Je la sentais à présent. Je devais tenir bon face à cette dualité, être forte pour ne pas m'effacer derrière Famine. Si je la laissais faire, elle prendrait le dessus jusqu'à ce que nous fusionnions en un être terrible et atroce, qui aspirerait la vie de toutes les formes vivantes dans chaque royaume. Jusqu'à qu'il n'y ait plus rien.

Famine se débattit davantage, déversant un pouvoir accru sur moi, tout en essayant d'ôter la vie de notre entourage. Je la contrai en projetant de l'énergie, utilisant pour ce faire les pouvoirs de Perséphone. Je ramenai à la vie les plantes autour de nous, combattant le fléau avec mes pouvoirs de croissance. Ça ne fit que l'énerver davantage, mais je réalisai finalement que j'étais le parfait opposé de Famine. Elle faisait faner et mourir les cultures, et je les faisais pousser et s'épanouir.

J'étais Perséphone, la déesse du printemps et de la mort. J'étais Ève, qui avait initialement piégé les quatre Cavaliers. Et j'étais Hannah, un ange de la vérité, et une putain de reine des démons. Famine pensait pouvoir s'emparer de mon corps et élever mon enfant comme le sien, mais elle ignorait à quel point j'étais puissante, surtout parce qu'il n'y avait pas que moi. Il y avait ma fille aussi, un petit morceau de Lucifer niché dans mon corps. Mon bébé était fort, et ensemble, je savais que nous pouvions maîtriser et contenir Famine.

Ma fille me donna un coup de pied, comme si elle comprenait mon besoin de nous battre ensemble. J'invoquai mon amour pour Lucifer pour me recentrer. Je jetai un coup d'œil à mes fils, à nouveau debouts et me regardant avec un tel amour qu'il me submergea. Ma famille était ma force. L'amour me donnait du pouvoir.

C'est mon corps, dis-je à Famine. *Et tu te soumettras à moi.*

Jamais, cria-t-elle enragée. La sensation écrasante du désespoir, du besoin et de la faim impossible à rassasier me remplit, mais je regardai mes fils et la repoussai. Je me concentrai sur la vie et l'amour, utilisant les souvenirs de mes vies antérieures pour me nourrir. Je m'étais réincarnée des centaines de fois, et mon âme s'était renforcée à chaque fois. Chaque vie m'avait donné encore plus de pouvoir. Assez pour vaincre même un Ancien Dieu.

Je repoussai Famine dans un espace exigu en moi, l'y pressant de plus en plus. Je lui pris sa force et sa volonté jusqu'à qu'il ne reste plus rien d'elle. La faim intense et l'envie disparurent, tout comme sa présence. La seule chose qui restait d'elle était son pouvoir, circulant dans mon corps comme de l'électricité. C'était moi aux commandes désormais.

Famine était partie, et j'étais là.

Non, c'est inexact.

J'étais Famine à présent.

Un Ancien Dieu. Un Cavalier de l'Apocalypse. Un être suffisamment puissant pour arrêter Guerre.

Une jument noire apparut dans la nuit et trotta vers moi. Je portai mes mains à ses naseaux. Elle souffla avec chaleur et reconnaissance en se frottant à mes doigts. Je connaissais ce cheval, et il me connaissait. *Misère*, souffla quelque chose en moi. C'était son nom.

Tandis que je méditais sur l'étrange lien que j'avais avec cette jument à peine rencontrée, mes fils se précipitèrent vers moi.

— C'était quoi ça ?

Les articulations de Belial étaient blanches autour de la garde de l'Étoile du Matin, qui luisait d'une lumière blanche et noire.

— Ça va ? demanda Kassiel.

Damien me jeta un regard.

— Famine est en toi ?

Je caressai le flanc du cheval, puis me tournai pour leur faire face, les yeux émerveillés.

— Je *suis* Famine. Mais je suis aussi encore moi.

Belial haussa un sourcil.

— Tu l'as vaincue ?

Kassiel sourit de toutes ses dents.

— Bien sûr qu'elle l'a vaincue.

— Comment ? interrogea Damien.

— J'ai utilisé mon amour pour ma famille pour me donner de la force, expliquai-je en frottant mon ventre et en souriant à mes fils.

— C'est d'un ringard, dit Belial en levant les yeux.

— Peut-être, mais ça a marché, non ?

Je les embrassai tous, si soulagée d'être encore moi, et pleine d'espoir désormais. Si je pouvais vaincre Famine, alors Lucifer pouvait sûrement renverser Guerre lui aussi. Il avait juste besoin que je le guide et l'aide à se souvenir de moi.

J'explorai la zone, la plupart des métamorphes et des diablotins avaient soit fui, soit succombé. La majorité de mon peuple était encore debout, sauf Callan et Zel. Ils étaient par terre sous un arbre mort, et je me précipitai vers eux.

— Comme va-t-elle ? demandai-je.

Callan leva les yeux vers moi avec une expression douloureuse.

— Elle a besoin d'un guérisseur tout de suite.

Alors que Damien demandait à Mirabella d'ouvrir le portail pour la Terre, je m'agenouillai à côté de ma meilleure amie et plaçai mes mains sur ses joues. Elle était faible, et je ressentis sa force vitale comme jamais auparavant. Une petite voix me disait qu'il serait si facile d'aspirer ce qu'il restait, peut-être le vestige persistant de l'essence de Famine. Quelque chose avec lequel je devrais apprendre à vivre et à contrôler.

Mais si je pouvais prendre l'énergie et la vie, pouvais-je la donner également ? J'étais capable de le faire avec les plantes, pourquoi pas avec les gens ?

Je posai les mains sur l'énorme entaille ensanglantée sur le ventre de Zel, une plaie horrible que j'évitais de regarder. Contrairement aux anges guérisseurs qui utilisaient leur connexion avec la lumière pour soigner, j'étais différente car mon pouvoir venait de la nature. Tout comme Famine auparavant, je m'emparai de la force vitale des plantes autour de nous, assombrissant à nouveau l'herbe. L'arbre au-dessus de nous perdit ses feuilles, qui tombèrent sur nous comme de la pluie. Je concentrai cette énergie en moi, puis la déversai en Zel.

La magie accéléra sa guérison d'immortelle, et elle poussa un cri en ouvrant les yeux. Son ventre se referma et son visage reprit des couleurs, alors qu'elle me fixait, choquée.

— Qu... ?

— Je t'expliquerai tout plus tard. Mais si tu pouvais éviter de mourir pour moi, ce serait super.

Je lui caressai la joue, des larmes de soulagement dans les yeux.

Elle haussa un peu les épaules, même si ça lui fit faire la grimace.

— Je ne fais pas de promesse.

— Ma reine, le portail est prêt, dit Mirabella derrière moi.

— Merci.

J'ordonnai à tout le monde de le traverser, pendant que je faisais tout mon possible pour remettre la zone en bon état. Je craignais cependant que l'endroit où j'avais guéri Zel ne se remettrait jamais. Il resterait mort, un mémorial lugubre à la vie qu'elle avait failli perdre.

Callan la porta à travers le portail, et il ne resta plus que quelques-uns d'entre nous. Je regardai une dernière fois la tombe et la statue qui la surplombait. Je ressentis un étrange mélange d'affinité et de haine pour cet endroit, sans doute en raison de cette nouvelle partie de moi qui avait été enfermée ici pendant des milliers d'années.

Mirabella toucha légèrement mon coude.

— Avant que vous partiez, je souhaiterais vous remercier pour m'avoir sauvé, moi et Eira de Famine.

Je cillai.

— Eira ?

— La fille de Fenrir, le loup blanc. C'est une demi-fée de la Cour d'Hiver. Sa mère est morte quand elle était bébé, donc elle a été élevée par Fenrir parmi les métamorphes. Elle était messa-gère pour les démons comme moi et une bonne amie, du moins jusqu'à ce que Fenrir se retourne contre Lucifer.

Sa voix se fit moins audible à cause de la tristesse. C'était un rappel que la guerre civile divisait notre peuple. Lucifer et moi aurions beaucoup de travail pour réparer les choses, même une fois Fenrir arrêté. Némésis au moins n'était plus.

— Je ferai tout pour protéger mon peuple, dis-je à Mirabella.

Elle s'inclina bien bas et je me tournai vers le portail. Il était temps de retourner sur Terre et d'affronter Lucifer.

D'affronter Guerre.

12

LUCIFER

Après m'être rendu compte que la femme et mon enfant étaient partis, j'avais détruit le penthouse dans un accès de rage. Je m'en souvenais à peine, et je sortis de ma frénésie guerrière seulement quand Samaël et des anges se ruèrent sur moi pour essayer de m'arrêter. Quels idiots, ils pensaient pouvoir s'opposer à moi. D'un seul geste, mon pouvoir les transforma en des guerriers stupides animés par une folle envie de sang. Samaël me servit alors à nouveau. Quant aux autres anges, ils étaient enchaînés au sous-sol du Celestial. Nous les utiliserions comme prisonniers de guerre, où peut-être comme appâts, si besoin.

Je me servis un verre et me tins au bord du balcon, regardant la ville que je possédais. Une ville qui connaîtrait très vite le carnage et la terreur quand la guerre entre les anges et les démons recommencerait. Samaël était en train de rassembler nos forces et de les préparer pour la bataille. Bientôt, les anges seraient aussi là. Mon flux sanguin s'accéléra à la pensée du combat qui éclaterait bientôt dans ces rues illuminées. Je rêvais du tintement des armes et des flots de sang, des hurlements d'agonie et de triomphe.

Je me retournai pour regarder le mobilier détruit dans le penthouse. Les canapés de cuir noir et le piano m'étaient familiers, faisant remonter beaucoup de souvenirs. Cependant, d'autres pans de mon passé demeuraient de grands trous noirs. Ils étaient à présent en miettes, le cuir lacéré, le piano écrasé. Peu importe. C'était mieux ainsi. Il n'y avait aucun endroit dans ma maison qui ne sentait pas cette femme, et sa présence m'envahissait à chacune de mes respirations.

Mais elle n'était pas là en ce moment. Samaël ne me dirait pas non plus où elle était partie. J'ignorais comment il réussissait à résister à cette question, mais j'obtiendrais vite une réponse. Ceux qui ne se soumettaient pas à ma volonté mourraient.

Je devais trouver la femme et la ramener ici. Depuis que je l'avais embrassée, son absence créait un vide dans ma poitrine, un vide auquel je ne m'attendais pas et que je ne savais comment remplir.

À cette pensée, en réponse à ce sentiment, Guerre déversa en moi une rage contre cette femme. Maintenant que j'avais repris ma place de roi des démons, je n'avais besoin de rien ni de personne à part moi. Certainement pas d'*elle*.

Samaël apparut dans l'entrée du penthouse.

— Lucifer.

— Ton roi, le corrigeai-je.

Je lui adressai un regard dur, et il inclina la tête.

— Mon roi. Un grand groupe d'anges s'approche de la ville.

Je terminai le restant de mon verre.

— Excellent. Nos soldats sont prêts ?

— Oui, mais...

Il hésita, et je le sentis lutter contre mon contrôle.

— Êtes-vous sûr que c'est la meilleure chose à faire ?

— Tu oses me poser des questions ?

Je posai avec force le verre vide sur le bar, qui se brisa dans ma main.

— La guerre contre les anges n'aurait jamais dû s'arrêter. J'ai commis l'erreur de faire la paix avec eux, mais ces jours sont terminés maintenant. Nous nous arrêterons quand ils se rendront, ou nous les détruirons tous un par un.

Samaël secoua rapidement la tête mais pinça les lèvres.

— Bien sûr, mon roi.

Ce salaud était têtu, ça ne faisait aucun doute, et bien trop calme pour que les pouvoirs de Guerre le provoquent, mais je ne pouvais pas non plus permettre qu'il m'interroge.

— Tu m'as suivi quand nous avons quitté le Paradis pour aller vivre en Enfer. Tu me suivras à nouveau maintenant.

J'infusai du pouvoir dans mes paroles et lui lançai un sourire suffisant.

— Nous ne pouvons pas laisser les anges gagner après toutes ces années, si ?

— Non, murmura-t-il.

Sa force finit par céder face à la mienne, et il hocha la tête.

— Je vous suivrai n'importe où, mon roi. Même dans cette guerre.

— Il n'y aura pas de guerre, coupa la voix d'une femme derrière moi.

Je tournai brusquement la tête vers l'entrée du penthouse, là où se tenait la femme ange, connue sous le nom d'Hannah. Quelque chose chez elle avait changé, et il me fallut un moment pour trouver quoi. Elle émanait du pouvoir d'un Ancien Dieu. Comment était-ce possible ?

Trois grands hommes aux cheveux foncés se déployèrent derrière elle, et une confusion supplémentaire m'envahit, comme un souvenir enfoui dont je devais me rappeler. Je les regardai attentivement mais ils ne m'étaient pas familiers, même s'ils tiraillaient autant mon esprit que la femme.

— C'est déjà fait, lui dis-je. La guerre va s'abattre sur cette ville, puis sur le reste du monde, et ensuite sur les autres mondes. Il n'y a rien que vous puissiez faire pour l'arrêter.

— Je peux t'arrêter *toi*.

Elle s'avança vers moi, et alors qu'elle s'approchait, cet ancien pouvoir qui se nourrissait de tout irradia d'elle. Un pouvoir que je savais comparable au mien.

— Famine ? demandai-je.

Non, quelque chose n'allait pas. La femme ange n'était pas Famine, pourtant elle possédait le pouvoir de Famine, qui à la fois appelait et repoussait Guerre. Ils étaient de vieux adversaires, et Guerre voulait que je la détruise. *Tue, tue, tue*, me souffla-t-il encore et encore. Cependant, je ne pouvais détacher mon regard des lèvres de la femme ange, de la rondeur de ses seins et de ses hanches, ou du gonflement de son ventre dans lequel se trouvait mon enfant. Ma fille. J'inspirai sans réfléchir son parfum jusqu'au fond de moi.

— J'ai libéré Famine et je suis devenue son réceptacle, comme toi avec Guerre, expliqua-t-elle. Mais j'ai ensuite pris le contrôle et je l'ai vaincue, revendiquant ses pouvoirs comme les miens. Toi aussi tu peux le faire, Lucifer.

Je la fixai, essayant de comprendre comment c'était possible. Je sentis une brève lueur d'espoir, avant que Guerre la piétine et enrage en moi.

Tue-la, ordonna-t-il.

— Éloigne-toi de moi, réussis-je à dire, les dents serrées, alors que je lançais un regard noir à la femme.

À l'intérieur, j'étais déchiré en deux, divisé entre le besoin de la tuer et de la protéger.

— Ne... t'approche... pas.

Elle posa une main sur mon torse.

— Si. Guerre veut te convaincre que tout n'est que conflit et colère, mais ce n'est pas vrai. Plonge au fond de toi et essaie de trouver la paix.

J'agrippai fermement sa main et ne pus la lâcher.

— Il n'y a pas de paix en moi.

— C'est Guerre qui parle. L'homme que j'aime s'est battu pour la paix pendant des années. Il a mis fin à la guerre avec les anges. Il a combattu à leur côté quand ils étaient menacés de l'intérieur.

— Je ne suis pas cet homme dont tu parles.

— Si. Tu as oublié simplement parce que Guerre a pris tes souvenirs de moi, et de nos enfants.

Elle se retourna vers les trois hommes.

— Nos fils. Belial. Damien. Kassiel.

Je leur jetai un regard. Ils avaient tous l'air prêts à m'attaquer et à défendre leur mère si je passais à l'action. Je fus soudain frappé par le sentiment qu'ils étaient de moi, et je reconnus certains de mes traits dans leur visage. Impossible également de nier l'enfant qu'elle portait. La femme disait la vérité.

— Je vous tuerai tous, me força à dire Guerre alors qu'il réessayait d'exercer son contrôle.

— Non, tu ne les tueras pas, dit-elle. Tu ne leur ferais jamais de mal. Tu ne te souviens peut-être pas d'eux, mais tu les connais. Après tout, tu es devenu Guerre pour sauver notre fils aîné, Belial.

Je n'avais aucun souvenir de ce qu'elle racontait, pourtant je savais curieusement que c'était vrai. À l'intérieur de moi, Guerre injecta rage et haine dans mes veines, essayant de me submerger avec une soif de sang, mais je le repoussai. Je devais connaître la vérité sur ce qui m'était arrivé. Mais il était si puissant qu'il semblait impossible de le vaincre.

— Lucifer.

La voix de la femme me rappella à elle, et elle me caressa le visage.

— Tu sais au fond de toi que je suis ta compagne, même si tu ne te souviens pas de moi. Accepte ce sentiment. Tu n'es pas toi-même en ce moment. Tu as sacrifié tes souvenirs pour notre bien à tous, mais à présent, il faut que tu me fasses confiance. Crois en moi et en notre amour. Crois en notre famille.

Je me mis à secouer la tête, niant ses paroles. Elle n'était rien pour moi. Rien. J'étais Lucifer et Guerre, l'amour n'existait pas dans mon monde.

— Non !

Elle prit ma joue en coupe et m'embrassa, sa bouche douce et tendre mais implacable. Je la pris dans mes bras et lui rendis son baiser, ma langue sondant sa bouche. Il y avait quelque chose chez cette femme. Je n'arrivais pas à le toucher du doigt.

Elle recula et prit mon visage dans ses mains, les yeux dans les yeux.

— Combats Guerre, Lucifer. Tu peux le vaincre. Laisse-moi t'aider.

— Je ne peux pas. Il est trop fort.

— Tu es plus fort que lui.

Puis elle m'embrassa à nouveau, ouvrant la bouche et effleurant ma langue de la sienne. La chaleur grésilla entre nous et je l'attirai plus près, jusqu'à que nous ne fassions presque plus qu'un. Au même moment, je sentis la colère et la rage se détacher de moi, en plus de ma force vitale. La magie de Famine volait l'énergie et le pouvoir, elle me les prit pendant que sa bouche se collait contre la mienne.

Mes mains entourèrent son ventre, sentant la vie qui grandissait en elle et que j'avais aidé à créer. Un tout petit coup de pied me répondit en retour, comme si ma fille appelait son papa. Elle avait besoin de moi, ce qui me donna toute la force nécessaire pour continuer à me battre.

Guerre enrageait en moi, mais il s'affaiblissait à mesure qu'Hannah s'emparait de son énergie déchaînée. Je m'accrochai à elle, mais Guerre ne laisserait pas cette bataille se terminer si facilement. Il libéra tout à coup une vague de rage folle, si bien que gargouilles et Déchus se ruèrent dans le penthouse pour attaquer mes fils. Ils vinrent même pour tuer ma femme. Ma fille.

— Non ! rugis-je en repoussant Guerre et en stoppant les attaques.

Il ne toucherait pas à ma famille. J'avais bien voulu me sacrifier, mais pas les sacrifier eux. Jamais.

Tu as besoin de moi, dit Guerre. *Je peux t'apporter la puissance.*

Je suis déjà puissant, connard.

— Concentre-toi sur la paix et sur l'amour, résonna la voix d'Hannah par-dessus la rage tourbillonnante que j'essayais désespérément de combattre. Je sais que tu en es capable.

Tombant à genoux, je repoussai ma compagne et m'agrippai la tête.

— Je ne peux pas.

Elle s'approcha à nouveau et me prit les mains, les tenant dans les siennes et en m'observant de son doux regard. Une lumière pâle l'entoura, que je reconnus comme la lumière de la vérité. Un tour d'ange Erelim.

— Rappelle-toi qui tu es. Oui, tu es le roi des démons, mais tu es aussi ma moitié. Mon mari. Ma destinée. Tu es l'homme qui m'a cherchée dans toutes mes vies. Qui a patiemment attendu que je ressuscite à chaque fois. Qui a brisé la malédiction et s'est sacrifié pour sauver ceux qu'il aime. Souviens-toi de moi. Souviens-toi de *nous.*

Sa lumière m'encercla, et tout me revint comme si j'avais été frappé par la foudre. Je me souvins de tout. D'Ève, d'Hannah et de ses autres vies. De nos fils. *Tout.*

J'avais mis fin à la guerre contre les anges et m'étais battu pour la paix pour Hannah. Pour ma famille. Ce souvenir me fournit l'impulsion finale dont j'avais besoin pour repousser Guerre, pour le réduire en poussière.

Il essaya de quitter mon corps, sûrement pour trouver un autre hôte, mais je l'enfermai en moi avec mes pouvoirs. Ensuite, je le mis en pièces avec tout ce que j'avais, jusqu'à ce que son essence explose dans mon corps dans un éclair rouge de haine et de colère.

Et puis, il disparut.

La voix de Guerre ne résonnait plus dans ma tête ; sa colère ne tendait plus mes muscles ni stimulait mes pensées. Pourtant, quelque chose de lui restait encore en moi, partie intégrante de mon être désormais.

J'étais Lucifer, mais j'étais également Guerre.

— Hannah.

Je serrai ma compagne contre moi tandis que le soulagement et l'amour emplissaient ma poitrine.

— Je savais que tu trouverais un moyen de me sauver.

— Je suis désolée que ça ait pris autant de temps.

— Je suis désolé d'avoir essayé de te tuer.

Elle me sourit et haussa les épaules.

— Tu n'y as pas beaucoup mis du tien.

— C'est fini ? demanda Belial derrière nous. Tu es libre ?

Je me tournai vers mes fils, le cœur gros à la vue des trois hommes réunis. Ma famille, ils étaient tous là pour me sauver. Y compris ce nouveau cadeau qui grandissait en ce moment en Hannah.

— Oui, je suis libre.

13

———

HANNAH

J'enlaçai Lucifer et pressai mon visage contre son torse, si soulagée qu'il soit de retour que je pouvais à peine respirer. Je ne sentais plus la présence de Guerre, je ne sentais plus que l'homme que j'aimais depuis des millénaires.

Il toucha ma joue et je levai les yeux vers lui. L'amour brillait dans son regard, sans aucun vestige de la colère rouge de Guerre. Sauf qu'à présent, il *était* Guerre, tout comme j'étais Famine. Nous avions été beaucoup de choses durant mes nombreuses vies antérieures, mais ceci était à peine croyable.

Lucifer se tourna à nouveau vers nos fils avec un sourire.

— Vous êtes tous là. Ça fait si longtemps.

— Je n'aurais pas pu te sauver sans leur aide, dis-je, le cœur gonflé de fierté et d'amour.

J'avais désiré voir notre famille réunie, et mon souhait était désormais exaucé. Ce ne serait pas la dernière fois non plus. Je m'étais bien trop battue pour sauver Lucifer et réunir à nouveau cette famille, donc je comptais maintenir cette situation ainsi.

— Merci, leur dit-il.

— Père, ça fait bien trop longtemps.

Damien s'avança et prit la main de Lucifer J'avais retrouvé mes fils, et c'était à présent le tour de Lucifer. Kassiel alla également enlacer son père, seul Belial se tint en retrait, incertain. Mais quand Lucifer se tourna vers notre fils aîné, ce fut avec un léger sourire ironique et du pardon dans le regard. Belial finit par s'avancer et serrer la main de Lucifer. Il dit quelque chose à voix basse, quelque chose seulement destiné à son père, et Lucifer hocha la tête.

Ensuite, Lucifer se tourna vers moi et me reprit dans ses bras. Ses mains descendirent pour se poser sur mon gros ventre, et ses yeux fixèrent les miens avec émerveillement.

— Un autre enfant. Je n'avais jamais imaginé ça possible.

J'acquiesçai et plaçai mes mains sur les siennes.

— Une fille, d'après Marcus. Elle est forte.

— Je le sens. Forte comme sa mère.

Il avait l'air si heureux, mais il soupira.

— J'ai manqué presque toute ta grossesse. Je suis désolé.

— Ce n'est pas ta faute. J'ai commencé à penser que j'étais peut-être enceinte quand tu es devenu Guerre, mais je n'étais pas sûre, jusqu'à ce qu'on quitte le Paradis et que Marcus m'examine.

J'hésitai à lui dévoiler le sacrifice consenti pour Famine, mais peut-être valait-il mieux garder ça pour quand on serait seuls. À la place, je regardai le penthouse, remarquant à quel point il était sens dessus dessous.

— Qu'est-ce que tu as fait ici ?

Il haussa les épaules.

— J'ai tout détruit dans un accès de rage quand je suis revenu et que tu n'étais pas là.

— Ce pauvre penthouse, soupirai-je. Il en a vécu des choses.

Lucifer acquiesça, l'air pensif.

— Oui. Peut-être est-il temps de déménager.

— Mon roi, dit Samaël derrière nous.

J'avais à peine remarqué sa présence pendant tout ce temps.

Lucifer le regarda, renfrogné, puis il agita la main, et les épaules de Samaël s'abaissèrent de soulagement.

— Voilà, tu n'es plus sous le contrôle de... Guerre... de moi.

— C'est ce dont je voulais vous parler, dit Samaël. Les anges viennent attaquer la ville. Ils devraient être là incessamment sous peu.

Lucifer jura dans sa barbe. Ses ailes, à nouveau noires avec une légère touche d'aura rouge, se déployèrent alors qu'il se tournait vers moi.

— Il semblerait que j'ai relancé la guerre avec les anges, et je dois maintenant y mettre fin.

— Bien sûr, dis-je avec un petit hochement de tête. Je viens avec toi.

Lucifer prit ma main et y déposa un baiser.

— Je n'en attendais pas moins de toi, ma reine.

Il se retourna vers Samaël.

— S'il te plaît, fais en sorte que tous les démons restent en retrait, et essaie d'arrêter tout ce que j'ai provoqué quand j'étais Guerre. Kassiel, j'ai enfermé Olivia et ses hommes quand j'étais Guerre, je m'en excuse. Peut-être pourriez-vous aller les libérer maintenant, toi et tes frères.

— On s'en occupe, dit Kassiel.

Pendant que les autres s'affairaient au Celestial, Lucifer et moi décollâmes du balcon dans la nuit. Mes ailes argentées possédaient désormais une lueur verte à peine perceptible, seul indice de mon nouveau statut d'Ancien Dieu. Lucifer leva un sourcil en la voyant et je haussai les épaules. Nous nous tînmes la main en nous élevant dans l'air mordant de la nuit. Réunis à nouveau, comme ça faisait du bien.

À l'orée de la ville, nous découvrîmes une centaine de guerriers anges qui survolaient le désert en direction de Las Vegas, menés par Gabriel. Vêtu d'une armure argentée, il tenait une lance à la main et arborait une expression menaçante. De la colère grondait en lui, quelque chose qui ne s'apaiserait que dans un bain de sang. Tous les anges se préparèrent à nous attaquer à la seconde où ils nous virent, mais à mon soulagement, ils attendirent les ordres de Gabriel.

— C'est l'idée que tu te fais d'une bataille ? cracha Gabriel à Lucifer. Où sont tes soldats démoniaques ? Ou bien ton égo est-il si grand que ça ?

— Il n'y aura pas de bataille aujourd'hui, déclara Lucifer avant de répandre son pouvoir. Je vous libère.

Le brouillard de colère se leva des yeux de Gabriel et il cilla, confus.

— Lucifer ? Hannah ?

Lucifer posa la main sur l'épaule de Gabriel.

— Je suis désolé, mon vieil ami. Je n'étais pas moi-même. Je ne souhaite pas vraiment une guerre contre ton peuple.

— Moi non plus, dit Gabriel avant de se tourner face à ses soldats. Retirez-vous ! Retournez chez vous. Il n'y aura pas de bataille aujourd'hui.

Les guerriers anges semblèrent un peu désorientés, mais ils rangèrent leurs armes et commencèrent à s'éloigner en volant. Certains avaient l'air soulagés de ne pas verser de sang de démon aujourd'hui, quand d'autres paraissaient déçus. Très vite, il ne resta plus que Gabriel. Nous planâmes tous les trois en nous faisant face.

Lucifer brisa le silence.

— Tu m'as offert un verre la dernière fois, et j'ai refusé. Laisse-moi t'en offrir un maintenant.

— J'accepte, dit Gabriel. J'adorerais savoir comment tu t'es libéré de l'emprise de Guerre.

Nous retournâmes tous les trois au penthouse, le verre et le bois brisés crissant sous nos chaussures, tandis que nous nous installions dans notre demeure en ruine.

— Je suis désolée pour le désordre, dis-je à Gabriel avec un soupir. Lucifer avait du mal à maîtriser sa colère, mais on s'en est occupés.

— Où est Guerre maintenant ? demanda Gabriel.

— Parti, répondit Lucifer en remplissant deux verres d'un alcool qui avait curieusement survécu à sa colère, et un verre d'eau pour moi.

Gabriel fronça les sourcils.

— Comment un Ancien Dieu peut-il ne plus être ?

— Famine n'est plus aussi, dis-je. Mais ce n'est pas tout à fait correct.

Lucifer fit un geste entre nous.

— Tu es en train de contempler ce qui reste de Famine et de Guerre.

— Comment est-ce possible ?

J'acceptai le verre d'eau de Lucifer.

— J'ai libéré Famine, suis devenue son hôte, et puis je l'ai vaincue.

Les yeux de Gabriel s'écarquillèrent.

— Je ne savais pas que c'était possible.

— Obéron m'a dit que c'était possible, même s'il ne pensait pas que ça allait marcher.

J'inclinai la tête en réfléchissant.

— Je suppose que la majorité n'y parviendrait pas. J'ai été capable de combattre Famine parce que mon essence est à l'opposé de la sienne. Tout comme Lucifer est l'opposé de Guerre, dès lors qu'il s'est rappelé qui il était vraiment.

Grâce à la force et à la magie de Famine, j'avais été capable de renforcer la lumière de la vérité des Erelim à un point inimaginable afin de réveiller les souvenirs de Lucifer. Je n'avais jamais été capable de faire ça avant de devenir un Ancien Dieu ; seule Famine pouvait suffisamment affaiblir Guerre, permettant à mes autres pouvoirs de fonctionner sur lui.

Gabriel but une gorgée de son verre avec un grand sourire.

— Lucifer... un homme de paix. Qui l'aurait cru à l'époque ?

— Ne répand pas cette rumeur, dit Lucifer avec un sourire suffisant. Il faut que je soigne mon image de méchant, après tout.

— Je ne crois pas que ce sera un problème.

Gabriel termina son verre et le posa.

— Je vous laisse vous retrouver. Je vais m'assurer qu'il n'y a aucun ange qui traîne avec l'idée de détruire un démon ou deux.

Il serra l'épaule de Lucifer.

— C'est bon de te revoir.

Après son départ, je me tournai vers Lucifer, soulagée d'être enfin seule avec lui. Nous avions beaucoup de choses à nous dire, et beaucoup de choses à discuter.

HANNAH

Lucifer prit ma main et l'attira vers lui.

— Pas un jour n'est passé sans que je ne pense à toi, même quand j'étais Guerre. Ton visage hantait toutes mes pensées, même si je ne comprenais pas pourquoi.

— J'ai moi aussi pensé à toi tous les jours. Je me sentais si coupable de t'avoir emprisonné...

Il posa un doigt sur ma lèvre.

— Non. Tu as bien fait.

— Je sais, mais j'ai quand même détesté ça, c'était si dur sans toi...

— Hannah.

Mon nom était une caresse apaisante, aussi sensible que n'importe quel toucher. Il déposa un baiser sur mes cheveux et lissa les mèches rebelles sur mon visage.

— D'après ce que j'ai vu et entendu, tu t'es très bien débrouillée en mon absence. Tu es volontairement devenue la reine de notre peuple, alors que tu étais enceinte. Je suis juste triste d'avoir manqué tout ça.

Je posai la main sur son torse, sentant le battement rassurant de son cœur sous ma paume.

— Tu ne souhaitais pas partir. Tu as fait ce qu'il fallait.

Il gronda de frustration ou de reconnaissance, puis passa la main sur mon ventre.

— Je suis là maintenant et je ne vais nulle part. Je serai à tes côtés à chaque seconde de ces derniers mois de grossesse, jusqu'à ce que tu me supplies de te laisser toute seule. Des massages de pieds ? Je suis ton homme. Des envies bizarres ? Pas de problème. Du sexe peu commode pendant la grossesse ? Quand tu veux.

Je ris doucement à ses déclarations, puis me rappelai que ce serait la dernière fois que nous vivrions tout ça. Je me détournai, mes yeux se remplissant de larmes, mais Lucifer attrapa mon menton.

— Qu'est-ce qu'il y a ? demanda-t-il, la voix pleine d'inquiétude.

— Pour te sauver, j'ai dû faire un sacrifice moi aussi.

J'avalai la boule de tristesse dans ma gorge.

L'horreur emplit ses yeux.

— Quelque chose ne va pas avec le bébé ? Est-ce que... Est-ce que Famine... ?

Je secouai la tête rapidement avant qu'il se fasse de fausses idées.

— Non, Famine ne lui a pas fait de mal. Elle a juste...

Je m'arrêtai de parler, mais le front de Lucifer se plissa., Je devais avouer avant qu'il s'imagine le pire.

— Ce sera mon dernier bébé.

Il me prit dans ses bras puissants et me pressa contre son torse.

— Je suis tellement désolé, Hannah. Je suis tellement désolé qu'elle t'ait pris ça.

— Qu'elle nous ait pris ça, dis-je entre mes dents.

Je l'enlaçai fortement, ressentant la profonde tristesse dans mon être tandis que j'assimilais vraiment le sacrifice. Lucifer s'accrocha également à moi, ressentant sans aucun doute sa propre peine et douleur.

Il se recula et essuya une de mes larmes.

— Je suis désolé. Je ne savais pas que tu avais tant sacrifié pour me sauver.

— Je ne vais pas mentir, ça fait mal. Je n'étais même pas sûre de vouloir un autre enfant après celui-là, mais de savoir que c'est impossible...

— Je comprends, je ressens la même chose.

Je tentai de sourire.

— Mais nous avons quatre enfants en bonne santé, pas vrai ?

Il acquiesça, toujours en me regardant.

— Nous avons un héritier et d'autres héritiers potentiels. D'accord, notre fils aîné a essayé de nous renverser de nombreuses fois, mais nous avons le temps de régler ça avec lui.

Un petit rire m'échappa.

— C'était si agréable de les voir tous ensemble. Il faut qu'on reste proches à partir de maintenant.

— Je pense la même chose. J'ai commis tant d'erreurs avec notre famille auparavant, mais les choses sont différentes à présent. La malédiction est brisée, nous ne vivrons pas toutes ces longues années sans toi. Notre fille n'aura jamais à essayer de s'habituer à sa mère dans un nouveau corps, contrairement à nos fils.

— Non, dis-je avec soulagement. Et maintenant que nous sommes des Anciens Dieux, nous pouvons enfin vaincre Adam afin qu'il ne représente jamais une menace pour elle.

— Adam, grogna-t-il un peu à cette mention. Il est venu ici en tant que Pestilence quand tu n'étais pas là, mais je l'ai repoussé. Je crois que je l'ai affaibli, mais je suis certain qu'il reviendra.

— Nous serons prêts quand il reviendra. Nous avons déjà un plan.

— Évidemment.

Lucifer déposa un baiser sur mon front.

— Je suis constamment ébahi par ta force. À chacune de tes vies, tu m'inspires. Mais dans celle-ci, tu t'es vraiment surpassée, ma reine.

— Merci. Tu n'es pas trop mal non plus, tu sais.

J'enroulai mon bras autour de son cou.

— Bon, et à propos de sexe peu commode...

Un son amusé, sexy et viril gronda profondément dans sa gorge.

— Si madame le souhaite.

— Il y a un endroit dans ce penthouse qui n'a pas été saccagé ?

Il me porta comme si je ne pesais rien, puis m'emmena jusqu'à la chambre où nous dormions autrefois, celle où je dormais seule depuis des mois. Le lit était intact, toujours recouvert de draps de soie noire et garni de mes coussins bleu sarcelle.

— Même en pleine démence, je n'ai pas pu le détruire, dit Lucifer en me posant dessus.

Sa voix basse et profonde provoqua un frisson d'impatience en moi.

— Mais je commence à penser qu'il nous faut déménager...

J'attrapai sa chemise et la déchirai, faisant voler les boutons.

— Arrête de parler et baise-moi. Ça fait six mois que je ne t'ai pas vu, et ces hormones de grossesse ont été atroces.

Dans un sourire diabolique, il enleva sa chemise, révélant le torse lisse et musclé qui m'avait tant manqué.

— J'avais l'habitude de t'attendre des vies entières. Six mois n'est rien pour moi.

J'attrapai un coussin et le frappai avec. Il me le prit et le mit de côté avec un rire. Il me plaqua ensuite sur le lit, prenant garde de ne pas écraser mon ventre. Son baiser me dévora, alors que ses mains s'emmêlaient aux miennes au-dessus de ma tête. Mon corps se cambra vers lui, le besoin qu'il me prenne étant si fort que je crus devoir le crier. Tout ce que je pus faire fut de l'embrasser en retour et de balancer mes hanches contre lui, le suppliant silencieusement de m'en donner plus.

Il se leva, juste assez pour m'arracher mon t-shirt et déchirer mon soutien-gorge. Puis il me contempla, ses doigts caressant la rondeur de mon corps et de mes seins.

— Incroyable.

— Il y a eu quelques changements pendant que tu étais absent, dis-je en me tortillant à la fois d'embarras et d'amusement.

Il croisa mon regard, l'air affamé.

— Je t'adore comme ça, ronde avec mon enfant. Je vais savourer chaque seconde.

— Commence maintenant, murmurai-je en saisissant son pantalon.

— Si impatiente, plaisanta-t-il.

Il déboutonna mon pantalon et me l'enleva, ma culotte avec. Je portais encore les habits pour combattre Famine, et ils étaient un peu poussiéreux, mais rien de tout cela lui importait.

Il m'admira quelques secondes, puis plongea entre mes jambes et embrassa le côté de mon genou. J'en eus le souffle coupé. J'avais hâte qu'il embrasse l'intérieur de ma cuisse, mais alors que je retenais mon souffle dans l'attente, il se détourna et s'occupa de l'autre genou.

— Comme je te l'ai dit, je vais te savourer.

Je soufflai mais fermai les yeux car Lucifer en train de me savourer... ça m'avait manqué.

Ses doigts agrippèrent l'extérieur de mes cuisses tandis qu'il les écartait, et l'anticipation suffit à accélérer ma respiration. Sa langue toucha ma peau, et j'enfonçai les mains dans ses épais cheveux foncés.

Je tirai pour essayer de le rapprocher.

— Lucifer.

Il refit ce grognement amusé, mais il eut ensuite pitié de moi et recouvra mon clitoris de sa bouche. Je lâchai un faible gémissement en obtenant un soupçon de ce que je désirais. Son langue passa dans les plis de mon sexe, goûtant chaque centimètre de moi comme s'il était incapable de s'en lasser. Il enfouit son visage dans mon entrejambe, et je perdis pied alors qu'il aspirait plus fortement mon clitoris. Il me dévorait comme un homme affamé, comme si j'étais le meilleur repas du monde.

— Mmm, soupira-t-il de satisfaction. Je t'ai manqué.

— Si tu savais.

Mais mes mots étaient entrecoupés de respiration saccadée, sa bouche faisant des miracles. Mes mains retournèrent dans ses cheveux, tirant les mèches sombres. Il me répondit en appuyant davantage, en me léchant et suçant de plus en plus vite et de plus en plus fort. Puis, il me regarda, les yeux rouges, avant de rabaisser la tête et de caresser possessivement mon clitoris de la langue. Cela suffit pour me faire monter au septième ciel. Mes muscles se tendirent puis se relâchèrent. Je basculai un moment dans le vide, retenant mon souffle à la poursuite de la sensation.

Mon corps palpita et je cherchai de l'air alors que Lucifer se relevait au-dessus de moi avec un sourire sombre. Puis, il retira lentement son pantalon, faisant jaillir sa grande queue parfaite et à l'évidence pleine de désir. Je n'étais pas la seule qui mourrait d'envie de jouir.

Je m'assis et pris son membre dans ma bouche, juste quelques secondes, incapable de m'en empêcher. J'avais moi aussi besoin de le goûter. Il reprit son souffle, et je me délectai du petit contrôle que j'avais sur cet homme habitué à tout contrôler. Là, il était à moi.

— Merde, tu m'as manqué aussi, dit-il en prenant tendrement ma tête.

Mais ensuite, son désir le submergea lui aussi, il gémit et retira sa queue de ma bouche.

Il s'allongea sur le lit et m'attira au-dessus de lui pour que je le chevauche. Les doigts plantés dans mes hanches, il me leva, ses intenses yeux rouges étincelants dans les miens. Je me demandai si mon regard luisait également, mais ce fut ma dernière pensée avant de descendre et de le faire glisser en moi.

C'était incroyable, nous ne faisions enfin plus qu'un. J'ignorais si c'était parce que j'étais enceinte ou parce que nous étions désormais des dieux, mais je le sentais bien plus qu'avant, sur le plan à la fois physique et spirituel. Nos âmes étaient entrelacées, tout comme nos corps.

— C'est si bon, haleta Lucifer en lâchant un son profond qui vibra à travers nos deux corps.

Ses mains étaient sur mes hanches, avant de les monter sur mes côtes puis sur mes seins, me touchant partout, comme s'il ne m'avait jamais touchée. Puis, il donna un coup de rein puissant, s'enfonçant si profondément qu'il me fit crier. Cependant, c'était exactement ce dont mon corps avait besoin, et à présent, j'en voulais plus.

Au début, Lucifer me laissa choisir le rythme pendant qu'il caressait mes seins, les observant balloter au-dessus de lui. Je rejetai la tête en arrière et goûtai le plaisir qui grandissait en moi. Je le chevauchai plus vite et avec plus de puissance. J'adorais la sensation de son sexe qui s'enfonçait davantage à chaque va-et-vient. Mais alors ses mains retournèrent à mes hanches. Il grogna en se mettant à bouger, en rythme avec moi, me tenant dans la position qu'il désirait, et me baisant plus vite et plus fort comme s'il n'en avait jamais assez.

Il emmêla sa main dans mes cheveux, et abaissa mon visage pour m'embrasser d'une manière qui ne laissa aucun doute sur le fait que je lui appartenais. Sa manière de me prendre avec possessivité ne fit qu'alimenter mon propre désir. Je me laissai aller et l'autorisai à prendre le contrôle total de mon corps. Je cédai alors que nous ne faisions plus qu'un. Chacune de ses ruades embrasa tout mon corps ; je criai son nom et enfonçai mes ongles dans sa peau, hurlant mon plaisir. Pendant que l'orgasme m'envahissait, le pouvoir jaillit de mon corps. La respiration de Lucifer changea et il se joignit à moi avec sa propre montée d'énergie. Le verre explosa autour de nous, mais je le remarquai à peine tandis qu'il me pénétrait une dernière fois, prolongeant l'instant où nous n'avions jamais été aussi connectés.

Alors que mon corps palpitant se calmait, je m'écroulai sur son torse, roulant doucement sur le côté pour ménager mon ventre imposant. Puis, je remarquai les plantes dans la pièce, que j'avais dû faire pousser au moment de l'orgasme. Oups. L'orgasme de Lucifer avait encore plus démoli le penthouse, détruisant le peu qui restait encore debout.

Il suivit mon regard et leva un sourcil.

— C'est nouveau.

— C'est moi ou le sexe est encore plus intense en étant un Ancien Dieu ?

— Je n'en suis pas sûr, gronda-t-il en glissant un doigt en moi. Je pense qu'on devrait le refaire pour nous en assurer.

— Déjà ?

— Oui.

Il m'attrapa et me mit à genoux, puis il me prit par derrière. Sa queue était déjà dure devant mon orifice, suppliant de s'introduire en moi.

— Après tout, nous avons six mois à rattraper... et j'ai l'endurance d'un dieu.

Après ça, nous arrêtâmes de parler et je me reculai sur son pieu, le prenant en profondeur. Il se pencha et prit mes cheveux pour me tirer la tête en arrière. Il me prit vite et puissamment, comme s'il allait mourir s'il ne possédait pas chaque centimètre de moi. Néanmoins, nous étions des dieux à présent et rien ne pouvait me blesser. J'en savourai chaque seconde, jusqu'à ce qu'il me refasse crier son nom et que je me contracte autour de son sexe, provoquant son orgasme pendant que mon pouvoir secouait tout l'étage du penthouse.

— Si on continue comme ça, on va devoir déménager, dis-je alors que mon corps tremblait encore sous l'effet de mon dernier orgasme.

Il m'enlaça et m'embrassa.

— Je pensais la même chose. Mais pour l'instant, tout ce qui compte, c'est que nous soyons ensemble. Et plus rien ne nous séparera.

15

LUCIFER

Je contemplai à nouveau la pile de livres sur le bureau. Hannah n'avait pas ménagé ses efforts, elle avait tout consulté. Je doutais qu'elle puisse même comprendre certains livres ouverts. Mais je l'imaginais prendre son temps en tournant les pages fragiles, à la recherche d'un terme familier ou d'un schéma dans une marge. Combien de nuits avait-elle passé à chercher un moyen de me sauver des griffes de Guerre ?

Je n'avais pas besoin d'une réponse. Mon instinct me disait qu'elle avait veillé tard toutes les nuits pour ses recherches. D'une certaine manière, elle s'était aussi élevée au rang de reine des démons en mon absence, tout en étant enceinte et sacrément malade, d'après ce qu'on m'avait rapporté.

J'avais toujours su qu'Hannah me sauverait. C'était l'une des raisons pour lesquelles j'avais pris un tel risque dès le début. Mais voir la preuve de son dur labeur me fit apprécier ses efforts encore plus.

J'inspirai l'odeur de la bibliothèque, les pages anciennes, les fauteuils en cuir, et à présent le léger parfum fleuri des plantes d'Hannah. Même si j'avais détruit en grande partie le penthouse quand j'étais Guerre, j'avais suffisamment épargné cet espace pour travailler à mon bureau quelques heures, essayant de rattraper tout ce que j'avais raté ces six derniers mois.

J'avais raté beaucoup de choses, semblait-il. Le temps ne s'était pas écoulé de la même manière avec Guerre dans mon corps. Je n'avais pas songé aux choses ordinaires, à manger ou à dormir. Je n'avais eu que deux objectifs.

Le premier, m'échapper des confins du Paradis. Le deuxième, semer la guerre et le chaos dans le monde.

Hannah entra dans la bibliothèque, absolument rayonnante dans sa longue robe vert pâle qui mettait en valeur son gros ventre. La fierté et l'amour m'envahirent. Je me levai immédiatement et traversai la bibliothèque pour la prendre dans mes bras. Je ne m'étais jamais vraiment senti heureux par le passé. Du moins, pas comme ça.

— Bonjour, mon amour. Comment te sens-tu ce matin ? demandai-je en l'attirant contre moi.

Elle haussa les épaules.

— Bizarre. Je n'ai plus besoin de manger ou de dormir... mais j'aime toujours faire ces deux choses. Ça va ?

Je l'embrassai sur le front.

— Super. Au top. C'est l'heure de la réunion ?

— Je crois oui.

— Tu viens avec moi ? chuchotai-je à son oreille. On aura le temps de faire une sieste plus tard.

Elle leva les yeux au ciel.

— Bien sûr que j'assiste à la réunion. Je ne te laisserai pas seul avec mes archdémons avant de m'assurer que tu sais ce que tu fais.

— Oh, ce sont tes archdémons maintenant ?

Je lui pris la main et sortis de la bibliothèque, excité de partager mon trône après tant de vies passées sans elle.

— Je vois... Je te laisse toute seule quelques mois et tu t'acca-
pares tout le pouvoir.

— Quoi ? Ce qui est à toi est à moi, et ce qui est à moi est
à moi...

— Ça ressemble au mariage, oui.

Main dans la main et en se souriant tels de jeunes amoureux,
nous prîmes l'ascenseur pour descendre au centre de contrôle. Les
démons actifs s'inclinèrent et certains applaudirent même quand
nous entrâmes. Je les gratifiai tous d'un sourire prétentieux et d'un
petit geste de la main, même si Hannah secouait la tête, désapprou-
vant mon attitude. Ça ne leur faisait pas de mal de leur rappeler que
j'étais bien à la hauteur de toutes les histoires qu'on racontait sur moi.

Nous entrâmes dans la salle de conférence, là où nos archdémons alliés nous attendaient, ainsi que Samaël. Ils se levèrent
tous quand ils nous virent, et Lilith se précipita même pour me
prendre dans ses bras. Puis, elle enlaça Hannah.

— Tu l'as fait, dit-elle. Tu as vraiment réussi à le sauver.

— Oui, confirmai-je avec un sourire en coin adressé à ma
femme. Je dois mon salut à Hannah, même si j'aimerais tous vous
remercier pour bien avoir géré le monde des démons ces derniers
mois. Romana, merci pour ta loyauté et pour avoir assuré la sécurité d'Hannah avec tes gens. Baal, j'apprécie grandement les
risques que tu as pris en espionnant Némésis et Fenrir pour moi.
Lilith, Hannah m'a dit que tes conseils et ton soutien ont été ines-
timables pour elle, et je t'en remercie.

— Je pense parler au nom de tous quand je dis que ça a été un
honneur de vous aider de n'importe quelle manière, dit Lilith.
Toutefois, nous sommes tous soulagés que tu sois de retour.

— Moi aussi. Je vous remercie tous pour votre loyauté
pendant cette période difficile, même s'il reste une personne que
je dois remercier : Samaël.

Je me tournai vers mon plus vieil et mon plus cher ami.

— Tu m'as soutenu toutes ces années, et quand j'étais absent, tu t'es tenu aux côtés d'Hannah.

— J'ai fait ce que tout le monde ferait dans cette position, dit-il, la voix profonde et pourtant modeste.

— Non, tu t'es toujours dépassé, mon ami.

Je posai la main sur son épaule, et il acquiesça stoïquement, même si je voyais dans son regard qu'il était ravi.

— C'est vrai que vous êtes tous les deux des Anciens Dieux ? demanda Romana. Qu'est-il arrivé à Guerre ? Et à Famine ?

— Oui, c'est vrai, affirma Hannah.

— On peut dire qu'on les a battus... et qu'on a pris leur place, ajoutai-je.

— Ils ne sont vraiment plus alors ? questionna Baal.

Le regard d'Hannah se fit compatissant.

— Je suis désolée. Si j'avais pu agir sans éliminer ta mère, je l'aurais fait. Si ça peut te rassurer, elle semblait encore très attachée à toi, à sa manière.

Il leva la main.

— Ne vous excusez pas. C'est en vérité un soulagement de savoir qu'elle est partie. Je n'ai plus à vivre dans la peur que ma mère se réveille et détruise le monde.

Je savais exactement ce qu'il ressentait, sauf que mon père, Mort, était toujours là, emprisonné dans sa tombe, à attendre d'être libéré. Avec Famine en liberté, nous n'étions qu'à un pas de son éveil, et cette pensée me terrifiait comme nulle autre.

— Némésis est morte aussi, dit Hannah. Je l'ai tuée pendant la bataille au royaume des fées, devant la tombe de Famine. Malheureusement, Fenrir s'est enfui.

— Vous pensez qu'il ira chercher Mort ensuite ? demanda Romana.

— C'est possible, s'il est toujours assez stupide et têtu pour continuer cette bataille, dis-je.

— Il l'est, confirma Baal.

— Néanmoins, il ne peut pas se rendre en Enfer, là où se trouve la tombe de Mort, dit Lilith. Lucifer s'en est assuré quand il a scellé le royaume il y a des années. Seuls lui et moi sommes en possession des clés.

— Un bon point, dis-je en me tournant vers Samaël. Assurons-nous de bien protéger Lilith.

— Ce n'est pas nécessaire, dit Lilith.

— Non, il a raison, dit Baal en prenant sa main, et je remarquai Samaël plisser les yeux. Nous devons protéger cette clé à tout prix.

— Et Pestilence ? demanda Romana.

Rien que de penser à lui m'irrita.

— Quand j'étais Guerre, je l'ai combattu et affaibli, mais je ne doute pas qu'il reviendra.

— Nous avons déjà un plan en place pour le retour de Pestilence.

Hannah me regarda en prononçant ces mots, puis se tourna vers la table.

— Mais je pense que nous devrions planifier quelque chose au cas où ça ne marche pas.

— Je doute qu'Adam ait envie de combattre l'emprise de Pestilence comme vous deux, dit Samaël.

— Non, ça ne marchera pas. Il nous faut un autre plan.

Hannah se retourna vers moi.

— Obéron a dit que tu avais autrefois une clé du Chaos. Tu l'as encore ?

Un frisson parcourut ma colonne vertébrale. Je m'étais attendu à tout, sauf à ça.

— Nous n'allons pas l'utiliser.

— Mais vous êtes allé dans le chaos autrefois, dit Baal.

— Oui, il y a des milliers d'années, et j'ai pris beaucoup de risques en demandant à Nyx de transformer les Déchus en démons pour qu'ils puissent survivre en Enfer. J'ai eu de la chance de m'en être sorti.

— Comment avez-vous même pu obtenir une telle chose ? demanda Romana.

— Mon père, Mort, me l'a donnée. Avant que nous devenions ennemis jurés.

— Ça pourrait fonctionner, dit Samaël, pensif. La clé est la seule chose qui peut envoyer un Ancien Dieu dans le Chaos.

Je jetai un regard dur à la table de mes alliés.

— Oui, mais ouvrir un portail pour le Chaos peut aussi faire sortir d'autres Anciens Dieux. On n'a pas besoin d'en avoir d'autres sur les bras maintenant, non ?

Ils murmurèrent tous leur accord, et je me dis que le sujet était clos, mais je sentis qu'ils étaient encore tous sur leurs gardes. Ils souhaitaient une solution de facilité, mais face à de telles menaces, ça ne pouvait être facile. Il s'agissait toujours de choisir la meilleure option entre plusieurs solutions pourries, puis prier pour avoir pris la bonne décision.

Je me levai, les forçant à lever les yeux vers moi alors que je les surplombais tel le roi que j'étais.

— Maintenant qu'Hannah et moi possédons les pouvoirs de Guerre et de Famine, Pestilence ne sera pas capable de s'opposer à nous. En attendant, utilisons toutes nos ressources pour traquer Fenrir. Je veux que justice lui soit faite tout de suite.

Hannah me regarda et hocha la tête, avant que je m'asseye à nouveau à côté d'elle, à ma place légitime de roi des démons.

Bon sang, ça faisait du bien d'être de retour.

16

HANNAH

En passant l'arche qui menait au Jardin de Perséphone, je sentis le premier signe de nervosité palpiter dans ma poitrine. Lucifer m'avait offert cet espace six mois auparavant, quand il n'était rien d'autre qu'un terrain vague et un rêve. Il avait deviné que la boutique de fleuriste me manquerait et que j'aurais besoin d'une connexion avec la nature, même au milieu du désert du Nevada. Mais ensuite, il était parti, et j'avais dû dessiner et mettre en place le jardin toute seule, en essayant d'en faire un endroit apprécié des clients de l'Hôtel casino Celestial. Désormais, je souhaitais de tout cœur son approbation.

Ça faisait deux jours que Lucifer était redevenu lui-même et les choses commençaient à se normaliser. Azazel était complètement remise, à la fois grâce à mon don d'énergie et aux soins prodigués par Marcus. Belial et Damien restaient à l'hôtel pour le moment, même si je doutais qu'ils y restent très longtemps. La rencontre avec les archdémons s'était bien passée, et Lucifer et moi nous habituions à être des Anciens Dieux. Il y avait assurément des bénéfices à ne pas ressentir le besoin de dormir.

Lucifer tint ma main, me laissant le guider sur les chemins

tortueux, sous les arbres touffus et près des plantes s'épanouissant devant la cascade.

— C'est magnifique.

— Tu aimes ? demandai-je en lui faisant un grand sourire.

Le son de la cascade m'apaisa instantanément, et j'inspirai les parfums des fleurs.

Il acquiesça et porta ma main à sa bouche, effleurant mes articulations avec ses lèvres.

— C'est superbe. Comme je m'y attendais. Comme ont toujours été tes jardins.

— J'étais stressée d'agir sans ton approbation vu que cet hôtel est ton bébé, dis-je en me dirigeant vers mon banc. Après m'être assise, je tapotai la pierre lisse à côté de moi.

— C'est mon endroit préféré.

— Ce doit être mon endroit préféré aussi.

Il fit un grand sourire et s'assit aussi près de moi que possible, me prenant dans ses bras. Il plongea la tête et m'embrassa dans le cou, promesse d'autres baisers.

— Tu n'avais pas besoin de mon approbation. J'avais entièrement foi en toi en te confiant ce projet.

J'étirai le cou pour lui permettre un meilleur accès à ma peau.

— Je sais, mais ça aurait été bien d'avoir la possibilité de recueillir ton avis d'abord...

— Je ne pense pas que j'aurais été d'une grande aide. Tu sais que je ne suis pas doué avec toute cette... nature. Je te la laisse.

Je levai les yeux au ciel. C'était vrai, Lucifer aurait été incapable de nommer une seule fleur près de nous. Il était tout à fait incompétent dans ce domaine.

— Nous espérons l'ouvrir aux clients de l'hôtel la semaine prochaine.

— Ils vont adorer. Ça va vraiment embellir l'hôtel.

Je rayonnai pratiquement de fierté à ses commentaires, puis

je remarquai son froncement de sourcils alors qu'il contemplait la cascade.

— Qu'est-ce qu'il y a ?

— Je ne peux pas croire que je dise ça, mais je pense que nous devrions partir de Las Vegas.

Il scruta le jardin comme s'il pouvait voir toute la ville à travers les feuillages.

— J'adore la qualité de l'air ici. Il est saturé de péchés, mais je veux me concentrer sur toi et sur notre fille.

Je m'appuyai contre lui, à cet endroit de sa poitrine qui semblait avoir été fait pour que je m'y blottisse.

— Je pense la même chose. On a besoin d'un nouveau départ. Le Celestial est super et tout, mais un casino n'est pas le meilleur endroit pour élever un enfant.

— Non, et j'aimerais déménager dans un endroit plus sûr et plus facilement défendable.

Il jeta un regard triste au bâtiment.

— Ces fichues porte-vitrées.

Je lâchai un rire.

— Je sais ! Nous avons dû dépenser une petite fortune à les réparer constamment ces deux dernières années.

— C'est comme si personne ne savait plus utiliser une porte, marmonna-t-il.

— Y compris toi ?

— Ça ne compte pas. Je n'étais pas dans mon état normal alors.

Je contemplai la cascade en exprimant le rêve secret que j'avais eu ces derniers mois, un rêve que j'avais eu peur ne serait-ce que d'envisager, ne sachant pas si je serais capable de ramener Lucifer.

— Pendant ton absence, Asmodée a acheté à Brandy une maison de plage en Californie du sud. Je me disais que j'aimerais bien vivre près d'elle, elle me manque beaucoup, et elle aussi est enceinte. Nous pourrions élever nos enfants ensemble.

Mais soudain, cet espoir s'évanouit face à la réalité de la situation.

— Mais je ne veux pas la mettre non plus en danger, elle et sa famille. Toi et moi resterons pour toujours Lucifer et Hannah, le roi et la reine des démons, Guerre et Famine. Nous ne vivrons jamais une vie paisible.

— Non, même si sur le moment, ça a l'air super.

Il admira la cascade quelques instants, puis se tourna vers moi.

— Nous devrions le faire. Nous aurons toujours des devoirs et des responsabilités, et nous vivrons toujours un peu dans le danger, mais nous méritons d'être heureux nous aussi. Quant à Brandy et à sa famille, nous nous assurerons qu'ils seront bien protégés à tout moment.

Cela pourrait-il vraiment marcher ? Je n'en étais pas sûre. Pendant l'absence de Lucifer, tout dans le monde des démons paraissait si précaire, qu'il pouvait être réduit en poussière si je n'étais pas là pour le maintenir. Mais peut-être que si nous réussissions à arrêter Pestilence et Fenrir, les choses se calmeraient un temps. Nous serions à même de nous retirer du monde des démons, de déléguer davantage à nos archdémons et d'apprécier un petit brin de paix. J'avais le droit d'en rêver, en tout cas.

Un doux hennissement attira mon attention. Nous nous tournâmes pour voir nos deux chevaux spectraux s'avancer dans l'herbe. Mes gargouilles, toujours sur leurs gardes, dégainèrent leurs armes, mais je levai la main pour leur signifier que ce n'était pas une menace. Le cheval de Guerre, immense, était rouge, beau et terrifiant à la fois, bien qu'il ne laisse plus d'empreintes de feu sur son passage. Le mien était plus petit et noir de jais, avec une crinière somptueuse qui volait au vent.

— D'où viennent-ils ? demandai-je.

Lucifer prit ma main alors que nous nous levions et nous approchions des chevaux.

— Je n'en suis pas sûr, mais ils disparaîtront quand nous n'aurons plus besoin d'eux. Peut-être qu'ils vivent dans le Chaos et qu'ils arrivent à le traverser, je ne sais comment.

— C'est tellement bizarre.

— Le plus étrange pour moi, c'est que Ruine était le seul à qui je pouvais parler lorsque j'étais enfermé au Paradis.

Il accueillit son cheval comme un ami de longue date.

— Non pas qu'il réponde grand-chose, mais j'appréciais tout de même sa compagnie.

Le cheval rouge se frotta à la main de Lucifer, et je touchai le mien avec plus de réserve. Son pelage était lisse et propre. Je le caressai, en me demandant comment ce serait de le monter. La jument n'avait pas de selle, mais j'avais le souvenir d'être montée à cheval dans mes vies antérieures. Et puis, j'étais un Cavalier à présent, je savais curieusement que je ne tomberais pas de ce cheval avec lequel je possédais un lien spirituel.

— Mon cheval s'appelle Misère, même si je ne sais pas trop d'où je le sais, dis-je. Nous ne nous sommes rencontrés qu'une seule fois, dès que je suis devenue Famine. Que suis-je censée faire avec elle ? Dois-je la nourrir ? La brosser ? L'héberger ?

— Ce sont eux aussi des Anciens Dieux, d'une certaine manière, dit Lucifer. Ou peut-être font-ils partie de notre propre essence. Je ne sais pas trop. Quoi qu'il en soit, ils n'ont pas besoin de se nourrir ou de se protéger, comme nous, même si un petit coup de brosse de temps en temps ne pourrait pas leur faire de mal.

— Je suppose que nous sommes liés à eux pour le restant de nos jours. Si on trouve un nouveau lieu de vie, nous devrions nous assurer qu'il y ait de la place pour eux.

Lucifer tapota son cheval en souriant.

— On devrait aller faire un tour un de ces jours. La seule chose que j'appréciais au Paradis, c'était de monter Ruine. Il vole encore plus rapidement que moi.

— Bonne idée. Un de ces quatre dans le désert peut-être ?

Notre conversation fut interrompue par un cri poussé à l'extérieur du jardin, depuis l'une des piscines de l'hôtel. Lucifer et moi fûmes immédiatement sur le qui-vive. Mes gardes nous entourèrent, toutes armes et ailes de chauve-souris sorties. Quand nous nous ruâmes en direction du son, nous croisâmes Azazel, qui avait dégainé ses poignards.

— C'est Pestilence, dit-elle. Il est là.

HANNAH

Une vague de peur me parcourut, mais je restai calme et hochai la tête. Je m'étais préparé à ça, alors je devais simplement m'assurer que tout se passe comme prévu.

— Sonnez l'alarme et que tout le monde se prépare !

— C'est quoi le plan ? demanda Lucifer.

Nous n'en avions pas encore parlé, nous pensions avoir au moins quelques semaines avant le retour de Pestilence.

— Suis juste le mouvement.

Je n'avais pas vraiment le temps d'expliquer, pas quand Pestilence trottait sur son cheval blanchâtre autour de la grande piscine bleue chatoyante où se trouvait une douzaine de clients. À présent les voilà qui criaient, couraient, ou tombaient à terre, malades, voire pire. Quelques cadavres flottaient déjà dans la piscine, et je déglutis en les voyant. Pestilence rit en répandant la maladie dans un nuage putride. Ma haine pour lui ne fit qu'augmenter, ce que je ne pensais pas possible.

Mes gardes se précipitèrent pour former une barrière devant Pestilence. Leur peau de pierre les protégeait de son mal mortel, ce qui permit à quelques touristes de s'échapper. Cependant, ce que nous n'avions pas anticipé, c'était que Pestilence n'était pas seul cette fois-ci. Un groupe d'alliés métamorphes et diablotins rayonnait de maladie, des super-infecteurs qui pourchassaient les humains peu méfiants.

— Il pourrait infecter tout le Strip si nous ne l'arrêtons pas ! lança Lucifer en invoquant l'épée de Guerre forgée de feux de l'enfer et de ténèbres.

— Il faut attirer Pestilence dans le jardin, dis-je. Tu t'occupes des autres.

Sans même s'arrêter pour questionner mon plan, Lucifer changea de trajectoire et se dirigea vers les métamorphes et les diablotins. Je lui faisais confiance pour qu'il s'occupe d'eux. Quant à moi, je m'avançai lentement vers Pestilence, espérant que les autres soient déjà en position à la cascade, sinon ce plan échouerait. L'être qui avait été autrefois Adam tourna son attention vers moi, un sourire s'étalant sur son visage jaunâtre. L'un de ses furoncles au menton palpitait comme s'il était vivant.

— Ève, mon amour. Tu as changé.

Sa voix avait changé, ce n'était plus la voix de mon premier mari ; elle était empreinte de quelque chose de bien plus ancien. Il avait les yeux blancs opaques, sans pupilles, et c'était difficile de ne pas détourner les yeux quand il me regardait.

— Je voulais être comme toi. Ton égale.

Je fis encore un pas en avant et laissai l'essence de Famine se déployer. Mon corps luit d'une légère lumière verte, et je parierais que mes yeux aussi.

Il inclina la tête.

— Tu as libéré Famine ?

— Oui et j'ai fait le sacrifice. À présent, nous pouvons être ensemble. Tout ce que nous avons à faire, c'est de nous débarrasser de Guerre.

Il était dur de ne pas avoir de haut-le-cœur en l'approchant.

Il se frotta les mains.

— Oui, et ensuite nous pourrons régner sur ce monde côte à côte en tant que dieux. C'est tout ce que j'ai jamais désiré.

— Je sais, me forçai-je à sourire. Viens, laisse-moi te montrer mon cheval, Misère. Elle m'attend dans le jardin. On pourra mieux parler là-bas.

Pestilence descendit de son propre cheval et le renvoya d'un geste. La bête blanche s'éloigna, créature évanescente galopant au-dessus de la piscine avant de disparaître. Ensuite, le Cavalier cadavérique et putrescent marcha à côté de moi, mes gargouilles restant en retrait, même si ça leur en coûtait. Je regardai attentivement Adam, me demandant comment il avait pu autant disparaître. Lucifer avait lui aussi changé, avec cette lueur de colère rouge qui suintait toujours de sa peau, mais il n'avait pas autant disparu qu'Adam. Il avait dû combattre l'influence de Guerre même sans se souvenir de moi. Je me demandai quel être horrible je serais devenue si je n'avais pas réussi à vaincre Famine. Je serais probablement devenue un être épuisé et émacié, avec des seins tombants et des crocs dentelés, toujours en quête de mon prochain repas. Je frissonnai un peu à cette pensée.

Personne ne nous arrêta quand nous entrâmes dans le Jardin de Perséphone. Je conduisis Pestilence vers la cascade. Maintenant que les pouvoirs de Famine avaient été libérés, ils me suppliaient d'aspirer toute la vie des plantes du jardin, mais je résistai.

— Qu'est-ce qui t'a fait changer d'avis ? demanda Adam.

— Quand Lucifer est devenu Guerre, il était perdu pour moi. Il a oublié qui j'étais.

Je jetai un regard à Adam.

— Tu ne ferais jamais ça.

— Non. Jamais. Pendant des centaines d'années, je t'ai toujours retrouvée. Même quand ce n'était pas le cas pour lui.

— Je sais. Je suis devenue Famine parce qu'elle a le pouvoir d'arrêter Guerre, et pour pouvoir devenir un Cavalier comme toi.

Je fis un geste vers Misère qui se tenait à côté de la cascade.

— Ah, voilà mon cheval.

En nous approchant de la cascade, mes gardes s'avancèrent, menés par Theo. Pestilence regarda autour de lui, pile quand Belial, Kassiel et Damien émergèrent de la caverne dissimulée sous l'eau.

— Qu'est-ce donc ? questionna Adam.

— Il est temps pour toi de retourner dormir.

Je possédais toujours les pouvoirs que j'avais acquis au royaume des fées. Ils étaient encore plus puissants ici, dans le jardin que j'avais créé. Une pensée me suffit à blesser Pestilence avec du lierre grimpant qui se noua autour de ses membres. Son visage se tordit.

— Tu ne peux pas contenir Pestilence !

Tout en parlant, il se débattit et le lierre grimpant se mit à faner et à mourir sous l'action de son poison.

Je fis appel à Famine, retrouvant ce vide en moi, toujours avide de pouvoir. Je me concentrai sur Pestilence, et le mobilisai, aspirant son énergie. L'affaiblissant.

Il cria en prenant conscience de ce qu'il se passait.

— Qu'est-ce que tu fais ? Tu m'as menti !

— Et c'était bien trop facile... Tu devrais savoir depuis le temps que je ne serai jamais à toi.

Du coin de l'œil, j'aperçus Lucifer voler à l'extérieur du jardin. Les diablotins et les métamorphes se battaient entre eux au contact de la fureur de Guerre. Pendant ce temps, Belial et Azazel éliminaient ceux qui étaient restés en périphérie et protégaient les humains innocents. Ce fut presque magnifique quand Lucifer agita les mains tel le plus violent des chefs d'orchestre. Puis, il acheva son mouvement en les détruisant tous avec ses ténèbres et ses feux de l'enfer. Un démantèlement parfait.

Et le signal pour achever ce que j'avais commencé avec Pestilence.

Je pris le contrôle du lierre pour attirer Adam sous la cascade, suivant ainsi mon plan. Theo appuya sur un bouton caché et la muraille s'ouvrit pour révéler la tombe de Pestilence. Je l'avais fait transférer de Stonehenge, escomptant qu'Adam ne me laisserait jamais tranquille et qu'il reviendrait. Et là où était Adam, il y avait Pestilence.

Damien se trouvait déjà à l'intérieur, la tombe ouverte et prête. Il m'avait dit que ça ne marcherait pas aussi bien que la première fois, vu que les runes n'étaient pas aussi récentes... peu importe. Je devais tenter ma chance. Nous n'avions pas d'autres options.

Pestilence se débattit et me jeta un regard noir.

— Non ! Tu vas mourir !

Il envoya des vagues de maladie et d'horreur, mais mes gargouilles étaient immunisées et me protégeaient. Je dus toutefois faire appel à tout mon pouvoir pour l'attirer jusqu'à la tombe, et même là, je n'étais pas sûre que ça suffise.

Dans un rugissement, Adam se libéra tout à coup du lierre. Il invoqua ensuite un arc et des flèches et se mit à les tirer sur moi. L'une d'elles atteignit mon bras et me rendit immédiatement malade. Je l'enlevai et priai que ça ne blesse pas mon bébé, peu importe ce que c'était. Je le fis reculer avec une bourrasque de vent, puis utilisai une toile de ténèbres et de lumière pour me protéger des autres flèches.

Au moment même où je crus qu'Adam pourrait bien s'échapper, Lucifer se rua sur lui, le faisant reculer.

— Entre dans cette tombe, salaud !

Le visage de Lucifer était tordu par la colère, une fureur provoquée par toutes les fois où Adam nous avait trompés. Il bouscula fortement Adam, et ils chutèrent tous les deux dans la tombe où ils se mirent à se battre. Lucifer en sortit une seconde plus tard, son corps recouvert de furoncles. Il lança alors à Adam des feux de l'enfer d'un bleu éclatant. Belial se joignit à lui avec ses propres feux de l'enfer depuis l'autre côté de la grotte. J'utilisai une combinaison de lierre et d'air pour lever le couvercle de la tombe et le refermer sur Adam.

Dès qu'elle fut fermée, Damien versa son sang de fée dessus, et les runes se mirent à luire. Le couvercle se tordit et faillit tomber car Pestilence se débattait. Belial se précipita pour y verser son propre sang. Je créai une épée de ténèbres et entaillai ma propre main, puis Lucifer fit de même. Ange, démon, humain, fée, tous représentaient la lignée de notre famille. Quand ce sang ne fit plus qu'un, les runes s'illuminèrent et la tombe fut scellée. Ensuite, l'obscurité se fit dans la grotte.

— C'est fait ? demanda Belial.

— Oui, mais le sceau ne durera pas des millénaires comme l'ancien, dit Damien. Je pense que n'importe qui d'assez puissant serait capable de l'ouvrir, s'il essayait.

— Mais ça tiendra pour l'instant, pas vrai ? demandai-je.

Damien inspecta les runes.

— Oui, je crois que ça tiendra au moins dix ou vingt ans, si personne n'y touche.

— C'est assez pour trouver une meilleure solution, dit Lucifer en enroulant un bras autour de moi. Excellent plan, mon amour.

— Merci, mais ça n'aurait pas fonctionné sans l'aide de tout le monde.

Mes épaules s'affaissèrent de soulagement en m'appuyant contre lui. Adam était emprisonné et ne pouvait plus faire de mal, ni à moi ni à ma fille. Nous pourrions avoir un semblant de vie ordinaire.

Pour un temps, en tout cas.

18

HANNAH

Le jour suivant, j'étais assise dans le jardin sur mon banc, à réfléchir. Nous avions tout nettoyé après le passage de Pestilence, et les anges avaient été capables de guérir la plupart des clients de l'hôtel. Malheureusement, nombreux périrent pendant l'attaque. Lucifer avait dû utiliser ses pouvoirs de persuasion pour couvrir l'affaire et éviter que ça ne paraisse aux infos. Nous prévoyions de verser une compensation à chaque famille qui avait perdu un proche de par notre faute. Tout ceci me motiva naturellement davantage à quitter la ville pour un endroit plus reculé, là où nous ne mettrions pas autant d'innocents en danger.

La bonne nouvelle, c'était que notre plan avait fonctionné. Pestilence était bel et bien enfermé sous la cascade. Je sentais son pouvoir émaner doucement de l'endroit, et j'étais sûre que les humains le sentaient aussi, parce que cela semblait les attirer au Celestial, dans le jardin. Son pouvoir ancestral les attirait sans les blesser, comme à Stonehenge. C'était un étrange avantage qu'il soit emprisonné là, car ça nous rapporterait de l'argent. Il était temps qu'Adam fasse quelque chose pour nous après toutes ces années.

Mon cheval apparut tout à coup et s'approcha. Je levai la main et lui caressai la tête. Le cheval s'offusqua légèrement, soufflant de l'air chaud par les naseaux.

— Misère, murmurai-je en admirant son pelage noir de jais, d'une noirceur telle que je ne pouvais pas la définir. Un jour, nous chevaucherons ensemble.

Lucifer avait traversé tout le Paradis et la Terre à cheval. Une partie de moi avait envie de vivre cette liberté, et je tapotai à nouveau Misère. Nous étions liées pour l'éternité semblait-il, alors je ferais mieux de m'habituer à elle.

J'inclinai la tête en sondant ses yeux sombres.

— Je crois qu'il te faudrait un meilleur nom. Quelque chose de moins effrayant.

Misère hennit doucement en retour, et je sentis son approbation à travers notre étrange lien. Ce n'étaient pas des mots, non, juste un aperçu de ses pensées et de ses émotions.

— Ténèbres ? Minuit ? Fantôme ?

Elle n'en aimait aucun. Je réfléchissais à d'autres noms, quand un mouvement près des oliviers attira mon attention. Je me levai mais je n'étais pas inquiète. La sécurité avait été encore renforcée depuis que Pestilence était enfermé dans le jardin, et celui-ci était bien gardé aujourd'hui.

Je souris en voyant Damien surgir des oliviers. Je les avais plantés parce qu'ils me rappelaient notre maison au royaume des fées. Mon magnifique benjamin était une combinaison parfaite de fée et de Déchu, et j'avais désespérément envie de passer plus de temps avec lui après toutes ces années.

— Bonjour, mère, dit-il en s'approchant avec un sourire triste.

Je levai les mains vers lui.

— Ça ne va pas ?

— C'était agréable d'être ici avec vous tous, mais je dois retourner au royaume des fées pour continuer mon travail. Je crois que j'ai fait tout ce que je pouvais ici.

Son regard glissa vers la cascade et la grotte en dessous.

— Je comprends, et j'apprécie tout ce que tu as fait. Avant de partir, tu peux t'asseoir un instant ?

Je me rassis sur le banc de pierre aussi gracieusement que possible, et tapotai la place à côté de moi.

— Ça fait longtemps qu'on ne s'est pas parlés, et je viens juste de te retrouver.

Ma poitrine se serra un peu à cette pensée. À cause de la malédiction, puis de Jophiel qui avait caché si longtemps mon identité, ça faisait des années que je n'avais pas vu Damien. J'étais parvenue à reprendre contact avec mes autres fils, mais c'était encore un peu bizarre. Ils n'étaient plus les hommes de mon souvenir, et je n'étais plus la mère qu'ils connaissaient. Cependant, c'était important pour moi d'essayer, surtout avec un nouveau membre de la famille à venir. Je ne voulais plus être une étrangère aux yeux de mes fils.

Il s'assit à côté de moi et parcourut le lieu du regard.

— Oui, j'ai un peu de temps. Ce jardin est magnifique. Il me rappelle notre résidence à la Cour du Printemps.

Mon visage s'illumina au compliment.

— C'est exactement ce que j'ai essayé de reproduire, en faisant appel à tous mes souvenirs de ce temps-là. Ceci dit, en retournant au royaume des fées pour libérer Famine, j'ai réalisé que ce serait impossible de copier à l'identique un tel endroit sur Terre. C'est le mieux que j'ai réussi à faire.

— Le royaume des fées te manque ?

Je haussai les épaules.

— Parfois, mais c'était il y a si longtemps... Je suis liée à tous les royaumes, mais ma place est ici sur Terre pour l'instant.

— Et la mienne est dans le royaume des fées bien que j'espère te rendre visite plus souvent à présent. Une petite sœur est une bonne excuse, après tout. D'ailleurs, comment va-t-elle là-dedans ?

Il désigna mon ventre et je passai automatiquement une main dessus, heureuse quand ma fille répondit avec un coup de pied.

— Elle va très bien. Famine avait promis que rien ne lui arriverait, et c'est le cas.

— J'ai hâte de la rencontrer. Je m'assurerai de revenir après sa naissance. Je ne peux juste pas m'attarder trop longtemps.

— Lucifer m'a raconté le travail que tu faisais là-bas, dis-je.

Damien prétendait être l'un des plus loyaux princes d'Obéron, mais en vérité, il espionnait le grand roi pour Lucifer.

Damien hocha la tête, le visage sérieux.

— Obéron a maintenu la neutralité du royaume des fées pendant des années, mais je suis sûr qu'il est en train de mijoter un truc énorme, même si j'ignore de quoi il s'agit.

— C'est vrai qu'il a tué Titania ? demandai-je.

Même si je n'avais jamais été proche de la reine, elle avait quand même été ma tante.

Il regarda autour de nous et baissa d'un ton.

— Personne ne peut le prouver, mais tout le monde le sait.

— Comment ma mère...

Je m'arrêtai et repris.

— Comment ma mère a pris la mort de sa sœur ?

— Pas bien, mais en tant que reine de la Cour du Printemps, elle ne peut rien faire publiquement contre Obéron. Je suis certain qu'elle agirait contre lui si elle le pouvait. J'ai essayé de trouver d'autres personnes qui pourraient aider à le renverser un jour.

Je levai un sourcil.

— Ça a l'air dangereux.

Il haussa les épaules.

— Oui mais quelqu'un doit protéger l'avenir du royaume des fées.

Je lui serrai doucement le bras.

— Fais bien attention, d'accord ?

Il leva les yeux au ciel et me fit un grand sourire.

— Oui, ne t'inquiète pas.

— Je m'inquiète toujours. C'est ce que font les mères.

Je touchai ses cheveux noir bleuté brillants, incroyablement beaux au soleil.

— Et les amours ? Un homme ou une femme en particulier ? Si je me souviens bien, tu étais un sacré séducteur quand tu étais Dionysos. Les histoires sur tes fêtes étaient légendaires. Pourquoi tu n'utilises plus ce nom ?

Il toussa et rejeta la tête en arrière.

— C'était l'ancien moi. J'ai beaucoup changé ces derniers millénaires.

— Qu'est-ce qui s'est passé ? demandai-je en percevant la pointe de tristesse dans sa voix.

Comme la plupart des immortels qui vivaient des milliers d'années, il avait porté bien des noms. Dionysos avait été son nom de fée, et Damien son nom de démon. J'étais surprise qu'il utilise son nom de démon bien qu'il vive dans le royaume des fées.

— Après ta mort... la mort de Perséphone...

Il fit une pause, comme s'il cherchait les bons mots.

— Les choses ont changé. Belial a quitté l'Enfer, puis a essayé de renverser père. J'ai essayé de me tenir en retrait, et au début, je me suis jeté à corps perdu dans les soirées, l'alcool et les orgies. Mais j'ai pris conscience plus tard que c'était juste un moyen de faire taire ma souffrance. J'ai fini par prendre un chemin différent.

Ça me faisait mal de voir le plus insouciant et jovial de mes fils si abattu. De mon vivant, sa vie avait été une célébration de vin, de sexe et de joie. Il avait été autrefois un grand acteur et aussi le saint patron du théâtre. Mais je supposais qu'à présent il utilisait ces talents pour espionner.

— Belial m'a dit que vous en vouliez à votre père pour ma mort.

— C'était une période difficile pour nous deux. Je ne crois pas te l'avoir déjà dit, mais c'est Belial et moi qui t'avons découverte, après que Plutus et Philomélos t'ont tuée.

C'était inhabituel. En principe, la malédiction me faisait mourir dans les bras de Lucifer, mais il y avait eu quelques exceptions. Ça avait probablement réjouit Mort de faire également souffrir mes fils.

Plutus avait été l'incarnation d'Adam quand j'étais Perséphone. Il était de la Cour d'Automne, avec son frère Philomélos, qui suivait Plutus dans toutes ses horribles entreprises. Récemment, Philomélos avait aidé Adam à relâcher Pestilence et Guerre, mais je l'avais vaincu lors de la bataille au Paradis, puis Azazel lui avait asséné le coup fatal.

— Si ça peut te soulager, Philomélos est mort. Et Adam...

Je fis un geste vers la cascade.

— Mais pourquoi as-tu rejeté la faute sur ton père ?

— Tu as été tuée lors d'un de tes voyages au royaume des fées, voyages qui faisaient partie du marché que Déméter avait conclu avec Lucifer, à savoir te faire passer la moitié de ton temps en Enfer, et l'autre chez les fées. Tu as essayé de le convaincre de venir avec toi, mais Lucifer a refusé, arguant qu'il devait rester et gouverner les démons depuis son palais en Enfer. Il a toujours détesté se rendre au royaume des fées, alors tu y es allée seule. À cause de ça, tu es morte.

Damien se tut et je passai une main dans son dos.

— Ce n'était pas la faute de Lucifer. C'était celle d'Adam et de la malédiction. Mais c'est fini maintenant.

— Tu étais plus en sécurité en Enfer, marmonna Damien. Père aurait dû rompre le marché avec Déméter et te garder en Enfer. Ou du moins partir avec toi.

Je soupirai.

— Oui, sûrement, mais c'est facile de ressasser le passé et de penser à tout ce qu'on aurait pu faire différemment. Crois-moi, avec des centaines de vies antérieures et tout autant de morts horribles à mon actif, je pourrais méditer là-dessus pendant des heures. Mais à un moment donné, il nous faut accepter les erreurs que nous avons commises et essayer d'avancer.

— Je sais, et je l'ai fait. Je n'ai pas parlé à père pendant long-temps, mais j'ai fini par arrêter de lui reprocher ce qui s'était passé. Je ne crois pas que Belial lui ait encore pardonné cepen-dant. Peut-être que ça viendra un jour.

Il tapota ma main.

— Oui, peut-être.

Mais je ne pus m'empêcher de m'inquiéter qu'il ne lui pardonne jamais.

— Une nouvelle sœur aidera. Père et moi avons renoué après la naissance de Kassiel, en grande partie grâce à toi. C'est à ce moment-là que je lui ai proposé d'être son espion.

Je souris au souvenir de ma vie en tant que Lénore, l'un des mes rares moments de bonheur avec ma famille avant les évène-ments récents.

— Oui, je me souviens.

— Ah oui ?

Damien inclina la tête comme pour m'étudier.

— Quand Lucifer a brisé la malédiction, j'ai récupéré tous mes souvenirs. Je me souviens de presque tout, même si ça fluctue, comme le font les souvenirs.

— Tout ? Comme la fois où j'ai failli tomber dans le brasero ?
Je levai un sourcil.

— Tu veux dire la fois où Belial était censé te surveiller ?
Il rit à ça.

— Et toutes ces fois où tu m'as surpris au lit avec quelqu'un ?
Je grognai et hochai la tête.

— Malheureusement, oui. Des hommes comme des femmes. Parfois les deux à la fois. Des choses qu'une mère ne devrait jamais voir.

Ça ne fit que le faire rire davantage. J'étais heureuse de revoir mon fils malicieux et insouciant. Nous discutâmes un peu du passé, riant et souriant ensemble à ces évocations. Il me parla un peu plus de sa vie dans le royaume des fées, comment il avait gagné la confiance d'Obéron au fil de nombreuses années, et à quel point sa grand-mère l'agaçait malgré son inquiétude évidente pour lui. Je lui racontai ma vie, tout ce que Jophiel avait fait pour me protéger d'Adam, et comment Lucifer avait brisé la malédiction. Mais, les heures s'écoulant, il était temps de dire au revoir.

Damien regarda le soleil couchant.

— Je devrais y aller.

— Tu le dois vraiment ?

— Malheureusement, oui, mais je serai bientôt de retour. Promis.

Il m'enlaça une dernière fois avant d'ouvrir un portail pour le royaume des fées. J'inspirai profondément l'odeur familière qui émanait du portail.

— Tu as intérêt.

Je le pris encore une fois dans mes bras et refoulai mes larmes alors qu'il disparaissait à travers le portail. Je savais cependant que je le reverrais bientôt.

Les temps avaient été durs pour ma famille, mais j'étais certaine que les choses iraient mieux à l'avenir. J'allais m'en assurer.

19

LUCIFER

Je jetai un œil aux bars bondés du premier étage du Celestial. Les touristes venaient là pour noyer leur chagrin après avoir perdu trop d'argent aux machines à sous. C'était amusant de voir comment les humains continuaient à vivre, inconscients de ce qui se passait autour d'eux, insensibles à tout ce qui sortait de leur capacité d'entendement. On entendait en fond sonore les tintements de verres, les discussions et les rires, ainsi qu'un événement sportif diffusé à la télévision, cachée dans un coin. Cependant, rien de tout ceci ne m'intéressait.

Je concentrai mon attention sur les recoins sombres et le trouvai : Belial. Seul sur un tabouret, le plus loin possible du bar. On aurait dit qu'il avait fait en sorte de repousser les gens.

Je m'avançai vers lui, mais m'arrêtai à une certaine distance, incertain de l'accueil qu'il me réserverait. Il leva les yeux, et fus brièvement amusé de me voir hésiter. Je lui fis un grand sourire et hochai rapidement la tête en guise de salut. Oui, ce n'était pas mon genre d'hésiter, mais dans ce contexte, il n'était pas question de faiblesse. C'était une forme de demande d'invitation tacite à le rejoindre, et nous étions assez semblables pour qu'il comprenne le message.

Il regarda le tabouret de bar à côté de lui. Juste une fraction de seconde. Si j'avais cillé, j'aurais raté l'invitation, mais j'avais appris à ne pas ciller. Belial ne proposerait pas deux fois.

— Un verre ? invitai-je.

À quand datait la dernière fois où j'avais offert un verre à mon fils ? D'ailleurs, lui en avais-je un jour offert un ? Bien sûr, je ne le paierais pas vraiment. Je ferais simplement un signe, et un barman viendrait.

Mon fils aîné leva son verre, faisant tinter les glaçons.

— J'en ai un.

Je fis quand même signe au barman. C'était le genre de conversation qu'il fallait accompagner du feu d'un whisky de bonne qualité.

— Comment vas-tu ?

Il répondit à ma plate question avec un ricanement sec et dépourvu d'humour.

— Des banalités, sérieux ?

— Il faut bien qu'on commence quelque part, non ?

C'était notre première vraie conversation depuis des siècles. Je ne savais pas par où commencer, mais je ne pouvais laisser les choses continuer ainsi.

Il haussa un sourcil, et pendant une seconde, il ressembla tant à sa mère quand elle était Ève.

— Très bien. Je vais super bien. Et toi ?

Sa voix était chargée de sarcasme. Ça n'allait certainement pas être une conversation facile et je ne m'attendais pas à ce que Belial me facilite la tâche. Pourtant, il pourrait m'aider un peu. Mon whisky arriva à ce moment-là, et je bus une grande gorgée pour me donner du courage.

— J'aimerais te remercier d'avoir aidé ta mère au royaume des fées. Elle affirme qu'elle n'aurait pas réussi sans toi.

Belial se contenta de hocher la tête et de siroter son verre. Je passai une main dans mes cheveux, essayant de trouver les bons mots permettant de renouer avec mon fils. C'était bien plus difficile que prévu.

— Je suis désolé.

Je déclarai les mots qui se trouvaient dans ma tête. Ce n'étaient pas ceux que j'avais prévu de dire, et Belial se raidit, tous ses muscles tendus. Sa tête se tourna comme s'il allait me regarder, mais il s'interrompit.

Je ris, plein d'auto-dérision.

— J'imagine que ce ne sont pas des mots que tu as l'habitude de m'entendre dire.

Il le reconnut avec une rapide contraction des lèvres, mais il ne regarda toujours pas dans ma direction tandis que j'étudiais son profil.

— Je sais que je n'ai pas été le meilleur des pères pour toi. J'ai...

Je fis une pause, la bouche sèche. Je m'apprêtais à dire que j'avais été occupé, mais ce n'était pas vrai.

— J'ai été stupide.

Belial jeta un œil vers moi, et c'était tout ce dont j'avais besoin pour continuer.

— À ta naissance, je venais de quitter le Paradis pour devenir le roi de l'Enfer. Tu n'étais qu'un bébé quand j'ai supplié Nyx de transformer les Déchus en démons. Puis un enfant quand nous avons vaincu les Anciens Dieux et enfermé les Cavaliers. Ensuite un adolescent quand Adam a tué ta mère pour la première fois au cours de la malédiction. J'ai passé toute ton enfance à lutter pour asseoir mon titre de roi des démons et pour maintenir l'ordre en Enfer. Mais j'aurais dû la passer avec toi.

J'inspirai un grand coup avant de poursuivre. Je devais tout déballer, sinon je risquais de ne plus avoir le courage ou l'occasion de le faire.

— Surtout après la mort d'Ève. Je ne savais pas comment être à la fois un père et un roi sans elle. Et j'ignorais comment la malédiction fonctionnait, ou si elle allait vraiment revenir. Mais j'aurais aussi dû voir à quel point toutes ces choses t'affectaient. J'aurais dû être un meilleur père. J'ai essayé de mieux faire avec tes frères, mais j'ai échoué avec toi, et j'en suis désolé.

Il croisa enfin réellement mon regard. Je lâchai une expiration à ce contact soudain.

— Merde. J'ai attendu des milliers d'années pour t'entendre dire ces mots.

— J'aurais aimé les dire plus tôt.

Je lui fis un sourire ironique.

— Ça aurait peut-être évité que tu tentes de me renverser. Deux fois.

Un coin de sa bouche se retroussa en un sourire acerbe.

— Pas mes moments les plus glorieux, dois-je admettre.

— Tu me détestes au point de vouloir ma mort ? demandai-je à voix basse, presque effrayé d'entendre la réponse.

Il baissa les yeux sur ses mains, enroulées autour de son verre.

— Non. Je ne souhaitais pas ta mort. J'ai beaucoup de regrets. Comme de m'être allié à Adam et d'avoir relâché Pestilence. J'ai essayé de réparer les choses en devenant Guerre, mais nous avons tous vu ce qui s'est passé.

Je me tus. Le moment était trop délicat pour l'interrompre.

— Pour répondre à ta question, non, je ne te déteste pas. Peut-être t'ai-je détesté plusieurs fois par le passé, mais plus maintenant. Mais je ne regrette pas d'avoir essayé de te renverser. À chaque fois que je l'ai fait, tu n'étais plus en phase avec le peuple que tu gouvernais, et je savais qu'il était temps de changer les choses. Personne ne devrait régner à sa guise pendant des millé-naires. Ça ne conduit qu'au despotisme. Tu ne l'as peut-être pas remarqué, mais les deux révoltes se tramaient dans ton dos sans moi. Je n'ai fait que gratter l'allumette.

Je réfléchis à ses mots, et à certains propos que les archdé-mons avaient tenus l'année dernière. Nombreux étaient mécon-tents que j'aie mis fin à la guerre contre les anges et que nous ayons quitté l'Enfer, même si je l'avais fait pour sauver la race des démons. Je ne le regrettais pas. Pourtant, peut-être avais-je agi trop brutalement. Peut-être aurais-je dû les consulter davantage. J'avais aussi découvert que nombre d'entre eux ne considéraient pas les Déchus comme de vrais démons, et que je plaçais mon espèce au-dessus des autres espèces de démons. Peut-être était-ce le cas, vu que je les utilisais pour surveiller les autres démons et pour maintenir l'ordre. Peut-être Belial avait-il raison et qu'il était temps de changer les choses, même si je n'abandonnerais pas mon trône aussi facilement.

Je me frottai le menton en réfléchissant.

— Ta remarque est pertinente. J'ai commencé à réaliser qu'il y a du vrai dans tout ça, et j'aimerais beaucoup en parler plus avec toi. Crois-le ou non, je ne veux pas devenir un dictateur.

— Ouais, comme tu veux.

Il haussa les épaules et but son verre, feignant à nouveau l'in-différence. Mais je le connaissais. Comme moi, il était concerné... peut-être trop, même s'il ne l'admettrait jamais. Et comme moi, ça causait sa perte. Mais je l'admettais à présent.

Je levai mon verre.

— Bien sûr, et maintenant que la malédiction est brisée et que ta mère règne à mes côtés, j'ai l'impression qu'elle ne me lâchera pas d'une semelle.

Belial parvint à rire à ces mots.

— Ça, c'est sûr. Sans oublier sa version miniature qui courra bientôt partout.

Je grognai.

— C'est vrai. Ça fait si longtemps. J'ai oublié à quel point ces premières années peuvent être difficiles parfois. Je pense en fait avoir repoussé vos premières années. Surtout celles de Damien. Quel petit monstre c'était.

Belial rit sincèrement à ça, et nous bûmes tous les deux nos verres, nous installant dans un silence confortable. J'étais en train de prendre un verre avec mon fils, et tout allait bien.

Belial s'éclaircit la gorge.

— Je te laisserai l'Étoile du Matin avant de partir.

J'ouvris la bouche pour accepter mais finis par agiter la main.

— Garde-la pour l'instant. Je veux te savoir en sécurité, où que tu sois.

L'Étoile du Matin était mon épée angélique, forgée au Paradis quand j'étais un Archange. Quand j'avais quitté l'Enfer pour devenir Déchu, l'épée avait changé et invoquait à la fois les ténèbres et la lumière. Seuls ceux de mon sang pouvaient utiliser l'épée désormais, ainsi qu'Hannah, vu qu'elle était ma compagne. Elle me reviendrait toujours mais pour l'instant, elle était bien avec Belial.

Il haussa les épaules.

— Ce n'est pas comme si je prévoyais de l'utiliser. Je retourne à la Nouvelle-Orléans. À mon bar. Loin de toute cette merde.

— Je ne crois pas que ce soit possible pour des gens comme nous de rester à l'écart. Mais je te dis bon voyage, et j'espère te revoir bientôt.

Je lui tendis la main.

Il la prit fermement et nous nous dîmes au revoir en nous regardant dans les yeux. Je regardai mon fils comme un égal. Il me regarda sans haine ni colère.

C'était un début.

20

HANNAH

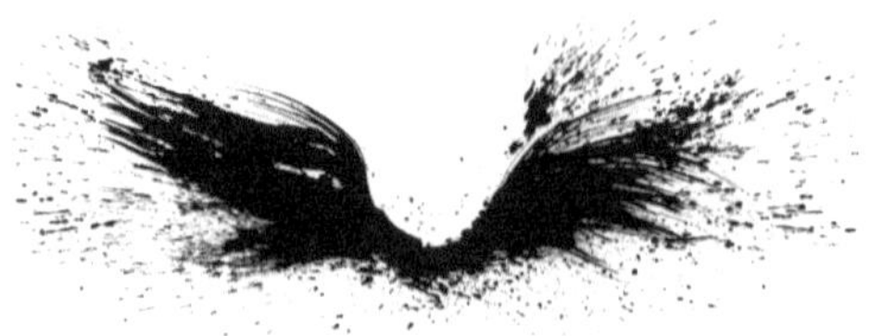

Je m'appuyai contre Lucifer tandis que la limousine filait sur l'autoroute. À peine étions-nous descendus de son avion qu'il m'avait pratiquement jetée dans la voiture, me laissant juste le temps d'entrevoir le beau ciel bleu. Je détestais le fait qu'il ne me dévoile pas notre destination, mais il disait qu'il ne voulait pas gâcher la surprise.

Regardant défiler l'autoroute, mes pensées errèrent vers mes fils, comme souvent. Je me demandai ce qu'ils faisaient en ce moment. Belial était de retour à la Nouvelle-Orléans pour reconstruire son bar et essayer de vivre paisiblement. Damien était reparti au royaume des fées pour espionner Obéron. Kassiel était retourné dans le nord de l'État de New York pour donner un cours à la Faculté de l'Enfer, l'université des démons, là où ma fille irait un jour, supposai-je. À moins qu'elle aille à la Faculté des Séraphins, vu qu'elle était à moitié ange ? Hmm.

Lucifer posa la main sur mon épaule.

— Est-ce que ça va ?

Je haussai les épaules.

— Nos fils me manquent. Je viens juste de les retrouver et maintenant, ils sont tous partis.

Lucifer rit mais m'attira plus près de lui.

— Ça ne fait qu'un mois que nous ne les avons pas vus. Un battement de cils dans une vie d'immortelle.

— Je sais.

Certains jours, je me sentais encore très humaine, même si tout n'avait été qu'un mensonge soigneusement construit.

Ses mains dérivèrent sur mon ventre très rond.

— Nous aurons bientôt à nous occuper d'un autre enfant pendant plusieurs années. Nous devrions essayer d'apprécier nos derniers moments seuls ensemble tant que nous le pouvons.

— Ah oui ? dis-je d'une voix devenue rauque.

L'avantage d'être un Ancien Dieu était que nous n'étions jamais à court d'endurance. Ce qui était pratique avec ces fichues hormones de grossesse qui invitaient au sexe tout le temps.

Il déposa un baiser dans mon cou. Ses mains se relevèrent pour saisir mes seins.

— J'aime ta façon de penser, mon amour.

— On a le temps ? demandai-je en regardant par la fenêtre.

Nous étions en train de prendre une sortie.

— Oui, si on fait vite.

Il leva la tête et croisa mon regard, ses yeux verts malicieux étincelants de désir.

— J'ai tellement de choses à te montrer aujourd'hui.

— Il y a tellement de choses que je veux voir. Comment va ton orgueil aujourd'hui, Lucifer ?

Je souris à notre vieille blague, mais je parlai presque en ronronnant.

— Avec toi, je peux à peine contrôler mon orgueil.

Il posa sa bouche sur la mienne, pendant que je défaisais sa braguette, prenant délicatement sa dure bosse en coupe. Une intense et soudaine envie de lui stimula mes mouvements. Il avait dit de faire vite, après tout. Lucifer reçut le message et entreprit de retirer mon pantalon, mais le pantalon de maternité élastique était difficile à enlever avec grâce et rapidité.

— De quoi tu as envie, ma chérie ?

Il enleva son pantalon. Puis, il libéra sa queue et caressa son membre dur.

— J'ai envie de toi, Lucifer.

Le rythme de ses caresses augmenta.

— Comment tu as envie de moi ?

— Ici. Maintenant.

J'étais trempée de désir. Si mouillée. J'observai ses doigts bouger sur sa peau, et je gémis de désir.

Il me regarda avec un parfait mélange de luxure et d'amour.

— Tu as toujours été ma plus grande tentation. Chaque visage, chaque nom, à chaque fois. C'était toujours toi.

— Toujours toi, Lucifer.

Je baissai ma culotte, me plaçai sur lui, de dos, et m'abaissai avant que l'un de nous dise quelque chose.

Il respira avec difficulté. Ses mains se posèrent sur mes hanches, d'une part pour me stabiliser, mais aussi comme pour m'imposer un rythme. J'agrippai ses mains et les posai sur mes seins. Il fit jouer ses longs doigts, caressant mes tétons à travers le tissu avant de s'attaquer aux boutons. Il en déboutonna suffisamment pour avoir accès à ma peau et plonger dans mon soutien-gorge.

Ce n'était ni calme, ni doux. C'était arracher ses vêtements et grimper sur Lucifer pour assouvir mon désir. Il balaya mes cheveux sur le côté et me mordilla le cou. Puis, il mordit plus fort, mais pas assez pour faire mal. Juste assez pour dire qu'il pouvait me marquer s'il le souhaitait. Que j'étais à lui. Je me cambrai pour lui donner un meilleur accès à ma peau. Il agita ses hanches vers le haut, en un violent coup de rein.

Je me déhanchai contre lui, frottant les zones sensibles qui me faisaient crier. Il tint bon, ses mains sur mes seins et sa bouche dans mon cou. Je me levai et m'empalai. Doucement au début, puis de plus en plus vite. À l'arrière de la limousine, on n'entendit plus que mes respirations lourdes et le claquement de nos peaux.

— Lucifer.

Son nom s'échappa de ma bouche encore et encore, comme une mélopée. J'accélérai, perdant le contrôle. Il bougea en même temps que moi, saisissant mon urgence. Mon corps finit par se contracter autour de lui et j'inspirai, le souffle court. Il m'attira contre lui et s'enfonça une dernière fois pour atteindre son propre orgasme. Nos orgasmes nous secouèrent. Par chance, nous avions appris à mieux contrôler nos nouveaux pouvoirs et parvînmes à ne pas détruire la limousine.

— Hannah, murmura-t-il contre mon oreille avant de lisser mes cheveux.

Il déposa un baiser dans ma nuque alors que nos mouvements ralentissaient, notre désir rassasié. Pour l'instant.

La limousine s'arrêta. Je regardai par la fenêtre et vis la somptueuse mer bleue. J'avais été si distraite par Lucifer que j'avais complètement ignoré la dernière partie du voyage. Notre chauffeur sortit de la voiture et nous attendit patiemment, nous laissant le temps de nous rhabiller. Il avait sûrement tout entendu, malgré la vitre de séparation. Tant pis. Nous lui donnerions un gros pourboire à la fin.

Une fois habillés, je sortis lentement de la voiture. Je laissai la douce brise apaiser mes joues brûlantes et inspirai l'air frais de la mer.

— Où sommes-nous ?

Lucifer ajusta son costume à mes côtés.

— En Californie du sud. En fait, on est juste à un kilomètre de la nouvelle maison d'Asmodée et de Brandy.

— Merci, Lucifer.

Je l'enlaçai étroitement.

— J'ai pensé qu'il était temps de concrétiser notre discussion au sujet d'un nouveau domicile. J'avais envie que tu voies ça.

Il indiqua une clôture géante munie d'un énorme portail.

Je ne pus m'empêcher de rire.

— Jamais je n'aurais cru posséder une aussi grosse clôture.

— Tu peux si tu le désires.

Le portail s'ouvrit comme mû par sa propre volonté. Des palmiers étaient alignés le long d'une allée dégagée menant à une grande maison blanche. Les terres de la propriété s'étendaient en long et en large, dans toutes les directions, l'océan bleu scintillant en arrière-plan.

Je m'arrêtai et observai les environs, les nuances vertes des arbres et le bleu de la mer.

— C'est magnifique.

— Attends. Tu n'as pas encore vu la maison.

Lucifer prit ma main en remontant l'allée. L'air chaud de l'après-midi était chargé du parfum des fleurs. Je marchai lente-ment pour le savourer.

— Oublie la maison. Je pense que je serai heureuse en vivant dehors.

Je ris et balançai nos mains en marchant. J'étais libérée de mes inquiétudes par l'espoir d'un avenir heureux.

— Alors, explorons les terres en premier.

Au lieu de nous diriger vers la grande porte, nous contour-nâmes la maison. Nous découvrîmes derrière une grande piscine scintillante, un spa, une cuisine extérieure avec coin repas et un cabanon. Et beaucoup, beaucoup d'espace avec vue sur l'océan.

— Il y a assez de place pour nos chevaux, et pour que tu crées un autre jardin.

Mon esprit bouillonnait déjà d'idées pour aménager l'espace. Nous continuâmes, passâmes devant une dépendance plus vaste que la maison dans laquelle j'avais vécu avec Brandy. Il y avait un chemin qui menait à une plage privée. Je me tins devant, me prélassant au soleil. Même si j'étais bien plus qu'un ange à présent, j'adorais toujours ça.

— C'est parfait.

— Tu aimes ? demanda-t-il.

— J'adore, lâchai-je dans un souffle.

Lucifer observa attentivement mon visage avec un petit sourire.

— Allons à l'intérieur.

Nous nous approchâmes de la maison à deux étages, entourée d'un incroyable système de voies navigables miniatures sinuant entre des palmiers. La maison possédait de larges baies vitrées et des murs entiers semblaient simplement se replier pour permettre à l'extérieur et à l'intérieur de se fondre en un seul espace luxueux. Mon cœur battit la chamade devant ce spectacle. Je n'avais presque pas besoin de voir l'intérieur. Lucifer me connaissait si bien après tout ce temps. Si c'était la maison qu'il avait choisi de me montrer, il n'y avait aucun doute qu'elle était parfaite.

En passant l'entrée, je serrai la main de Lucifer dans la mienne. Une grande pièce à vivre donnait sur une cuisine de chef ; elle offrait un mur de baies vitrées ouvertes sur la pelouse verdoyante et la piscine turquoise, avec en plus l'océan qui brillait sous le soleil. Un escalier somptueux conduisait à l'étage. Un couloir desservait d'autres pièces sur le côté. La maison n'était pas meublée, mais je m'imaginais déjà la décorer : beaucoup de noir et de blanc, plus du vert d'eau et du bleu océan, avec une touche de tons couleur sable.

Alors que Lucifer me montrait l'intérieur, il dit :

— Il y a plein de place pour les garçons. C'est assez près pour rejoindre rapidement Vegas. C'est assez reculé pour nous promettre intimité et sécurité.

— Tu n'as pas besoin de me sortir tes arguments de vente, dis-je avec un rire. J'ai déjà craqué.

Lucifer fit un sourire narquois.

— Tu n'as pas encore vu la meilleure partie.

Je levai un sourcil.

— Les chambres ?

Il secoua la tête, une fausse déception sur le visage.

— Sérieux ? Non, mon amour. La bibliothèque.

Je levai les yeux.

— Il y a une bibliothèque ?

Un sourire malicieux étira ses lèvres.

— Évidemment.

Nous entrâmes dans la pièce, et je restai bouche bée. Des tas de rangées d'étagères blanches remplissaient l'espace. Un coin donnait sur l'océan, l'endroit parfait pour lire. Elle était encore plus vaste que la bibliothèque de Lucifer à Vegas. Je pouvais déjà imaginer toutes les heures passionnantes que je passerais à y ranger nos livres. De plus, nous aurions besoin de remplir ces étagères. Évidemment. En fait, j'étais sûre qu'il me faudrait un pan de mur entier pour y placer tous mes romans d'amour préférés.

Au premier étage, il y avait deux chambres d'amis, un bureau et une salle de yoga que nous transformerions en salle de combat. Après y avoir jeté un œil, nous montâmes enfin au second étage. Le deuxième étage était ouvert, donc on voyait le salon du bas, avant d'aller dans les autres chambres. La première chambre était immense, avec une pièce attenante qui serait parfaite pour le bébé. La salle de bain était impressionnante, entièrement rénovée avec un carrelage 3D fascinant qui ressemblait à des vagues qu'on pouvait toucher. Les autres chambres à l'étage étaient tout aussi immenses, parfaites pour notre fille quand elle aurait grandi et pour y inviter des amis.

— J'en ai assez vu, dis-je en me penchant à la rampe qui surplombait le premier étage.

Cette maison avait l'air parfaite. Je nous imaginais élever notre fille ici. Nos chevaux auraient beaucoup d'espace, et Brandy ne serait pas loin. De plus, la propriété serait plus facile à défendre et plus sécurisée qu'un penthouse dans une grande ville.

— Faisons une offre aujourd'hui. Je veux cette maison.

Lucifer m'enveloppa de ses bras par derrière.

— Elle est à toi. Je l'ai déjà achetée.

Je me tournai dans ses bras.

— C'est vrai ?

— À la seconde où elle est arrivée sur le marché. J'ai fait une offre aux anciens propriétaires qu'ils n'ont pas pu refuser. J'espère que tu me pardonneras d'avoir pris cette décision tout seul, mais j'avais envie de te faire une surprise. Et j'ai agi rapidement pour m'assurer que la propriété n'aille pas à quelqu'un d'autre. Elle était trop parfaite pour la laisser passer.

— Je l'adore, et je t'adore parce que tu savais à quel point j'allais l'adorer.

— Bien.

Il se pencha pour m'embrasser, puis me prit la main et me conduisit dans notre future chambre avec un sourire coquin sur les lèvres.

— Je pense que nous devrions célébrer notre nouvelle maison.

— Maintenant ? demandai-je avec un rire. Nous n'avons même pas encore de meubles !

— Je n'ai pas besoin de meubles pour te donner un orgasme.

Il me guida un peu plus à l'intérieur, dans la salle de bain, et me posa gentiment sur la console.

— D'autre part, si nous comptons faire l'amour dans toutes les pièces de cette maison, nous ferions mieux de commencer.

Je secouai la tête avec un sourire contrit alors qu'il enlevait à nouveau mes vêtements. Sa tête glissa ensuite entre mes cuisses et sa langue s'insinua en moi. Je ne pus que me pencher en arrière et le laisser me donner du plaisir. Un profond sentiment de normalité s'installa en moi, comme si le destin avait fini par me guider jusque-là après des milliers d'années de souffrance. J'aurais à présent la chance de me détendre et d'apprécier mon bonheur.

Je devais juste ignorer la petite voix en moi qui se demandait si ça allait vraiment durer.

21

HANNAH

J'enroulai les bras autour de mon ventre en forme de ballon. Je tentai de respirer pendant la contraction. J'étais à une semaine de mon terme. Nous avions enfin réussi à déménager la plupart de nos affaires dans notre nouvelle maison californienne et acheté suffisamment de meubles pour pouvoir l'habiter. À présent, tout ce qu'il restait à faire, c'était installer la chambre du bébé. J'avais cru que nous aurions encore une semaine ou plus. Tous mes fils étaient nés tard. Cependant, les contractions avaient démarré ce matin. J'étais sûre que c'étaient de fausses contractions. Mais ça me motiva à installer le lit à barreaux tout de suite, juste au cas où.

— Tournevis.

Je tendis la main vers Lucifer tout en soulevant la tête de lit de bébé.

— Chérie, tu fais quoi exactement ?

Il parvint à paraître à la fois curieux et horrifié.

Je plissai les yeux.

— Ces meubles pour enfant ne vont pas se monter tout seuls.

— Il y a un vrai homme dans cette pièce qui est prêt à faire ça pour toi.

Je levai les yeux au ciel.

— Ok, le vrai homme. Mais je crois que tu devrais te rappeler que je suis un dieu à présent et que je peux faire à peu près tout. Même enceinte.

Il me prit la pièce des mains et la posa avant de me prendre dans ses bras et de déposer un baiser tendre sur les lèvres.

— Oh crois-moi, je n'oublie jamais ça.

Je pressai mes paumes contre son torse.

— Pas de distractions. Ce lit doit être monté tout de suite. On ne sait pas quand cette petite fille va arriver. Ça pourrait être aujourd'hui, on ne sait pas.

Ses yeux s'écarquillèrent en regardant mon ventre.

— On n'est pas encore prêts. Garde-la à l'intérieur.

— Je le lui demanderai, mais j'ai l'impression qu'elle a déjà sa volonté propre.

Je lui tendis le tournevis et marchai nonchalamment vers le fauteuil à bascule.

— Maintenant, dépêche-toi.

Il fit un grand sourire.

— D'habitude, on est tous les deux nus quand tu dis ça.

Je ris doucement et fus soulagée d'avoir la possibilité de m'asseoir un moment. Je fermai les yeux et me balançai d'avant en arrière sur le fauteuil que Zel m'avait offert. Pendant ce temps, une autre contraction se manifesta. Merde, elles se rapprochaient, non ?

— Où est partie Zel ? demandai-je.

Elle avait emménagé dans la dépendance dès que nous lui avions parlé de la nouvelle maison. Sans attendre d'invitation, sans attendre de permission, elle se contenta de faire son sac et de venir avec nous. Puis elle se déclara chef de la sécurité de la propriété, dirigeant tout depuis la dépendance, un petit bataillon de gardes sous ses ordres. J'adorais Zel, mais elle était vraiment... extrême parfois. Ça avait empiré quand nous lui demandâmes d'être la marraine du bébé. Malgré tout, je préférais qu'elle soit dans les parages au cas où je doive accoucher aujourd'hui.

— Je ne sais pas, mais je devrais lui ordonner de m'aider avec ce lit à barreaux. Elle est bien plus manuelle que moi.

Lucifer regarda la porte comme s'il s'apprêtait à courir la chercher à la dépendance.

Malgré ces complaintes, il continua à monter le lit, pendant que je me reposais et regardais la chambre d'enfant. Ces derniers jours, je l'avais décorée à la manière d'un jardin secret, avec de petites touches florales partout. La chambre me rendait heureuse et m'apaisait. J'espérais que notre fille l'aimerait aussi.

— Toc toc, dit Samaël.

Je levai les yeux, surprise au son de sa voix dans l'entrée.

— Tu parles d'une sécurité renforcée, grommela Lucifer. On dirait que Zel laisse entrer toute la vieille populace ces jours-ci.

Je saluai Samaël avec un sourire.

— Tu tombes bien. Tu peux aider Lucifer et lui donner l'impression qu'il sait ce qu'il fait avec ce lit d'enfant.

Lucifer secoua le tournevis dans ma direction.

— Je te demande pardon mais j'ai fini de monter ce lit, merci beaucoup. Je dois maintenant fixer cette table à langer au mur. Hors de question qu'elle tombe s'il y a des tremblements de terre. Tu apportes des nouvelles ? demanda Lucifer à Samaël, tout en se mettant à visser des sangles au mur.

Samaël avait géré les affaires à Vegas depuis que nous avions déménagé ici, nous permettant de souffler avec les histoires de démons et de nous concentrer sur la nouvelle maison et le bébé.

— Oui.

Samaël inclina un peu la tête, mais je remarquai qu'il ne s'avança pas pour aider Lucifer.

— Les diablotins sont sans meneur depuis qu'Hannah a tué Némésis. Ils n'ont pas encore choisi de nouvel archdémon, et ils se battent entre eux pour avoir le pouvoir.

Lucifer sourit largement.

— Pourquoi est-ce-que je ne suis pas surpris ? Ça devrait au moins les tenir éloignés de nous un moment.

— En effet.

— Et les métamorphes ?

Je posai la question alors qu'une nouvelle contraction me saisissait sur mon fauteuil à bascule. Celle-ci fut plus forte, et je dus m'agripper aux bras.

— On a retrouvé Fenrir ?

Samaël me regarda d'un air inquisiteur, comme s'il avait remarqué que je n'allais pas bien mais qu'il était trop poli pour dire quoi que ce soit.

— Non, je suis désolé de vous dire qu'il n'a pas été vu. Nous pensons que lui et ses loyaux métamorphes se cachent pour l'instant, sans doute pour préparer leur prochain coup.

— Je suis sûr qu'ils essaient de trouver un moyen de libérer Mort en ce moment même, dit Lucifer.

— Seraient-ils vraiment aussi stupides ? demandai-je. Ils voient bien qu'ils ne peuvent plus gagner.

Lucifer se pencha contre le mur et fit une pause.

— Fenrir est têtu. Il y a longtemps, un ange Erelim a fait toutes ces prophéties sur le Ragnarök, et Fenrir y croit. Il pense sûrement que libérer Mort les déclenchera.

Je repensai à tout ce que je savais sur la mythologie scandinave.

— N'est-il cependant pas supposé mourir dans le Ragnarök ?

Samaël renifla.

— Autrefois, tous les anges Erelim faisaient leur propre prophétie sur l'apocalypse, et ils se contredisaient souvent entre eux. Nous avons déjà empêché certaines de ces prophéties de se réaliser. Comme l'apocalypse maya de 2012.

Lucifer grogna.

— Ne m'en parle pas. Quelle horreur.

— De quoi vous parlez ? demandai-je.

— Un portail pour le Chaos était censé s'ouvrir le dernier jour du calendrier maya à Tikal, au Guatemala, expliqua Samaël. Il aurait pu libérer des douzaines d'Anciens Dieux. Mais nous sommes parvenus à le fermer à temps.

— Tout comme nous allons interrompre l'apocalypse des quatre Cavaliers, dit Lucifer.

Samaël hocha la tête.

— La tombe de Pestilence tient toujours. Theo et ses gargouilles la gardent. Ils me rapporteront immédiatement tout changement.

Je priai pour que Pestilence reste enfermé très longtemps. Je voulais que mon bébé grandisse sans la menace d'Adam. Il avait déjà causé tant de souffrance à notre famille. Tout ce que je voulais, c'était de ne pas m'inquiéter qu'il nous prenne à nouveau en chasse.

Samaël se tut, mais j'avais l'impression que cette conversation n'était pas terminée. Lucifer leva les yeux comme s'il le sentait aussi.

— Autre chose ? demandai-je.

Samaël était le plus grand ami et allié de Lucifer, et nous lui devions beaucoup. S'il n'était pas heureux de la situation actuelle, nous l'arrangerions du mieux possible.

— Oui.

Au début, je crus que Samaël n'allait rien dire d'autre. Mais il s'éclaircit la gorge et détourna les yeux.

— J'ai suivi votre conseil, Lucifer. En passant, je me suis arrêté voir Asmodée et sa nouvelle famille.

— Vraiment ?

Je me penchai en avant, si excitée par cette tournure inattendue des événements que je sentis à peine la contraction. Bon, c'était un mensonge, ça faisait un mal de chien.

Samaël avait été si furieux que son fils Asmodée devienne mortel qu'il avait refusé tout contact avec lui ces derniers mois. Lucifer et moi l'avions supplié de donner une chance à son fils, de rencontrer Brandy et de pardonner à Lilith d'avoir rendu son fils mortel. Tout ce que nous voulions, c'était qu'il parle à son fils, rien d'autre. Surtout maintenant que Brandy était également enceinte.

— Comment ça s'est passé ? demanda Lucifer en concentrant toute son attention sur Samaël.

Il en savait long sur le fait de renouer avec des fils fâchés, et à quel point ça pouvait représenter un défi.

— Bien. J'en suis venu à accepter la décision de mon fils, aussi douloureuse soit-elle. Je vois bien que son amour est sincère et qu'il a trouvé une famille qui le rend heureux.

Il hésita.

— Je ne pensais vraiment pas que c'est ce que souhaitait mon fils. Je pensais qu'être incube lui allait, mais je me rends compte maintenant à quel point il était malheureux. Je ne me serais jamais attendu à ce qu'il finisse avec une humaine.

— Brandy est sa compagne, dis-je en me sentant obligée de prendre la défense de ma meilleure amie. Et c'est une bonne personne. Elle s'est occupée de moi quand je ne savais pas qui j'étais. Elle m'a acceptée quand je lui ai dit que j'étais la compagne angélique de Lucifer.

Samaël inclina la tête.

— Je n'éprouve que du respect envers la femme qui est parvenue à dompter mon fils.

— Et Lilith ? demanda Lucifer. Tu lui as parlé ?

Samaël se renfrogna un peu à cette question.

— Non. Pas encore.

Lucifer posa une main sur l'épaule de son ami.

— S'il y a bien quelque chose que j'ai appris avec tout ça, c'est qu'il n'y a rien de plus important que la famille. On dit que le temps guérit toutes les plaies, mais celle-ci aurait peut-être besoin d'un petit coup de pouce.

Samaël pinça les lèvres, puis dit finalement :

— Très bien, je vais faire l'effort de parler à Lilith, ne serait-ce que pour lui dire d'arrêter de me draguer devant Baal.

— Il était temps, dit Lucifer.

Une autre contraction se déclencha. Celle-ci fut suivie de la sensation de m'être uriné dessus. J'avais eu assez d'enfants pour savoir que je venais de perdre les eaux.

— Il est temps ici aussi, déclarai-je, incapable de le nier plus longtemps. Appelle Marcus. Le bébé arrive.

Lucifer lâcha le tournevis.

— Maintenant ?

— Maintenant, confirmai-je.

LUCIFER

Hannah grimaça plus qu'elle ne sourit en attrapant la main que je lui offrais avec toute la force d'un dieu. Heureusement que j'en étais un aussi, sinon elle me l'aurait brisée.

— C'est bien. Continue à respirer.

Je me voulais apaisant mais elle me jeta un regard noir, alors je fermai la bouche et me contentai de lui tenir la main. Marcus attendait au pied du lit. J'avais l'ordre tacite de rester à la tête de lit et de laisser Marcus prendre les choses en main, ce qui m'allait très bien.

Ce fut un long travail. Même si Hannah avait donné naissance à trois enfants auparavant, elle ne l'avait pas fait avec ce corps, ce qui changeait tout. L'impatience mêlée à la tristesse flottèrent dans mon esprit quand Marcus lui dit de pousser. Voir notre fille pour la première fois serait extraordinaire, surtout après celle qu'on nous avait prise trop tôt. J'étais également vivement conscient que je vivrais ça pour la dernière fois. Alors que le fardeau reposait principalement sur les épaules d'Hannah, elle s'était sacrifiée pour moi et cette responsabilité pesait lourdement.

Cependant, je ne pouvais me permettre de penser à ça maintenant. Pas quand ma compagne avait besoin de moi. L'excitation prit finalement le dessus sur la tristesse. Aujourd'hui, nous allions agrandir notre famille.

J'essayai d'écouter pendant que Marcus accompagnait Hannah tout au long de l'accouchement, mais mon attention était dirigée vers ma moitié, tenant sa main à chaque halètement. Je savais que la douleur de ce moment ne durerait pas, comme avec les garçons, et qu'elle laisserait place à un miracle.

Mon amour pour Hannah s'intensifia en regardant son corps incroyable donner la vie que nous avions créée ensemble. Même donner son corps pour notre amour était un sacré sacrifice. J'avais vécu des millénaires et vu des choses fabuleuses, mais ceci était la chose la plus merveilleuse et incroyable : la façon dont la vie se perpétuait.

— Poussez une dernière fois !

La voix de Marcus était calme et apaisante. Il soulageait sûrement la douleur d'Hannah tout en guidant notre fille. Pourtant, je la vis tendue, éveillant mon côté protecteur.

— Tu es sûr d'avoir déjà fait ça avant ? demandai-je à Marcus.

Je savais que c'était un grand guérisseur, le fils de l'Archange Raphaël en personne, mais savait-il vraiment accoucher un bébé ?

Marcus leva les yeux au ciel et m'ignora. Je me renfrognai et envisageai de le menacer lui et tous ceux qu'il aimait s'il ne sortait pas tout de suite ce bébé. Mais ensuite, les yeux d'Hannah croisèrent les miens et je m'efforçai à me calmer. De grandes respirations. Je balayai des mèches de cheveux du front d'Hannah et la laissai agripper ma main. Je ne pouvais rien faire d'autre qu'être avec elle. Dans ce rôle, être le roi des démons était absolument inutile.

Soudain, Hannah lâcha un rugissement guttural et une vague de pouvoir s'échappa d'elle. Une forte bourrasque secoua la chambre, envoyant valser le matériel médical. Lumière et ténèbres sortirent d'Hannah en même temps. D'éclatantes plantes vertes poussèrent tout à coup autour de nous, avant de fâner et de mourir. En criant, Hannah aspira la vie de tous les êtres vivants autour de nous. Bien que les pouvoirs de Guerre me protège, je vis Marcus tituber et empoigner le bord du lit, le corps faible.

Je pris son menton et la forçai à me regarder.

— Hannah ! Tu dois contrôler tes pouvoirs !

Elle cilla et arrêta d'aspirer l'énergie. Elle prit une profonde inspiration en reprenant le contrôle.

— Désolée !

Je déposai un baiser sur son front alors qu'elle se détendait un peu et que la pièce revenait à la normale. Marcus se remit rapidement et retourna à son travail. Rapidement, un petit sanglot perça l'air quand notre fille naquit. Les yeux d'Hannah s'élargirent tandis qu'on plaçait le bébé sur sa poitrine nue, afin de lui permettre de nouer immédiatement des liens avec cette magnifique créature ridée et collante qu'était notre bébé. Je m'allongeai légèrement sur le lit à côté d'Hannah, la pris dans mes bras et les regardai toutes les deux avec amour.

Tandis que Marcus soignait Hannah, elle berça notre fille. Je la berçai aussi en lui caressant les cheveux. Il n'y avait pas besoin de parler pendant que nous partagions ce moment d'amour calme et silencieux.

— Prends le bébé, Lucifer, finit-elle par murmurer.

Soudain, je me retrouvai avec notre fille dans mes bras. Je la tins contre mon torse et lui souris. Elle sembla me reconnaître, et un petit bras rose sortit de la couverture et se posa dans le creux de mon bras.

— Parfaite.

Le mot sortit dans un murmure. Je vis à peine le sourire

d'Hannah s'élargir avant de me reconcentrer sur l'enfant dans mes bras. Je caressai sa joue du bout de mon doigt, prenant soin de cette nouvelle peau fragile.

— Tout simplement magnifique.

L'amour me submergea et ma poitrine se comprima. Le son qui sortit de ma bouche fut soit le début d'un rire, soit un sanglot étouffé. Je me fichais que ce ne soit pas la réaction qu'on attendait du roi des démons, le jour de la naissance de son unique fille.

J'embrassai le petit visage rouge du bébé et pris la main d'Hannah. Mon incroyable femme l'avait faite. J'étais vraiment l'immortel le plus chanceux du monde.

— Comment allez-vous l'appeler ? demanda Marcus.

— C'est drôle, nous n'en avons pas discuté.

Je me perchai sur le premier fauteuil que je trouvai et regardai le petit visage de ma fille, ses magnifiques yeux bleus. Je lui tendis mon doigt pour qu'elle l'attrape. Je jetai un œil à Hannah, qui sourit en regardant tour à tour le bébé et moi.

— Que penses-tu d'Aurore ? demanda-t-elle doucement. Comme ta mère.

Ma poitrine se serra en regardant à nouveau dans les yeux de ma fille, de la couleur du ciel à l'aurore.

— Oui, c'est parfait.

— Je te laisse choisir le deuxième prénom, dit Hannah en se couchant et en fermant les yeux, sans aucun doute épuisée par tout ce que son corps avait subi.

Je réfléchis à plusieurs noms un moment. Vu qu'Hannah avait choisi d'honorer un membre de ma famille, je pensai lui rendre la pareille.

— Que penses-tu de Jophiel ?

Les larmes scintillèrent dans les yeux d'Hannah alors qu'elle me souriait.

— Je pense que Jo approuverait.

Marcus et son assistant – dont j'avais à peine remarqué la présence tout ce temps – finirent de nettoyer et nous laissèrent seuls, ils reviendraient plus tard. Je rendis le bébé à Hannah, qui se mit à le nourrir au sein.

— Elle est puissante, dis-je doucement en les observant. Je le sens, même d'ici. La combinaison parfaite de nous deux.

— Avec une bonne rasade d'Ancien Dieu, dit Hannah en riant.

— Tu penses que Famine l'a changée ? demandai-je.

— Non, pas du tout. Mais devenir Famine a aussi changé Aurore, vu que nous sommes toujours connectées.

Hannah soupira un peu.

— Famine a dit qu'elle voulait à nouveau devenir mère, et j'ai senti qu'elle ne ferait jamais de mal au bébé. Au contraire, elle s'est assuré de la protection d'Aurore pendant la transition. Je n'avais pas d'affection pour Famine, mais j'ai apprécié ce geste.

Je passai la main sur la tête duveteuse de ma fille. Personne de comparable à elle n'existait. Mi-ange, mi-Déchue, avec une pointe d'Ancien Dieu. Je savais déjà qu'elle était destinée à de grandes choses. Bien sûr, nous devions d'abord passer par ses premières années. Ou pire, son adolescence. Je sentais curieusement qu'elle ne nous rendrait pas la tâche facile. C'était une guerrière, comme sa mère. Notre fille avait le pouvoir de détruire le monde, ou d'y mettre fin. J'espérais seulement que nous soyons dignes du défi d'être ses parents.

23

HANNAH

Les mois suivants s'écoulèrent dans une brume de nouveau-né sans sommeil. Aurore ne manqua cependant pas d'attention. Nos plus proches amis nous rendaient régulièrement visite. Zel prit son rôle de marraine bien trop au sérieux, prouvant que nous avions raison à son sujet. Elle avait déjà essayé de donner à Aurore deux minuscules dagues semblables aux siennes. Je dus lui expliquer qu'il faudrait attendre quelques années avant que notre fille soit prête au combat.

Même si j'étais un Ancien Dieu et que je n'avais pas besoin de dormir, je me sentais curieusement épuisée la plupart du temps. Ce fut un soulagement quand Lucifer suggéra que j'aille enfin faire un tour à cheval. Nous avions installé une petite étable dans un coin de notre propriété, ainsi qu'un immense pâturage. Même si les chevaux n'avaient pas besoin de soin, ils semblaient apprécier d'avoir leur propre espace.

Je m'y rendis en cet instant, respirant l'air régénérant, et trouvai les deux chevaux ensemble dans la prairie. Misère vint tout de suite vers moi me renifler, et je souris. J'avais été si occupée que je n'avais pas eu le temps de la connaître. J'étais excitée d'aller me promener avec elle et d'avoir un peu de solitude, moment rare quand on vient d'être mère.

Je grimpai aisément sur son dos. Inconsciemment, mon corps savait quoi faire, même si je n'étais pas montée à cheval depuis des siècles. Je passai les doigts dans son épaisse crinière noire, et elle s'élança d'un bond triomphant sur l'herbe. Ruine se contenta de secouer la tête et de rester derrière tandis que nous faisions le tour de la propriété au galop. Puis, nous trottâmes sur le chemin rocailleux jusqu'à la plage. Une fois sur le sable, Misère s'élança à toute vitesse. J'ouvris grand les bras et ris alors que le soleil m'abreuvait d'énergie.

Galoper sur la plage m'octroya du temps pour être seule avec mes pensées, sans un bébé qui réclamait mon attention. Je me demandai comment allaient mes fils, et j'espérai qu'ils nous rendraient bientôt visite. Mais je savais qu'ils étaient tous occupés avec leur propre vie. Je songeai à Samaël qui s'occupait de tout à Vegas, et à quel point ça faisait du bien de prendre un peu de recul. J'adorais être la reine des démons, mais j'adorais aussi être la mère d'Aurore. Mes pensées se tournèrent alors vers Lucifer, qui semblait apprécier d'être à nouveau père. La seule chose qui m'ennuyait, c'était que nous n'avions pas partagé beaucoup de moments intimes depuis la naissance d'Aurora. Bon sang, nous avions à peine eu un moment à deux depuis. Je savais toutefois que c'était normal, après tout, nous avions déjà vécu ça trois fois. Grâce à Marcus et à ma guérison accélérée en tant qu'Ancien Dieu, mon corps s'était remis depuis longtemps. C'était plus un souci de temps et d'énergie. J'espérais simplement qu'avoir ce bébé qui, nous le savions, serait le dernier, n'allait pas altérer notre relation. Chaque moment semblait plus important et urgent, quand nous savions que ce serait le dernier. Je voulais les graver dans ma mémoire pour toujours.

J'ignorais depuis combien de temps je sillonnais du nord au

sud la côte californienne, mais il était temps de retourner à l'écurie. En descendant de Misère, je sentis la forte connexion qui me liait à ce cheval. Il était à moi et pourtant libre. Une partie de son âme était liée à la mienne grâce à une magie ancienne hors de ma portée, mais sa présence calme et constante était la bienvenue.

— On retournera bientôt se promener, promis-je en tapotant sa croupe. Et il te faut toujours un nouveau nom. Que penses-tu de... Pénombre ?

Un doux hennissement m'indiqua qu'elle aimait ce nom, alors c'était réglé. C'était plutôt approprié, vu que j'étais un ange qui vivait entre ombre et lumière. Pénombre rejoignit Ruine, tous deux satisfaits de leur nouveau domicile. Ils ne ressemblaient absolument pas à des destriers de l'apocalypse. Je me demandai si Lucifer renommerait lui aussi son cheval. Nous étions toujours Famine et Guerre, mais nous gardions ces parties sombres de nous-mêmes sous contrôle, en utilisant toutes nos autres facettes. Nous avions trouvé comment contrôler nos pouvoirs... et nos envies. Parfois, je sentais encore la nécessité d'aspirer toute la vie des plantes autour de moi, mais comme une personne en sevrage d'une addiction, j'y travaillais et la combattais.

Je vérifiai l'heure : c'était l'heure de la sieste. L'un de mes moments préférés de la journée, surtout quand je contemplais Aurore endormie. De minuscules cils contre ses joues délicates, une bouche de chérubin, un visage si paisible et innocent qu'il semblait irréel. Parfois, je la regardais des heures durant, presque incapable de respirer à cause de tout l'amour qui comprimait ma poitrine. Comment avais-je pu oublier la sensation ?

Je flânai dans la chambre d'Aurore, préparant tout pour la sieste, trébuchant presque sur les millions de jouets et produits pour bébé. J'avais eu trois enfants avant Aurore, mais jamais autant d'affaires. Certaines facilitaient les choses cependant. J'aurais tué pour avoir l'un de ces fauteuils à bascule automatiques quand Belial était bébé. Ce garçon avait été le plus mauvais dormeur. Les femmes modernes ignoraient à quel point c'était facile par rapport à l'époque.

Dans la chambre, la lumière était déjà baissée et les rideaux opaques bien fermés. Un homme torse nu et musclé se tenait près du lit à barreaux. Lucifer se tourna vers moi et posa un doigt sur ses lèvres tandis qu'il berçait notre fille endormie contre lui. Je lui rendis son sourire, ressentant une explosion d'amour à la vue de ces deux-là. Lucifer et moi avions traversé tant de choses, ensemble ou séparés, surtout ces dernières années. Mais tout avait valu la peine pour vivre des moments comme celui-ci.

Alors comme ça, Lucifer à moitié nu tenait notre bébé ? Très sexy. J'en eus presque l'eau à la bouche. Puis, il se pencha pour poser Aurore dans son lit, me laissant reluquer son cul parfait, et je faillis m'éventer. Qui aurait cru que le diable pouvait être un si bon père ?

Nous sortîmes, fermâmes la porte, et Lucifer demanda :

— Tu t'es bien promenée ?

— C'était super. J'avais vraiment besoin d'un peu de temps seule. Merci d'avoir surveillé Aurore.

— C'est normal. Nous avons passé une agréable journée, même s'il a fallu la bercer quelque temps avant qu'elle s'endorme. J'avais oublié à quel point ces trucs de nouveau-né étaient compliqués. On penserait qu'après trois enfants, ce serait plus facile d'une certaine manière...

— Je sais.

Je lui pris la main et le guidai vers notre chambre.

— En fait, j'étais justement en train de penser qu'on devrait aussi passer du temps ensemble.

Il haussa un sourcil.

— Ah oui ?

Dès que Lucifer entra dans la chambre, je le plaquai contre le mur et me jetai sur lui, les mains sur ses épaules et sur la pointe des pieds pour l'embrasser. Il n'hésita qu'une fraction de seconde avant d'enrouler ses bras autour de ma taille et de me maintenir tout contre lui. Il pivota pour que je me retrouve contre le mur, et sa langue glissa entre mes lèvres afin d'approfondir notre baiser.

— Salut toi, murmura-t-il contre mes lèvres alors que mon clitoris me lançait. Quelqu'un est un peu excité aujourd'hui ?

Je passai la main sur ses abdos sculptés.

— Comme si tu ne l'avais pas fait exprès, de te promener à moitié nu comme ça.

Il prit une expression innocente.

— Il fait chaud aujourd'hui.

— Tu as raison, il fait chaud. Je devrais me déshabiller moi aussi.

J'attrapai mon t-shirt et le passai par-dessus ma tête.

Ses yeux admirèrent ma peau exposée.

— Bonne idée je pense. En fait, nous devrions tous les deux aller nous rafraîchir sous la douche, tu ne crois pas ?

— Ça fait longtemps que je ne me suis pas douchée, admis-je avec un rire.

La vie de maman ne laissait pas la place aux douches pour l'instant.

— C'est l'heure de se laver.

Il me souleva et me porta jusqu'à la salle de bain. Puis, il me reposa pour ouvrir la douche. Celle-ci était assez grande pour accueillir au moins cinq personnes, avec plusieurs jets et un petit banc.

Nous retirâmes rapidement nos vêtements, puis nous nous glissâmes sous l'eau chaude, derrière les vitres couvertes de buée. Sous le jet, je pressai mes seins contre le torse nu de Lucifer. Il baissa la tête, sa bouche chaude et urgente dans mon cou, la langue contre ma clavicule. Je gémis quand un désir pur m'assaillit. Je me plaquai contre lui, savourant la sensation de sa queue dure contre ma peau tandis qu'il roulait des hanches. Je le sentis tout entier contre moi, qui me liquéfiait et me transformait en lave en fusion sous son toucher.

Alors que l'eau éclaboussait, Lucifer posa ses doigts sur mes seins, et mes tétons se durcirent instantanément. Mouillés, ses cheveux paraissaient noirs, et son regard brûlait d'une noirceur et de la promesse d'un plaisir proche. Sa bouche s'écrasa contre la mienne, ses mains dans mes cheveux mouillés, son corps enveloppant le mien. Je pouvais à peine respirer. Mais franchement, avait-on besoin de respirer ? J'avais Lucifer, qui m'embrassait la bouche, le visage, les épaules et où je le souhaitais.

Il grogna et me souleva, ses mains sous mes fesses et mes jambes enroulées autour de ses hanches. Sa bouche traça un sillon brûlant sur ma peau. J'enfonçai mes doigts dans ses cheveux pour l'attirer plus près. Sa queue frotta contre ma peau mouillée et glissante et un souffle lui échappa.

— Lucifer.

Son nom était à peine plus qu'un son étranglé entre mes lèvres. Il répondit tout de suite en poussant son gland en moi, avant même que je m'en rende compte.

— Encore.

Sa bouche était pincée sous la concentration tandis qu'il s'insérait davantage en moi. Je m'étirai autour de lui, et il gémit.

— Putain, j'avais besoin de ça, grogna-t-il en se mettant à se mouvoir. J'avais besoin de toi.

— Alors prends-moi, dis-je en resserrant les jambes autour de lui. Prends tout.

Mon dos heurta le carrelage frais. Lucifer posa les mains de chaque côté de ma tête pendant que sa queue plongeait profondément en moi. Ses mouvements étaient aussi rapides et puissants qu'un dieu, me baisant si fort que j'étais surprise que le carrelage ne se fissure pas. Puis, il fit une pause, le souffle saccadé, comme s'il venait juste de se rendre compte de ce qu'il faisait.

— Tu ne me briseras pas, dis-je et la tension dans ses muscles disparut un peu. Je suis un dieu moi aussi. Je peux le supporter.

Ses va-et-vient se firent plus rapides et plus violents, me faisant crier à la fois de plaisir et de douleur. J'étais la seule qu'il pouvait baiser comme ça, en s'abandonnant complètement et de toutes ses forces, en sachant qu'il ne me ferait jamais de mal. Il m'offrit le genre d'orgasme à hurler, le genre d'orgasme qui vous faisait oublier votre nom ou où vous vous trouviez, le genre d'orgasme qui rendait votre corps tout endolori pendant plusieurs jours, mais endolori de plaisir.

Cependant, il n'en avait pas encore fini.

Brutalement, Lucifer me tint contre lui et sortit de la douche, trempé. Il sortit sur le balcon, me posa sur le rebord alors que la douce brise chatouillait ma peau mouillée. Puis il glissa une main entre nous, utilisa son doigt pour caresser mon clitoris, sa queue toujours dure en moi. Il se pencha sur moi, se déhanchant lentement, son doigt paresseux sur moi, ses lèvres tout à coup sur mon téton, sa langue le dressant. Je me demandai brièvement si notre personnel nous observait. Mais toutes les pensées s'évanouirent quand il pinça mon clitoris et passa les dents sur ma poitrine.

— Ne t'arrête pas.

Je lui agrippai le bras en observant ses épaules bouger et fléchir comme s'il n'était que muscle. Lucifer était encore si dur et vigoureux à l'intérieur et autour de moi, même après cet incroyable orgasme. Il s'enfonça davantage, ses mouvements si familiers et pourtant si excitants. Je poussai un cri quand il prit mes hanches et les leva pour ajuster l'angle. La chaleur du soleil de l'après-midi et l'océan dans mon dos, je rejetai la tête en arrière et me perdis dans l'instant.

Mes lèvres s'entrouvrirent pour respirer. Chaque muscle se

tendit alors que le plaisir déferlait en moi. Ses yeux s'écar-quillèrent et mon sexe se contracta. Puis, son sperme se déversa en moi pour la deuxième fois. Ensemble, nous nous accrochâmes à ce moment de plaisir ultime, comme si nos pouvoirs avaient eu le moyen d'arrêter le temps. Peut-être était-ce le cas. Ce ne serait pas la chose la plus étrange qu'il m'ait été donné de voir.

— Hannah, murmura-t-il entre deux baisers.

La simple évocation de mon nom disait tout ce que je voulais entendre. Ça me disait qu'il m'aimait comme au premier jour. Ça me disait que notre amour était éternel.

Puis, le bébé pleura et nous soupirâmes, front contre front avec un petit rire. Il était temps de se remettre au travail.

24

HANNAH

Je scrutai les jardins avec un sourire, observant nos invités échanger sous les tentes rose et jaune pastel. Tout le monde était là, et mon cœur palpitait de joie en voyant toutes les personnes que j'aimais célébrer la naissance d'Aurore en buvant du champagne et en dégustant des pâtisseries. Une douce musique jouait en fond sonore, et l'air frais de la mer empêchait qu'il ne fasse trop chaud, même sous le soleil éclatant de l'après-midi. C'était un jour parfait pour faire la fête.

Avant que les anges et les démons viennent sur Terre, avoir un bébé était si rare et spécial qu'il était normal d'organiser une grande fête pour que les autres puissent venir présenter leurs hommages. À présent que nos deux espèces vivaient sur Terre, notre fertilité avait augmenté et ces fêtes n'étaient plus aussi courantes. Nous décidâmes tout de même d'en faire une, essentiellement un prétexte pour réunir tout le monde, et parce que Lucifer semblait en avoir envie. Je pouvais le sortir de Vegas mais je ne pouvais sortir Vegas de son cœur.

Lucifer me prit dans ses bras, apparaissant juste au moment où je pensais à lui, comme souvent.

— À quoi tu penses ?

Je me tournai et l'embrassai en effleurant brièvement ses lèvres.

— À quel point ta vie à Vegas doit te manquer.

Il jeta un œil au bébé endormi dans mes bras.

— Elle ne me manque pas du tout. Ces moments sont si éphémères. Je veux passer chaque seconde avec ma fille tant que je le peux.

Je comprenais tout à fait ce qu'il ressentait. Un sentiment proche de la peine serra ma poitrine en regardant Aurore endormie, son poing potelé contre son visage. Chacun de ces moments serait le dernier. Les derniers pleurs de bébé, les derniers réveils, les derniers premiers accomplissements : s'asseoir, ramper, marcher, parler. Malgré tout, je ne regrettais rien. J'avais sauvé notre famille, et savoir qu'Aurore serait mon dernier enfant ne me fit qu'apprécier encore plus chaque seconde passée avec elle.

Et aujourd'hui, on la célébrait.

Lilith descendit le chemin dans notre direction, vêtue d'une jolie robe d'été sexy. Je souris en la voyant. Baal et Gabriel l'accompagnaient. Qu'elle soit parvenue à enjôler un archdémon et un Archange et qu'ils se la partagent ne cessait de m'impressionner. J'étais cependant heureuse qu'elle soit de nouveau avec eux, surtout parce qu'elle avait une fille avec chacun.

Puis, sous le choc, je faillis tomber à la renverse quand Samaël apparut, prit sa main, et se pencha pour lui faire un petit baiser. Un vrai baiser, pas juste une bise sur la joue. Étaient-ils ensemble à présent, eux aussi ?

— Tu savais ? demandai-je à Lucifer en essayant de garder le sourire, même si mes yeux devaient être exorbités de surprise.

Lucifer afficha un large sourire.

— J'imagine que Samaël a fait bien plus que de parler avec Lilith.

Enfin, ils étaient à nouveau ensemble. Lilith flirtait intensément avec Samaël depuis un certain temps, et il était évident que Samaël avait encore des sentiments pour elle, même s'il avait fait tout son possible pour lui résister. À l'évidence, il avait fini par succomber à ses nombreux charmes, et tourner la page sur leurs anciens conflits. Peut-être était-il impossible de résister à une force de la nature telle que Lilith.

— Bien, bien, bien, dit Lucifer alors que les quatre étaient assez près pour entendre.

Il avait les yeux amusés et un sourire satisfait.

— C'est agréable de vous voir tous les quatre ensemble.

— Vous êtes tous superbes, dis-je même si ce n'était sûrement pas la meilleure façon de lancer la conversation. C'est vraiment super de voir... que vous vous entendez tous si bien.

Lilith eut un rire rauque et profond.

— Merci. Nous sommes si heureux d'être ici.

Baal leva les yeux au ciel, tandis que Gabriel se contentait de hausser les épaules. Samaël avait l'air embarrassé par la situation et dit :

— C'est tout nouveau, bien sûr.

— Il ne t'en manque plus qu'un et ce sera bon, dit Lucifer à Lilith. Pourquoi pas le seigneur des fées avec qui tu étais autrefois ?

Lilith lança un regard flamboyant, un petit sourire aux lèvres.

— Ne jamais dire jamais.

Gabriel posa la main sur l'épaule de Lucifer.

— Content de te voir à nouveau, vieil ami, et félicitations pour votre nouveau bébé.

— Merci.

Lucifer regarda Olivia qui se tenait aux côtés de Callan, Marcus, Bastien et Kassiel en pleine discussion avec Raphaël et d'autres anges.

— Tu es sûr de ne pas en vouloir un autre ?

Gabriel lâcha un rire chaleureux.

— Je pense qu'une fille me suffit pour l'instant. Même si ça ne me gênerait pas d'être grand-père, pour profiter de l'enfant sans les responsabilités qui vont avec.

— Les petits-enfants sont merveilleux, dit Baal avec un hochement de la tête.

Il y a longtemps, il avait eu de nombreux enfants avec plusieurs femmes, créant une lignée qui s'étirait sur des millénaires, connue sous le nom Maison de Baal. Il avait aussi bien sûr une fille adolescente avec Lilith, Léna, dont les pouvoirs de démon commençaient à se développer maintenant. Il restait à voir si elle allait être une vampire ou une succube. Les démons ne pouvaient pas être hybrides, on ne découvrait leur espèce qu'à leur dix-huit ans.

— Oui, affirma Samaël. J'ai hâte d'en avoir.

Il sourit, ce qui était rare, ses yeux se posant sur Asmodée et Brandy, qui tenaient leur nouveau-né, né un mois après le mien.

— Je peux la tenir ? demanda Lilith.

— Bien sûr.

Alors que je passais Aurore à Lilith, Zel apparut.

— Attention ! s'exclama Zel en faisant sursauter Lilith.

— Je t'assure que je sais ce que je fais, dit Lilith d'une voix grave. J'ai eu bien plus d'enfants que toi, ma chère.

— Zel prend très au sérieux son rôle de marraine.

Je fis signe à Zel de se retirer.

Je me demandais souvent si quelqu'un avait dit à Zel qu'être marraine signifiait être garde du corps vingt-quatre sur vingt-quatre. J'adorais Zel, mais des fois elle exagérait.

— Je fais attention à ma filleule, c'est tout, marmonna Zel avant de s'éclipser avec un air renfrogné.

Samaël vint se placer à côté de Lilith. Lilith et tous ses

compagnons regardèrent mon bébé endormi. Baal caressa doucement sa tête, et Gabriel toucha sa petite main. Je percutai que tout ceci aurait été impossible des années auparavant : des anges et des démons célébrant la naissance d'une hybride.

— Elle est magnifique, dit Lilith en me rendant Aurore. Merci de m'avoir laissée la porter.

Elle partit parler à Romana, qui se trouvait avec Theo et d'autres gargouilles. Son entourage la suivit. Je pus difficilement réprimer un gloussement en les voyant la suivre comme de petits chiots, même le stoïque Samaël.

Lucifer posa sa main sur ma taille et m'attira près de lui.

— Tu aurais cru qu'on parviendrait à faire ça ?

— Hmm ?

Je me tournai à moitié vers lui, appréciant le grattement léger de sa joue contre la mienne.

Il fit un geste d'ensemble en direction des invités.

— Anges et démons, participant ensemble à une fête, honorant le fruit des deux espèces.

Je secouai la tête avec un sourire.

— Je pensais justement à la même chose.

La première fois que Lucifer m'avait rencontrée en tant qu'Hannah, ce genre de chose avait été impossible à envisager. Les anges et les démons étaient en guerre, et nous avions dû cacher notre relation par peur de ce qui arriverait si quelqu'un découvrait que le diable était amoureux de la fille d'un Archange. Désormais, de telles liaisons étaient de plus en plus normales.

— Tout ça, c'est grâce à toi, dis-je en l'embrassant sur la joue. Tu as rétabli la paix au sein de notre peuple. Ce n'est pas étonnant que tu aies pu vaincre Guerre. Tu es son opposé absolu.

Il haussa nonchalamment une épaule.

— Tout comme tu es l'opposé de Famine. Mais je ne l'ai fait que par amour pour toi et dans l'espoir d'un futur ensemble.

— Nous vivons maintenant dans le futur.

Lui et moi ferions tout pour maintenir cette paix, surtout maintenant qu'Aurore était là. Il y a des années, elle aurait été interdite. Une abomination. Certains auraient même réclamé sa mort. À présent, elle vivrait dans le monde des anges et celui des démons, comme moi, et j'espérais qu'elle adopterait les deux.

Soudain, le ciel s'assombrit alors que de grandes ailes masquaient le soleil. Trois dragons volèrent en cercle au-dessus de nos têtes, et tout le monde fut sur le qui-vive. On sortit griffes, armes et ailes. Lucifer et moi étions prêts à libérer les Anciens Dieux en nous. Mais les dragons se posèrent calmement sur la plage, reprirent forme humaine et se mirent à marcher vers nous sans hostilité évidente. L'homme au premier plan était grand et musclé avec des cheveux noirs courts et une mâchoire saillante. Même si je ne l'avais vu que sous sa forme de dragon, je savais qu'il s'agissait de Valefar, leur meneur.

— Nous sommes venus prêter allégeance au roi et à la reine des démons, déclara Valefar en s'agenouillant devant nous, le poing sur le cœur.

L'homme et la femme derrière lui firent de même.

— Et nous sommes venus présenter nos respects à la petite princesse.

Nous avions longtemps attendu que les dragons nous rejoignent enfin, mais je ne m'étais pas du tout attendu à ce qu'ils débarquent aujourd'hui de cette façon. Lucifer avait une main agrippée sur moi tandis que je tenais Aurore dans une attitude protectrice. Il me regarda, un sourcil levé, me deman- dant silencieusement si Valefar était sincère. Bien que les paroles de Valefar paraissent honnêtes, je vérifiai tout de même son aura, et n'y vis ni tromperie ni malice. Je hochai subtile- ment la tête en guise de réponse. Il me lâcha et s'approcha de Valefar.

— Bienvenu, archdémon Valefar, dit Lucifer. Nous sommes ravis de vous voir, et nous acceptons votre serment de loyauté.

Valefar se leva et fit signe à ses compagnons, qui offrirent chacun un petit présent.

— Nous avons apporté des cadeaux pour votre fille.

— C'est très gentil à vous, dis-je pendant que Lucifer prenait les cadeaux. Je vous en prie, joignez-vous à la fête et mettez-vous à l'aise.

— Oui, nous pourrons discuter plus tard de votre intégration dans nos rangs, dit Lucifer. Pour l'instant, servez-vous une flûte de champagne.

— Merci.

Valefar et ses compagnons s'inclinèrent à nouveau avant de se diriger vers le bar. Romana s'approcha et se mit à lui parler tandis que le barman lui servait un verre. Il était clair que ces deux-là se connaissaient. Peut-être l'avait-elle convaincu de se rallier à nous.

Il ne restait plus que les diablotins et les métamorphes. Les diablotins cependant n'avaient toujours pas d'archdémon pour les diriger, et personne n'avait vu Fenrir depuis qu'il avait sauté dans un portail au royaume des fées. Même les autres métamorphes à qui nous avions parlé, ceux qui étaient toujours du côté de Lucifer, ignoraient complètement ce qu'il manigançait en ce moment.

Soudain, un portail s'ouvrit de l'autre côté du jardin, faisant sursauter tous les gens qui venaient à peine de se remettre de la dernière arrivée surprise. Mais voici à présent que les fées se manifestaient, et elles aimaient soigner leur entrée.

Damien sortit en premier, suivi de ma mère, l'air radieux dans sa robe de bal jaune pâle ornée de vraies marguerites. La mode des fées pouvait être un peu... extrême. Damien était bien moins tape à l'oeil avec sa chemise de soie blanche et son pantalon noir. Il prit sa grand-mère par le coude et la mena vers nous. Lucifer se raidit en voyant Déméter, mais il s'avança pour prendre son fils dans ses bras.

— C'est bon de te revoir, Damien.

Puis il jeta un regard dur à Déméter.

— Déméter.

— Lucifer. Hannah.

Elle avait un ton glacial et un regard froid, pour lui comme pour moi.

Je l'ignorai et enlaçai mon fils. Puis, je lui tendis le bébé pour qu'il fasse sa connaissance comme il se devait. Aurore ouvrit les yeux, rit et s'extasia devant son frère, qui rit avec elle.

— Tu as déjà décidé que j'étais ton frère préféré, pas vrai ? demanda Damien alors qu'elle lui attrapait le doigt. Oh oui, elle est intelligente.

Je me tournai vers Déméter et lui offris un sourire.

— Merci d'être venue, mère. Tu aimerais rencontrer ta petite-fille ?

Le visage de ma mère changea instantanément, perdant toute sa froideur. Elle s'éclaira de l'intérieur et devint vraiment magnifique, comme seule une fée le pouvait. Elle tendit les bras face à Damien et dès qu'elle prit Aurore, elle toucha gentiment le visage du bébé en souriant. Puis, elle me tendit la main et je la pris. Comment refuser ? C'était ma mère, la seule encore en vie de toutes ces vies antérieures. Je savais que ça n'avait pas été facile pour elle, de perdre une fille qui fut ensuite remplacée par une étrangère, plus d'une fois. Je regardai Aurore et ne pus même pas l'envisager.

La farouche attitude protectrice de ma mère envers la fille qu'elle avait aimée me rappela Jophiel et son désir de mettre Hannah de côté pour éviter de me perdre. Déméter s'accrochait à la douleur d'avoir perdu Perséphone de la même manière. Même si je n'étais pas d'accord avec leurs actions, je savais qu'elles les avaient faites par amour, et j'essayais de ne pas les juger trop durement. J'avais manqué ma chance de me réconcilier avec ma sœur, mais peut-être avais-je encore une opportunité avec ma mère. Même si elle n'était là que pour ma fille, c'était un début.

Quand ma mère lâcha enfin Aurore, et que Zel arrêta de rôder comme un molosse armé, Lucifer et moi nous assîmes avec nos enfants autour du feu de camp qui se transformait en braise sous le ciel assombri. Les invités s'étaient éloignés ou étaient partis. Les seuls qui restaient encore étaient la famille. Même Belial était là. Tous nos enfants, réunis, pour la première fois. Avec un peu de chance, ce ne serait pas la dernière.

Kassiel tint Aurore et lui sourit tout en la berçant. Elle était très satisfaite et heureuse d'être dans ses bras. Mais ensuite, il la passa à Damien et elle se mit tout de suite à pleurer.

— Je pensais que tu étais doué avec les femmes, Damien.

Kassiel fit un sourire narquois à son frère et Damien couvra brièvement les yeux de sa sœur pour faire un doigt d'honneur à son petit frère.

— Seulement celles qui ne sont pas ma sœur.

Damien retourna à Aurore, et elle gloussa rapidement face à ses grimaces, son regard saisissant chaque mouvement du visage.

— D'un autre côté, nous ne pouvons pas tous être le frère parfait.

Kassiel haussa les épaules en reculant et prit une gorgée de bière.

— Je suis juste content de ne plus être le bébé de la famille.

— Tu seras toujours notre petit frère, Kass, dit Belial avec un sourire. Je me souviens encore du temps où je changeais tes couches et te berçais pour t'endormir.

Damien offrit le bébé à Belial.

— Montre-nous comment on fait alors, vieil homme.

Belial grogna.

— Elle a l'air très bien là où elle est.

— Oh non, j'insiste.

Malgré ses fanfaronnades, notre fils aîné avait l'air mal à l'aise tandis qu'il prenait maladroitement le bébé dans ses bras tatoués. Je me blottis contre Lucifer, ravie d'observer mes fils se passer leur sœur, et curieuse de voir ce qui se passerait ensuite.

L'expression dure de Belial s'adoucit lorsqu'il baissa les yeux sur sa sœur. Elle s'arrêta de bâiller et toucha son visage, ses lèvres et frappa son menton de son petit poing fermé. Il sourit et lui attrapa la main. Elle bougea la bouche comme si elle avait quelque chose à dire. Il lui dit quelque chose à voix basse, puis elle s'installa et ferma les yeux. En quelques secondes, elle était endormie.

Belial se pencha dans son fauteuil et nous fit un sourire prétentieux.

— Vous voyez ? Toujours aussi doué.

— Tu l'as peut-être juste ennuyée à mourir, dit Damien. J'ai entendu dire que c'était un problème commun à toutes tes femmes.

— Quelles femmes ? demanda Kassiel en reniflant. Belial n'est-il pas célibataire depuis le dix-septième siècle ?

Belial leva les yeux au ciel.

— Ne me forcez pas à me lever pour vous botter le cul. Je pourrais le faire sans même la réveiller, vous savez.

Lucifer rit doucement.

— Aussi amusant que ce serait à regarder, il n'y aura pas de bagarre ce soir. Ne dérangez pas votre pauvre mère.

— Je suis simplement contente que tu l'aies endormie, dis-je, amusée par leurs railleries.

Ça faisait si longtemps que nous n'avions pas été ainsi, je n'étais pas sûre que ça se reproduise. Je voulais juste m'asseoir ici et profiter de ce moment aussi longtemps que possible. Après tout, aucun de nous ne savait quand une autre menace émergerait à nouveau et nous mettrait tous en danger. C'était inévitable, vu notre statut. Tout ce que nous pouvions faire, c'était d'apprécier la paix tant que nous l'avions.

25

HANNAH

Le temps passait, et toujours aucune menace à l'horizon. Je commençais à penser que ma vie idyllique pouvait vraiment être la nouvelle norme. Comment était-ce possible ? Je l'ignorais, mais je n'allais pas la remettre en question, pas après des centaines de vies tourmentées à être brutalement arrachée de tous ceux que j'aimais. Peut-être l'univers avait-il enfin décidé de m'accorder du répit.

Je sirotai mon café en regardant les deux bébés couchés sur le matelas devant moi. Ils n'avaient qu'un mois d'écart, mais tandis que le fils de Brandy, Isaac, était content d'être assis sur les fesses et d'observer le monde depuis les coussins qui le maintenaient, Aurore semblait déjà avide de bouger. Elle roulait vers les objets qui l'intéressaient, rampant sur le parquet à la manière d'un ver de terre. De temps en temps, elle s'approchait suffisamment d'Isaac pour prendre un de ses jouets. C'était à ce moment-là qu'il s'agitait le plus, braillant jusqu'à ce que Brandy apaise ses petits sentiments blessés avec un autre cube.

Nous avions des rendez-vous bébé toutes les semaines.

C'était amusant de voir nos enfants grandir ensemble. J'adorais vivre si près d'elle, ça me rappelait le temps où nous étions colocataires et que nous sortions, inséparables. C'était également agréable d'avoir une humaine comme voisine, quelqu'un qui me traitait comme son égale et non sa reine. Cela me rappelait ce que ça faisait d'être mortelle.

Brandy tendit à son fils un autre cube à mâchouiller et le regarda avec de l'adoration dans les yeux.

— Six mois et tout ce dont il a envie, c'est de mâcher des choses.

— C'est ce que font les bébés, dis-je avec un rire. Je suis presque sûre que la première dent d'Aurore est en train de pousser. Elle est si difficile ces derniers temps.

Aurore leva la main dans les airs comme si elle pouvait attraper quelque chose d'autre que des grains de poussière dans la lumière du soleil filtrant par les fenêtres ouvertes. Le parfum du Pacifique imprégnait la brise légère. Les palmiers bruissaient et s'entrechoquaient dans nos jardins. Je m'appuyai contre un coussin et passai les jambes sous moi, heureuse de cette nouvelle quiétude, de cette existence normale.

— Comment va Lucifer, si loin de son empire ?

Les lèvres de Brandy esquissèrent un sourire malicieux.

— Il ne semble pas s'en soucier. D'un autre côté, il peut presque tout gérer depuis son bureau ici, et Samaël s'occupe du reste.

Brandy n'avait pas besoin de trop en savoir sur les affaires de démons, quel que soit l'amour que je lui portais. Sa vie était bien plus simple, même si elle était mariée à un ancien incube. D'autre part, c'était plus sûr pour elle de ne pas être au courant de tout.

— Comment va Asmodée ?

— Il va bien, même s'il s'ennuie beaucoup maintenant qu'il

ne gère plus les clubs de strip-tease de Lucifer pour les Lilim. Il parle en plaisantant d'ouvrir une version masculine de Hooters[1] appelée Peckers[2], et d'y embaucher des serveurs incubes.

Je faillis recracher mon café en riant.

— Ce serait hilarant.

— Ouaip. Je crois même en fait qu'il est sérieux. Il dit que les succubes sont plus avantagées, et qu'il veut offrir plus d'opportunités aux incubes de se nourrir sans blesser les humains.

C'était du Asmodée tout craché de continuer à se soucier de ses camarades démons même s'il était désormais mortel et retiré de notre monde.

— Dans ce cas, il devrait le faire. Je suis sûre que Lucifer le soutiendrait.

— Peut-être. Je lui ai suggéré d'ouvrir simplement des petits cafés le long du littoral, mais il a répondu que ce n'était pas assez sexy.

Elle rit en secouant la tête.

— Démon sexuel un jour, démon sexuel toujours, je suppose.

Je haussai les épaules.

— On ne peut pas changer notre vraie nature, même en devenant mortel.

Brandy était sur le point de répondre quand ses yeux s'écarquillèrent. Ma tête se tourna brusquement vers Aurore, qui n'était plus à côté d'Isaac, mais dans les airs, chassant maladroitement une graine soufflée par le vent. Deux ailes étaient apparues dans son dos, l'une d'un noir pur qui laissait une trainée de pénombre derrière elle, l'autre blanche comme neige et étincelante. Elles battirent avec hésitation, la maintenant à peine en l'air tandis qu'elle se dirigeait, instable, vers la fenêtre qui retenait toute son attention.

Je bondis, le souffle bloqué dans ma poitrine, ma tasse tombée au sol renversant du café partout.

— Aurore ! Non !

Je l'attrapai dans mes bras avant qu'elle tombe, et la serrai contre ma poitrine, mon cœur battant la chamade. Brandy sauta sur ses pieds, ferma la fenêtre, et je hochai la tête de reconnaissance. Aurore se mit immédiatement à pleurer, mécontente que je l'aie stoppée dans son élan, et inconsciente du danger. Bordel de merde. Comment pouvait-elle déjà voler ?

Lucifer se précipita dans la pièce, une épée de ténèbres tournoyantes déjà dans la main.

— Qu'est-ce qui se passe ? On nous attaque ?

— On va bien.

Je regardai le bébé dans mes bras qui gloussait en agitant ses ailes.

— Je crois.

— Merde.

Il l'étudia et se passa la main dans les cheveux, soufflant.

— Des ailes ? Déjà ?

— C'est normal ? demanda Brandy en nous regardant tour à tour.

— Non, pas du tout, dis-je. Les anges n'ont pas d'ailes avant leur vingt-et-un ans.

— Oh merde.

— En effet.

Lucifer me prit Aurore et la leva pour l'examiner. Elle était silencieuse maintenant que son père la tenait.

— Je n'ai jamais entendu personne développer des ailes aussi jeune. Certains anges les ont tôt, entre sept et quatorze ans, mais c'est extrêmement rare.

— Elle n'a que sept mois ! m'exclamai-je paniquée. Comment peut-elle déjà avoir des ailes ?

— Elles sont magnifiques ceci dit.

Lucifer leva deux ou trois plumes noires et blanches et les caressa avec soin. Aurore rit.

Un montage de toutes les façons dont Aurore pourrait se blesser défila dans mon esprit. Je m'enfonçai dans le canapé avec un gémissement. Tout devait rester fermé à présent. Et verrouillé. Rien n'était sûr pour elle désormais.

— Toute la sécurité pour enfant qu'on a installée... À quoi sert-elle maintenant ?

Lucifer tapa doucement entre les ailes d'Aurore, et celles-ci disparurent.

— Nous avons toujours su que notre bébé serait spécial.

— Oui, mais je ne m'étais pas attendu à ça ! Pas avant de nombreuses années, en tout cas.

Brandy tendit à Isaac un autre jouet.

— Je ne t'envie pas, mon amie. Aurore est certainement spéciale, mais je vois bien qu'elle va apporter son lot de problèmes, dit-elle avec un rire.

Lucifer sourit.

— Oui. Elle est une magnifique source de problèmes.

Je lui lançai un regard noir, inquiète qu'il ne prenne pas ça au sérieux. Tous nos fils avaient des ailes, bien sûr, mais ils les avaient eues à vingt-et-un ans. À l'époque, j'avais trouvé que c'était un défi. Oh, ancienne Hannah, à quel point j'étais ignorante.

— Laisse-moi aller voler avec elle, dit Lucifer.

Il me demandait depuis quelque temps s'il pouvait l'emmener avec lui, mais j'avais été trop inquiète pour dire oui.

— Elle sera parfaitement en sécurité dans mes bras. Elle souhaite clairement essayer, et je peux lui en donner un avant-goût et lui montrer la bonne façon d'utiliser ses ailes.

Je soupirai et me frottai l'arête du nez.

— D'accord. Mais ne t'éloigne pas trop.

---

1. ndt : Hooters est une chaîne de restaurants employant uniquement des femmes et destinés à une clientèle essentiellement masculine.
2. ndt : Hooters signifie " lolos " et peckers " zizis. "

26

LUCIFER

Je baissai les yeux sur Aurore, enveloppée confortablement dans le tissu qu'Hannah m'avait aidé à enrouler autour de mon corps. J'étais sûr qu'Hannah l'avait attaché très serré, plus pour éviter qu'Aurore ne s'en dégage que pour s'assurer que je ne la fasse pas tomber dans l'océan. En volant, j'imaginai ce que mes ennemis diraient, à voir le diable, un bébé attaché à sa poitrine, mais cette pensée me fit rire.

Les vrais hommes portaient les bébés.

Aurore gloussa quand l'écume de la mer aspergea nos visages d'une brume salée, et ses petites ailes battaient inutilement contre le tissu. Oh, elle était une source d'ennuis, d'accord. Et elle n'avait même pas un an. Comment allions-nous la gérer ?

— Un dernier looping ?

Je la regardai, et elle cria à nouveau d'excitation alors que je virais à gauche et effectuais un grand arc de cercle autour des vagues. Je pris en coupe le haut de sa tête car l'eau jaillissait plus haut que je m'y attendais. Je n'avais jamais ressenti un tel sentiment de protection, même avec mes fils. C'était différent cette fois-ci, peut-être parce que c'était une fille, ou peut-être parce que je savais qu'elle serait mon dernier enfant.

— Il faut qu'on rentre, ma petite.

Elle fit la moue à point nommé.

Elle m'avait toujours avec cette expression, et je descendis, presque au niveau de l'eau. Elle cria et rit à nouveau. J'éclatai de rire en lissant ses cheveux mouillés.

— Ta mère va me tuer en voyant tes cheveux trempés d'eau salée.

Mais je regardai le visage d'Aurore et n'éprouvai aucun regret. Ce temps passé ensemble était si précieux.

J'atterris sur la pelouse soigneusement tondue, non loin de la piscine au fin carrelage de type mosaïque romaine qu'Hannah semblait aimer. Puis, comme si penser à elle l'avait invoquée, elle sortit comme une furie de la maison, courant vers moi à toute vitesse, l'air paniquée.

— Lucifer ! Te voilà !

Mince. Nous étions partis trop longtemps, et elle allait me passer un savon. Je levai les mains pour me rendre.

— Nous étions parfaitement en sécurité tout le temps je te le promets.

Hannah dégagea ses cheveux balayés par le vent de son visage.

— Ce n'est pas ça. Samaël vient d'appeler. Lilith a disparu !

Mon cœur sembla s'arrêter.

— Quoi ? Trois compagnons et ils ne peuvent pas savoir où elle est ?

Hannah secoua la tête.

— Elle voyageait seule. Tous ses gardes ont été retrouvés morts. Démembrés par des métamorphes.

Je jurai dans ma barbe dans des langues qu'on ne parlait plus sur Terre.

— Fenrir a dû l'enlever parce qu'il sait qu'elle possède l'une des seules clés de l'Enfer.

Les yeux d'Hannah s'écarquillèrent.

— Ça signifie qu'ils vont aller chercher Mort. Oh non... Kassiel !

Elle se rua vers la maison, moi sur ses talons. Une fois dans la cuisine, elle attrapa le téléphone et appela Kassiel. Si Fenrir essayait de libérer Mort, il aurait besoin de Kassiel. C'était la seule personne connue à pouvoir ouvrir la tombe, car il fallait à la fois être né en Enfer et être du même sang que l'un des originels qui avaient enfermé Mort, à savoir moi, Ève, Michaël et Obéron.

Tandis que le téléphone sonnait, je dégageai Aurore du tissu. Elle se mit immédiatement à pleurer et à réclamer sa mère. Je la passai à Hannah et pris le téléphone pour parler à mon fils. Par chance, Kassiel répondit à la première sonnerie.

— Hey, maman.

— C'est moi, en fait.

— Papa ?

Il avait toujours un ton soupçonneux quand je l'appelais.

— Lilith a disparu, Fenrir pourrait venir te chercher. Tu dois te cacher. Prends Olivia et ses autres compagnons avec toi pour ta protection et partez tout de suite.

Ça ne servait à rien d'édulcorer ou de bavarder. Nous n'avions pas le temps pour ça.

— Je comprends, répondit Kassiel d'un ton sérieux. Nous partons tout de suite.

— Prends un portable prépayé au cas où ils nous tracent d'une manière ou d'une autre et préviens-nous quand tu seras en sécurité.

— Je le ferai.

Hannah me toucha le bras, les sourcils froncés.

— Dis-lui que je l'aime.

— J'ai entendu, dit Kassiel. Je l'aime aussi. Et toi, papa. Faites attention à ma sœur, d'accord ?

Ma poitrine se gonfla à la fois d'amour et de peur.

— Oui. Fais attention à toi aussi. On t'aime, fils.

Nous nous dîmes au revoir et je me tournai vers Hannah, dont les yeux reflétaient les mêmes inquiétudes que moi. Je souffrais de ne pas être là physiquement pour protéger Kassiel. Peut-être devrais-je l'amener ici. Ou peut-être était-ce ce que Fenrir attendait. Peut-être valait-il mieux que Kassiel se cache dans un endroit que personne ne connaissait. Peut-être valait-il mieux qu'il soit loin d'Aurore si la situation dégénérait. Peut-être pas. Bon sang. Je détestais avoir à prendre de telles décisions.

— Kassiel est en sécurité ?

Hannah berça Aurore tout contre elle, pressant la tête de notre fille contre son épaule.

— Autant que faire se peut, répondis-je avant de lâcher un soupir. Il faut que j'appelle Samaël.

— Je lui ai parlé juste avant ton retour. Il a déjà commencé les recherches pour retrouver Lilith. Il est très inquiet, évidemment.

J'acquiesçai, tout en sachant que ce ne serait pas suffisant. Fenrir était bien trop habile, même sans Némésis à ses côtés.

— Nous devons nous préparer au pire. Si Mort est libérée...

Hannah frissonna.

— On ne peut pas laisser ça arriver.

— Mais si ça arrive, qu'il est libéré, nous n'avons aucun moyen de le stopper.

Je fermai les yeux face à l'inévitable.

— Nous devons prendre la clé du Chaos.

— J'étais sûre que tu allais dire ça, dit Hannah en hochant lentement la tête. Où est-elle ?

— En Enfer. Je l'ai cachée dans les recoins les plus bas de notre palais avant de fermer le royaume. Je me suis dit qu'elle serait plus en sécurité là-bas.

Hannah réfléchit.

— Le palais se trouve dans l'équivalent terrestre du désert égyptien. C'est un long voyage.

— Je sais. Je prendrai le jet privé et reviendrai aussi vite que possible.

— Hors de question. Je viens avec toi. Je ne veux pas être séparée de toi aussi longtemps. Pas après t'avoir perdu pendant six mois.

— Et Aurore ?

Je jetai un œil à notre bébé, à ses mains agrippées aux boucles blondes d'Hannah, à ses ailes battant d'excitation. Elle ne savait pas encore très bien les rentrer.

— Nous ne la verrons pas pendant une longue période.

Hannah haussa les épaules.

— Elle peut venir avec nous. Considère ça comme nos premières vacances en famille. D'autre part, malgré l'opinion de Zel, elle est plus en sécurité avec nous.

Je me frottai le menton tout en réfléchissant. L'Enfer devait être entièrement désert, mais si Fenrir était là à nous attendre, nous serions probablement capables de l'arrêter. Après tout, nous étions le roi et la reine des démons. Qui de mieux pour protéger notre bébé en Enfer ? Alors que si nous la laissions ici avec Zel, et que Fenrir se lançait à notre recherche, ou après Kassiel, Aurore pourrait être en danger. Par ailleurs, Hannah et moi formions une équipe. Après avoir été séparés si longtemps, dans cette vie et dans toutes les autres, nous ne voulions plus l'être.

— Très bien, nous partons ensemble, déclarai-je.

Hannah prit à nouveau son téléphone.

— J'appelle Einial pour qu'elle s'occupe des arrangements.

Je lui pris le bébé pendant qu'elle appelait. Le jet privé n'était pas loin, mais le trajet serait long jusqu'en Égypte. Le premier voyage de notre fille.

J'espérais qu'il se déroule sans histoire.

27

HANNAH

Notre palais en Enfer était localisé au niveau de la Vallée des rois. Après notre atterrissage à l'aéroport du Caire, nous nous rendîmes dans notre chambre d'hôtel, puis nous quittâmes la ville en volant, camouflés par la nuit. Compte tenu du fait que c'était sa première fois loin de la maison, Aurore s'en tirait très bien. Elle dormit un peu pendant le vol, et nous parvînmes à la maintenir occupée le reste du temps. Elle était essentiellement curieuse de tout ce qu'elle voyait. Même maintenant, alors que nous volions dans les airs, dissimulés par les ombres que nous avions rassemblées autour de nous, serrée contre le torse de Lucifer, elle regardait autour d'elle, ses yeux bleus grands ouverts.

Une fois hors du Caire, nous trouvâmes un endroit complètement isolé dans le désert pour nous rendre discrètement en Enfer. Nous atterrîmes doucement sur le sable. Je regardai autour de moi, remarquant que nous étions parvenus à trouver un endroit vraiment désertique.

— Ici ?

— Oui, ça devrait fonctionner.

Lucifer avait un bras protecteur autour d'Aurore. Il releva le tissu pour protéger son visage du sable qui alourdissait l'air. Elle s'était endormie en chemin, bercée par les battements d'ailes et la sensation de son père qui fendait les airs.

Je me reculai pendant que Lucifer invoquait une pierre qui semblait ondoyer d'ombres. Elle luisait d'un éclat noir qui ressemblait à l'absence de la lumière. Un trou noir, qui aspirait toute la lumière.

— La clé de l'Enfer.

Lucifer la leva au niveau des yeux, la tournant comme pour en examiner toutes ces facettes. Puis, il la tint devant lui et la lueur noire se projeta pour former un portail noir devant nous.

Un frisson me parcourut en me demandant ce que j'allais voir de l'autre côté. La dernière fois que j'étais allée en Enfer, c'était sur un champ de bataille, du côté des anges. Je me rappelais aussi l'âge d'or, quand j'étais Perséphone et qu'il était Hadès, et que notre palais était rempli d'amour et de vie. J'étais inquiète de voir à quoi ressemblait l'Enfer désormais, après avoir été abandonné si longtemps.

Lucifer entrelaça mes doigts avec les siens et ensemble, nous franchîmes le portail pour la terre des ténèbres.

Les gens croyaient que l'Enfer n'était que feu et soufre, mais c'était une propagande des anges. L'Enfer était une nuit sans fin, remplie d'étoiles scintillantes et d'air vivifiant, avec des fleurs qui fleurissaient et luisaient légèrement la nuit et des animaux nyctalopes. Tous ces éléments étaient encore là, mais le paysage était nu et gris. À la place du sable doré, des cendres s'accumulaient en piles et en dunes. C'était nouveau, il n'y avait jamais eu de cendres, du moins pas avant que les anges brûlent tout. Ça me faisait mal de me dire que j'étais un peu responsable de ça, avant de me souvenir de ma véritable nature.

— Nous sommes de retour à la maison.

Les paroles que je prononçai s'ancrèrent dans mon esprit, entourées d'un halo de vérité. Tout comme le Paradis et le royaume des fées, l'Enfer était aussi ma maison. Peut-être encore plus qu'ailleurs. J'avais vécu en Enfer pendant de si nombreuses vies, parfois des siècles, parfois seulement quelques jours, mais c'était la première fois que je venais en tant qu'Hannah. Malgré cela, mon âme reconnut cet endroit comme mon chez moi.

Lucifer ouvrit grand les bras en contemplant le paysage stérile.

— Mon domaine. Je suis de retour.

— Tu sais, vu que nous avons emmené Aurore en Enfer, nous devrions aussi l'emmener au Paradis. Elle a besoin d'établir une connexion aussi bien avec son héritage angélique qu'avec son héritage démoniaque.

Il fit la grimace en frissonnant légèrement.

— Tu sais, je pense que j'ai passé bien trop de temps là-bas ces derniers temps.

— Ce sera différent cette fois-ci. Tu auras ta famille avec toi.

— On en reparlera une autre fois, concéda-t-il avant d'émettre un sifflement bas.

Son cheval, Ruine, apparut au loin et galopa vers nous ventre à terre, Pénombre sur ses talons. Nous les chevauchâmes, et prîmes la direction du sud, vers notre première destination.

En longeant les rives du Nil, mon cœur sombra à la vue de tous les bâtiments détruits et abandonnés, et de l'absence de vie totale autour de nous. L'Enfer avait autrefois été magnifique et prospère, c'était dur de le voir si désolé. Je comprenais tout à fait pourquoi Lucifer avait délocalisé tous les démons sur Terre, c'était la seule façon de sauver notre peuple, mais c'était déprimant d'en voir les conséquences. Je saisis à la dérobée un regard de Lucifer et, à en juger par son expression peinée, il ressentait la même chose.

Très vite, les grandes pyramides de Gizeh apparurent au loin, sous le doux clair de lune, telles des phares qui nous guidaient. Elles existaient dans ce royaume comme sur Terre, mais avec une grosse différence : en Enfer, Mort était enterré sous le Sphinx, qui fut à l'origine bâti en son hommage. Tout le plateau de Gizeh était à l'époque un portail entre les mondes. La barrière était encore fragile entre la Terre et l'Enfer, surtout avec le pouvoir de Mort qui émanait du Sphinx. Pas surprenant que Gizeh soit considéré comme un endroit hanté sur Terre. Les humains ignoraient peut-être pourquoi ils étaient attirés et révulsés par ce lieu, pourquoi ils le visitaient presque à contrecœur sans pouvoir pour autant s'en empêcher. Nous, nous le savions. L'essence de Mort atteignait tous les royaumes, attirant quiconque osait s'approcher de la tombe. Aucun mortel ne pouvait échapper à la dernière grande peur. Même nous, immortels, finirions par y succomber.

Nous prîmes le temps de contourner les pyramides et le Sphinx, nous assurant que Mort n'avait pas été libéré, mais tout était calme. Aucun signe d'une visite de Fenrir ou de quelqu'un d'autre depuis des décennies. Je soupirai de soulagement, jusqu'à ce que j'entende des murmures dans le vent, prononçant mon ancien prénom.

— Ève... la reine maudite... la femme aux nombreuses morts... délivre-moi et trouve la paix...

Je frissonnai en tentant de bloquer les horribles paroles qui me glaçaient le sang. J'étais bien trop familière de la mort, et je n'avais aucune envie de revivre ça. Je me tournai vers Lucifer, qui avait la mâchoire crispée et les lèvres pincées. Je savais qu'il avait entendu quelque chose lui aussi. Quelles choses atroces Mort lui avait-il susurrées ?

— Partons d'ici, suggérai-je. Vite.

Lucifer enveloppa Aurore encore plus fermement, comme s'il pouvait la protéger de la sombre présence autour de nous.

Nous partîmes dans la nuit aussi vite que nos chevaux nous le permettaient, laissant les murmures mortels derrière nous. Les autres Anciens Dieux n'avaient pas été capables de se manifester hors de leur tombe de cette façon, mais là encore, Mort était le plus puissant de tous.

Nous atteignîmes notre ancien palais un peu plus tard, et le voir fit pleurer mon âme. Les immenses colonnes de la façade abondaient habituellement de plantes grimpantes et de fleurs qui luisaient d'une douce lumière bleue. À présent, elles pendaient mortes, telles des rideaux en lambeaux d'une époque révolue et oubliée. D'autres cendres jonchaient le sol, et des parties entières du palais s'étaient écroulées.

J'agitai les doigts pour essayer de redonner vie aux plantes et je fus récompensée quand des plantes grimpantes vertes apparurent. Les plantes bruissèrent en bougeant, s'étirant vers moi pour recevoir du pouvoir, et elles se mirent rapidement à pousser. De minuscules fleurs luisantes jaillirent, luttant pour revenir à la vie. Hormis ces petits mouvements, tout l'endroit était désolé et triste, comme si l'âme du lieu était morte après notre départ.

Je soupirai, pris la main de Lucifer et la serrai fort.

— Cet endroit me manque. Ce qu'il représentait autrefois me manque.

— À moi aussi.

Il toucha en passant l'une des colonnes, ses doigts effleurant la pierre noire lisse. Aurore remua un peu du cocon où elle était emmitouflée, et cligna des yeux face aux fleurs étincelantes avec un intérêt endormi.

— Peut-être pourra-t-on reconstruire une fois que nous aurons tout sous contrôle.

Je me tournai vers lui, les sourcils levés.

— Tu rouvrirais l'Enfer ?

— Un jour, oui.

Il leva les yeux vers une statue à son effigie à présent en morceaux.

— J'y pense beaucoup depuis ma conversation avec Belial. Fermer l'Enfer et déplacer tous les démons sur Terre est l'une des raisons pour lesquelles les archdémons se sont rebellés contre moi. Peut-être n'aurais-je pas dû le fermer si vite. À l'époque, je pensais que c'était la meilleure solution, tout comme Michaël pensait que le mieux à faire était de fermer le Paradis et de déplacer les anges sur Terre. Les deux royaumes ont été détruits par notre longue guerre, et les deux espèces mouraient. Il fallait déménager sur Terre pour avoir la chance de survivre. Et si ça avait été la mauvaise décision ? Je vois maintenant que ça a causé de nombreux conflits au sein de notre peuple.

Je posai la tête contre son épaule et caressai la tête d'Aurore contre son torse.

— Tu as fait ce que tu as cru être le meilleur pour ton peuple à cette époque, et je sais que tu feras de ton mieux à l'avenir, peu importe les décisions difficiles. Ça signifie peut-être commencer à rebâtir l'Enfer pour que les démons y retournent, enfin.

Il m'enlaça avec un bras.

— Tant que je t'ai à mes côtés pour m'aider à prendre ces décisions pour aller de l'avant.

Je le bousculai malicieusement.

— Eh bien, évidemment.

Aurore se mit à pleurer et se débattit contre le torse de Lucifer. Après avoir été attachée à lui si longtemps, elle avait probablement besoin d'être un peu libérée, et elle avait sûrement faim aussi.

— Je vais la prendre et lui donner à manger, dis-je. Tu peux aller chercher la clé du Chaos pendant qu'on t'attend dehors.

— Ça vaut probablement mieux. Ça a l'air poussiéreux à l'intérieur. Je reviens dans quelques minutes.

Lucifer sortit le bébé du tissu.

Je sortis une couverture du sac à langer et la posai par terre. Je plaçai Aurore dessus et me mis à la nourrir avec des petits sachets de fruits et de légumes fort pratiques. Encore une chose que j'aurais aimé avoir à l'époque. Elle les dévora immédiatement. Je lui donnai de l'eau puis cherchai dans le sac quelque chose d'autre à lui donner.

Soudain, un grognement fendit l'air derrière moi. Je bondis devant Aurore en déployant mes ailes, la lumière dans une main et les ténèbres dans l'autre. Un chien des enfers à trois têtes, de la taille d'un cheval se tenait devant nous. Sa fourrure noire irradiait de ténèbres et ses yeux rougeoyaient. De la bave coulait des longs crocs pointus de chaque tête, et des griffes acérées martelaient le sol comme s'il allait nous charger.

— Cerbère, non ! cria Lucifer de l'entrée du palais.

Le chien des enfers s'arrêta, puis s'élança en direction de Lucifer, frétillant de la queue. Trois longues langues sortirent et recouvrirent Lucifer, qui leva les mains pour se défendre. Aurore gloussa et couina tandis que je faisais disparaître ma magie, les épaules détendues. Cerbère avait été notre animal de compagnie et notre gardien lorsque nous vivions en Enfer. Il semblait toujours protéger le palais après toutes ces années.

— Couché ! commanda Lucifer.

Cerbère s'assit et regarda son maître, toujours en agitant la queue. Maintenant que le chien avait réalisé qu'il n'y avait aucune menace, son attitude avait complètement changé.

— Tu savais qu'il était là ? demandai-je.

Lucifer caressa les têtes de Cerbère.

— Oui, lui et tous les autres chiens de l'Enfer sont restés là quand les démons sont partis sur Terre. Nous ne pouvions pas vraiment les emmener avec nous, après tout.

— Non, je suppose que non.

Je levai une main et m'approchai doucement.

— Cerbère, c'est moi. Ève. Perséphone. Lénore.

Cerbère inclina la tête, l'air curieux en m'examinant. L'un de ses museaux renifla ma main et il bondit en avant, trois langues déjà prêtes à me lécher. Je lui fis un câlin en frottant l'épaisse fourrure de son cou.

— C'est bon de te voir aussi. Tu veux rencontrer le nouveau membre de la famille ?

Cerbère regarda ensuite Aurore avec trois gros sourires canins. Elle gloussa et tendit ses bras vers lui. Il lui fit une longue léchouille sur la joue et elle rit d'autant plus.

— Je me sens si mal qu'il soit resté là tout ce temps. Tu penses qu'il aimerait venir avec nous ?

Je passai la main sur le dos du chien.

Lucifer haussa un sourcil.

— Un chien à trois têtes en Californie ?

— Il ferait le parfait gardien et camarade de jeu d'Aurore.

Trois paires d'yeux sur mon enfant qui semblait déterminée à voler avant de savoir marcher, ça avait l'air parfait sur le coup. Si nous chargions Cerbère de la protéger, il ferait tout pour elle.

— Tant qu'il reste dans la propriété, ça devrait aller.

Lucifer tapota le dos de Cerbère.

— Je ne peux pas te donner tort. Tu veux revenir avec nous, mon vieil ami ? On pourrait avoir besoin de ton aide pour défendre le nouveau palais.

Cerbère aboya et remua encore plus la queue. J'imaginai que ça voulait dire oui.

— C'est réglé alors, dit Lucifer.

Je me mis à ranger toutes les affaires d'Aurore, pressée de quitter ce lieu désert.

— Tu as la clé du Chaos ?

Lucifer leva un petit sac de velours avec un cordon, puis le mit dans sa poche.

— Oui. Rentrons à la maison.

Je jetai un œil au palais qui avait autrefois été notre maison. Un jour peut-être le serait-il à nouveau. Mais pour le moment, notre place était sur Terre.

28

HANNAH

Cerbère poussa du museau Aurore par terre, et ses éclats de rire emplirent la chambre. Même Zel sourit devant le lien étroit qui s'était développé entre eux.

Lucifer m'enlaça et m'attira contre lui. Il m'embrassa dans le cou.

— Tu penses que quelqu'un remarquerait qu'on s'absente une heure ?

Je levai un sourcil en souriant.

— Une heure entière ? Quel luxe ce serait.

Il rit et embrassa à nouveau mon cou mais soudain son téléphone sonna, et il jura dans un souffle.

— C'est Samaël.

Je hochai la tête, en perdant immédiatement mon sourire. Ça faisait une semaine que nous étions revenus de l'Enfer, et nous n'avions eu aucune nouvelle de Lilith.

— Tu ferais mieux de répondre alors.

Lucifer soupira en décrochant.

— Bonjour, Samaël. Tout va bien ?

Il fit une pause et ses yeux se posèrent sur moi.

— Oui, elle est là.

Je me tournai vers Zel, l'inquiétude me saisissant déjà aux tripes.

— Tu pourrais surveiller Aurore pendant que je prends cet appel ?

— Bien sûr, répondit Zel.

Lucifer et moi sortîmes de la chambre d'enfant pour aller dans notre chambre. Nous fermâmes la porte derrière nous. Je m'assis au bord du lit et Lucifer tapa sur son téléphone en disant :

— Ok, c'est bon.

— Nous avons une urgence ici à Vegas, annonça la voix profonde de Samaël depuis le haut-parleur du téléphone. Pestilence a été libéré et nous sommes attaqués.

— Quoi ? m'exclamai-je en me levant.

— Comment ? demanda Lucifer.

— Nos caméras montrent que c'est Theo qui l'a libéré, dit Samaël.

Theo ? Je saisis l'avant-bras de Lucifer. Non, ça n'avait aucun sens. Theo avait été mon garde du corps pendant des mois. Je lui avais confié ma vie. Il m'avait aidée à devenir Famine et il avait été là quand nous scellâmes Pestilence. Pourquoi libérer Pestilence maintenant ?

— Tu es sûr que c'était lui ? demandai-je d'une voix un peu tremblante.

— Nous en sommes sûrs, soupira Samaël, presque pour s'excuser. Nous avons besoin de votre aide. Pestilence attaque le Celestial à l'heure où je vous parle. Nos gens sont parvenus à évacuer du mieux qu'ils pouvaient, mais je crains qu'il ne répande son mal dans tout Las Vegas en quelques heures.

— On sera là dans une heure, déclara Lucifer avant de raccrocher.

Il n'était même pas question d'hésiter. Nous étions les seuls à pouvoir arrêter Pestilence, surtout si les gargouilles s'étaient retournées contre nous. Étant donné que la tombe n'était plus une option, notre seul espoir était d'utiliser la clé du Chaos pour y envoyer Pestilence.

Je parcourus la chambre du regard, me demandant si je devais faire mes affaires ou me changer. À la place, j'enfilai des tennis et un soutien-gorge. Ça gênerait quelqu'un si la reine de l'Enfer se pointait combattre Pestilence en pantalon de yoga ? Probablement pas. En supposant que quelqu'un soit encore en vie quand on y serait.

Je me précipitai dans la chambre d'enfant. J'y trouvai Aurore chevauchant Cerbère pendant que Zel donnait un biscuit au chien. C'était trop dangereux pour elle de venir avec nous. Elle serait plus en sécurité ici. Je le savais, mais c'était malgré tout difficile de la laisser là.

— Nous devons aller à Vegas, dis-je en attrapant Aurore et en l'attirant contre ma poitrine. Pestilence est libre.

Zel se leva.

— Oh merde. Tu as besoin que je vienne avec toi ?

— Non, j'ai besoin que tu restes là et que tu surveilles Aurore.

Je ressentis une pointe de culpabilité à l'idée de reléguer l'une des plus grandes guerrières de tous les temps au statut de baby-sitter, mais je ne faisais confiance à personne d'autre pour garder ma fille.

Zel acquiesça.

— Ça, je peux le faire. Cerbère et moi la protégerons.

— Merci.

J'enlaçai Aurore et embrassai son visage une centaine de fois.

— Maman reviendra vite, promis. Je t'aime tellement.

Lucifer vint dans la chambre et me prit Aurore. Puis il lui dit au revoir pendant que je me tordais nerveusement les mains. Nous ne l'avions jamais laissée auparavant. Pas même pour une soirée. Pas tant que Fenrir était en liberté. À présent, nous allions face au danger, et nous n'avions pas d'autre option que de la laisser là.

Je pris à nouveau Aurore et lui fis d'autres baisers et câlins, puis je la tendis avec réticence à Zel. J'ouvris la bouche pour dire à Zel l'heure du coucher, quoi lui donner à manger et tout le reste auquel je pouvais penser, mais Zel leva une main pour m'arrêter.

— Je m'en occupe. Va sauver le monde.

Je la pris tout contre moi, puis sortis de la chambre avec Lucifer. Nous quittâmes la propriété à bord de notre Lamborghini si vite que le monde parut flou autour de nous. Le jet privé attendait sur une piste d'atterrissage non loin. Lucifer était déjà au téléphone à leur dire de se préparer à décoller.

Quand il raccrocha, un silence pesant se fit. Je finis par dire :

— Je ne peux pas croire que Theo ait fait ça.

— Un autre traître, dit Lucifer avec dégoût. Peut-être pense-t-il poursuivre les plans de sa mère après sa mort.

— Ça signifierait qu'il a attendu tout ce temps pour agir au bon moment.

Je déglutis avec difficulté, ressentant la piqûre de sa trahison au plus profond de moi.

Lucifer secoua la tête.

— Je ne le connaissais pas aussi bien que toi, donc je ne peux pas le certifier. Mais nous avons toujours su qu'il pouvait y avoir des gargouilles qui croyaient si sincèrement en la mission de Belphégor que sa mort n'arrêterait pas leurs actions. Theo pourrait être l'un d'entre eux.

— Et Romana ?

— Je pense qu'elle est loyale, soupira Lucifa, les jointures si serrées sur le volant qu'elles étaient blanches. J'imagine que nous le découvrirons bien assez vite.

Je hochai la tête et regardai par la fenêtre alors que nous filions sur l'autoroute.

— Je déteste devoir laisser Aurore.

— Tout ira bien, dit Lucifer d'une voix douce. Zel est là, Cerbère aussi. Aucun des deux ne laissera quoi que ce soit lui arriver.

— Je sais. Et notre propriété est bien gardée et contrôlée... Mais je déteste quand même ça.

Il posa une main sur ma cuisse.

— Moi aussi. Nous allons nous occuper de ce problème et nous rentrerons en un rien de temps.

Je priai qu'il ait raison. Je m'étais bien habituée à notre vie joyeuse et presque normale, mais au fond de moi, je savais que ça ne durerait pas. Une menace apparaîtrait toujours et nous devrions y faire face. À chaque fois, nous serions forcés de laisser Aurore derrière nous, tout en sachant que nous pourrions ne jamais revenir. C'était la même chose dans toutes mes vies. Pas surprenant que tous nos fils aient des problèmes. Nous avions fait du mieux que nous pouvions, mais nous avions toujours eu nos autres devoirs, devoirs qui étaient si importants que nous ne pouvions pas les déléguer à d'autres personnes. C'était difficile d'être parent quand il fallait sauver le monde à tout bout de champ. Je n'avais jamais vraiment pris conscience de cela jusqu'à maintenant, et je redoutais de répéter les mêmes erreurs avec Aurore. Mais que pouvions-nous faire d'autre ?

Arrêter Pestilence aiderait, pour commencer. Adam avait été une menace pendant toutes les vies de mes enfants. S'il était mis sur la touche, nous pourrions nous détendre un peu. Il était temps de détruire cet enfoiré.

29

LUCIFER

J e resserrai les cuisses pour éperonner Ruine tandis que nous quittions l'aéroport et nous dirigions vers le centre-ville de Las Vegas. Nous avions compris que quelque chose clochait avant même que le jet atterrisse. Le soleil brillait sur les bâtiments, assez audacieusement pour étirer leurs pointes vitreuses haut dans le ciel. Cette ville était un oasis de vie au milieu du désert du Nevada, mais même de loin, nous devinions que Vegas était malade. Des panaches de fumées noires s'élevaient de plusieurs endroits le long du Strip, et je redoutais ce que nous allions trouver en arrivant au Celestial.

En nous rapprochant de l'hôtel, l'étendue des dégâts se confirma. Les fenêtres avaient été soufflées, des cadavres étaient éparpillés sur les trottoirs, recouverts de pustules. Même les plantes avaient fané, mortes à cause de l'air infecté. Nos chevaux nous menèrent au jardin d'Hannah autrefois plein de vie, mais à présent tout était mort, les fleurs noircies, les feuilles tachetées et brunies. La cascade dont l'eau était d'un jaune trouble masquait l'immense trou qui abritait la tombe de Pestilence. La tombe avait disparu. Ou avait été détruite. Je n'étais pas sûr. Mais où était Pestilence ?

Hannah examina les dommages dans le jardin qu'elle avait créé, passant nonchalamment ses doigts sur divers plantes pour les ranimer, même si le geste ne semblait pas délibéré de sa part. Elle avait l'air complètement horrifiée, son visage plus pâle que d'habitude, les larmes aux yeux, surtout quand son regard se posait sur les touristes décédés. Des familles entières, détruites par le mal de Pestilence. Une rage intense me submergea à cette vue. Ces gens étaient venus à mon hôtel pour passer des vacances en famille ou un week-end sympa et ils étaient désormais morts. J'étais responsable de leur sécurité et de leur bien-être pendant leur séjour, et j'avais échoué. À présent, tout ce que je pouvais faire était de venger leur mort... ce que je ferais avec délectation.

Les sirènes retentissaient dans la rue, le son de la misère et de la souffrance humaine imprégnait l'air. Je contenais Guerre en moi la plupart du temps, mais je le laissai à présent apparaître. La fureur me rendait plus fort, tant que je la contrôlais.

— Je vais arracher la putain de tête d'Adam, grondai-je.

Hannah me jeta un regard menaçant.

— Pas si je le fais la première.

— Il faut qu'on trouve Samaël. Vérifions la salle des commandes.

Hannah hocha la tête et nos ailes se déployèrent en même temps, les miennes noires et obscures, les siennes argentées et étincelantes. Nous nous élançâmes dans les airs et nous dirigeâmes vers le penthouse, vide depuis des mois mais tout de même détruit. Pestilence avait carrément uriné sur tous mes canapés en cuir. Ce sale connard. Hannah lâcha simplement un long soupir en évaluant les dégâts.

Nous prîmes les escaliers plutôt que l'ascenseur, incertains quant à la fiabilité du système électrique ou de la stabilité de l'infra-structure. Je n'avais jamais vu la salle des commandes autant four-miller. Les démons se hâtaient entre les bureaux et parlaient dans des casques audio tout en tapant furieusement sur leurs claviers. Les lumières clignotaient sur les écrans et les cartes, montrant l'activité de mes démons dans la ville et au-delà. De temps à autre, des alarmes se déclenchaient, augmentant la frénésie au sein des bureaux.

Samaël supervisait tout, les bras fermement croisés sur la poitrine, le visage impassible mais la mâchoire serrée. Il se tourna vers nous quand nous approchâmes, et quelque chose qui ressemblait à du soulagement transparut sur son visage avant qu'il ne se referme et reprenne son expression impassible. Il hocha la tête en guise de salut et je me dirigeai vers la salle de réunion où nous pourrions tout observer depuis les vitres sans être entendus.

Hannah parla la première dès que la porte fut fermée :

— Qu'est-ce qui se passe ?

— Où est Pestilence ? demandai-je.

— Vous arrivez trop tard, déclara Samaël. Il est parti.

— Parti ? répéta Hannah. Où est-il allé ?

— On l'ignore. Il est parti sur son cheval dans le désert.

— Et Theo ? m'enquis-je.

Un autre enfoiré qui méritait la mort.

— Disparu lui aussi. Il est parti dès que Pestilence a été libéré, et de nombreuses gargouilles l'ont suivi.

Bon sang. Nous arrivions trop tard. Pestilence était parti, semant la destruction et la maladie dans son sillage. Ma vengeance devrait attendre un autre jour.

— Où est Einial ? demanda Hannah.

Elle était normalement le bras droit de Samaël et l'aidait à tout gérer.

Samaël prit un air abattu.

— Morte. Tuée par Theo quand elle a essayé de l'empêcher d'ouvrir la tombe de Pestilence.

Hannah porta la main à sa bouche, les yeux écarquillés.

— Oh non. Je suis tellement désolée.

— Pestilence paiera pour ce qu'il a fait, grognai-je. Et les humains ?

— Nous avons annoncé une attaque terroriste, expliqua Samaël. Des armes chimiques. Les humains y croiront et se tiendront à l'écart.

— Bonne idée.

Aucun danger qu'il leur vienne à l'esprit qu'en réalité des factions de démons étaient en train de libérer les quatre Cavaliers de l'Apocalypse, ou que Pestilence avait en grande partie détruit le Strip de Las Vegas.

— Que pouvons-nous faire ?

— Nous nous occupons de tout ici, mais vous pourriez parler à la presse. Ou essayer de trouver Pestilence, bien que je ne sache pas comment.

J'étais d'accord, même si la disparition de Pestilence m'exaspérait.

— C'est surprenant qu'il soit parti si rapidement. Il devait savoir qu'Hannah et moi viendraient pour lui. Ne voudrait-il pas nous affronter ? Essayer d'enlever Hannah au moins ?

— C'est peut-être pour ça qu'il est parti, dit Samaël. Il savait qu'il ne pourrait pas vous affronter en même temps.

Hannah tapota ses lèvres.

— Peut-être... Ou peut-être va-t-il rejoindre Fenrir avant d'attaquer pour de bon.

Ses paroles déclenchèrent une affreuse idée.

— Et si tout ça n'était qu'une diversion ?

Hannah ouvrit grand les yeux.

— Qu'est-ce que tu veux dire ?

Samaël se caressa le menton.

— C'est possible. Les dégâts provoqués ici vont nous occuper un moment.

— Et ça nous a tous les deux fait quitter la maison.

Hannah s'agrippa fermement à mon bras, la voix prise de panique.

— Il faut qu'on retourne voir Aurore.

Je hochai la tête, le cœur battant, les entrailles tordues par la peur.

— Samaël, tu t'occupes de ça. Il faut qu'on retourne chez nous.

— Allez-y, dit Samaël. Je vous tiens au courant s'il y a du nouveau.

J'acquiesçai et empoignai brièvement l'épaule de Samaël avant qu'Hannah et moi quittions la salle à petites foulées. Je tentai de maîtriser ma panique, mais mon instinct me disait que quelque chose clochait, que la situation allait encore empirer.

Mais là encore, c'était une évidence tant que nous n'aurions pas retrouvé Pestilence.

• • •

Plutôt que de retourner tranquillement à la maison, Hannah fendit la pelouse sur le dos de Pénombre, me devançant comme si les chiens de l'enfer étaient à ses trousses. Je ressentis la même urgence et me précipitai également, enfourchant Ruine.

— Ça va ? criai-je à travers le vent créé par notre vitesse en espérant qu'Hannah m'entende.

— Non, répondit-elle par-dessus son épaule. J'ai un très mauvais pressentiment.

— Moi aussi.

Elle demeura silencieuse le reste de la chevauchée, mais sa

posture sur Pénombre trahissait sa tension, et son visage aurait pu invoquer le tonnerre.

Nous arrivâmes à notre domaine, mais Hannah n'attendit même pas que Pénombre ralentisse pour descendre et se diriger vers la maison. Ce fut à ce moment-là que je remarquai à quel point la propriété était calme et déserte. Quelque chose n'allait pas. Pire qu'à Vegas.

La mort hantait les lieux.

— Hannah... attends !

Mais elle accéléra, mon injonction l'incitant à se précipiter au lieu de ralentir. Elle poussa la porte d'entrée et hurla.

Je fus à ses côtés en quelques instants. Deux de nos gardes gisaient paisiblement sur le plancher, morts, comme s'ils dormaient pour ne jamais se réveiller. Aucun signe de lutte. Un calme anormal enveloppait la maison, et l'atmosphère était trop tranquille.

— Aurore ! Zel ! Cerbère !

Hannah courut de chambre en chambre en répétant les noms, sa voix de plus en plus insistante. Je les cherchai moi aussi, le cœur serré, ma peur si intense que j'étais incapable de parler. Nous vérifiâmes partout. Les chambres. Le bureau. La cuisine. La piscine.

La chambre d'Aurore.

La maison était vide hormis les douzaines de gardes morts. La propriété était absolument déserte mais à ma connaissance, on n'avait touché à rien.

Hannah était complètement paniquée, le regard fou.

— Où est Aurore ?

Je secouai la tête et la pris dans mes bras, en partie pour éviter de m'effondrer.

— Je ne sais pas.

— Ou Zel ? Ou Cerbère ?

Je ne connaissais pas non plus la réponse. En fouillant la maison, j'avais été terrifié à l'idée de trouver l'un d'entre eux, ou tous, à terre, comme les gardes. C'était un léger soulagement, très léger, qu'ils ne soient pas là. Ils pourraient encore être en vie. Enlevés par l'auteur de ces actes.

Oh, de qui je me moquais ? Je savais qui avait fait ça. Bien sûr que je le savais. Sa présence était facilement identifiable, même après des milliers d'années sans la ressentir. Je la sentais dans l'air, l'entendais dans les murmures fantomatiques du vent et ressentais l'inquiétant frisson qui parcourait mon échine.

Mort.

Mon père.

J'ignorais comment mais il était libre. Et il avait enlevé ma fille.

HANNAH

Tout mon être hurlait et pleurait. C'était un miracle que je ne le fasse qu'intérieurement. Je me contrôlai le plus possible pour garder contenance. M'effondrer ne sauverait pas Aurore, et je devais agir rapidement. Je devais tout faire pour la retrouver, même si tout ce dont j'avais envie, c'était de m'effondrer en mille morceaux.

Lucifer ouvrit les bras et lâcha un rugissement rauque qui fit trembler les fenêtres. Il avait les yeux rouges et irradiait d'une rage menaçante. La partie de lui qui était Guerre était en train d'émerger. J'envisageai de le stopper et d'essayer de le calmer, puis me ravisai S'il y avait bien une occasion pour lâcher Famine et Guerre, c'était maintenant.

— On la ramènera, lui dis-je.

Mon propre désespoir déclencha une soif et une faim infinies. Cette fois-ci, je brûlai d'un désir ardent de la sauver. Un miroir me révéla mes yeux luisant d'un vert éclatant et je m'ouvris au pouvoir. Pour sauver ma fille, je deviendrais une force sur laquelle on pouvait compter. Je détruirais le monde entier s'il le fallait, si c'était la seule marche à suivre pour la retrouver.

Oui. J'en étais capable. J'avais sauvé Lucifer des griffes de Guerre, bon sang. Je pouvais retrouver ma fille, un chien à trois têtes et mon garde du corps démon. Ce n'était pas comme s'ils étaient faciles à cacher. Fenrir avait dû les enlever. Ça ne ressemblait pas à une attaque de métamorphe, mais qui d'autre cela aurait-il pu être ?

On entendit un bruit derrière nous, comme un mouvement et le froissement d'un tissu. Au milieu du salon, Lucifer et moi nous interrogeâmes du regard, avant de nous tourner en direction du bruit. Mais ce que je vis me retourna l'estomac.

Les gardes morts autour de nous se levèrent, leurs yeux noirs nous regardaient. En s'avançant, leurs gestes étaient saccadés, anormaux, et ils brandirent leurs armes pour nous menacer. Du coin des yeux, j'en vis d'autres venir des escaliers, du jardin et de la piscine, et s'avancer vers nous. Ils ne dirent rien, mais leurs intentions étaient claires. Lucifer et moi invoquâmes notre magie pour nous défendre.

Les morts-vivants se jetèrent sur nous avec négligence, à grands coups d'armes et de coups de feu, même s'ils n'avaient aucune chance de nous terrasser. Je ressentis un mélange de terreur et de chagrin tandis que nous les combattions en leur jetant lumière et ténèbres. Cependant, à chaque fois qu'ils tombaient à terre, ils se relevaient.

Très bien. J'avais vu suffisamment de films sur les zombies quand j'étais humaine pour savoir qu'il n'y avait qu'un seul moyen de les arrêter. Je créai deux épées tournoyantes de lumière et d'ombres, pour moi et Lucifer, afin de les décapiter facilement. Ça me rendit malade de les tuer, ces hommes et ces femmes qui autrefois nous avaient protégés, mais on les utilisait à présent contre nous. Je savais qu'ils étaient déjà morts, mais je détestai tout de même ça. Je me souvenais du prénom de chacun. De chacun d'entre eux. Et ils étaient morts à cause de nous.

L'un des gardes s'arrêta tout à coup devant nous et croassa d'une voix rauque :

— Mort vous attend en Enfer.

— Qu'est-ce que tu viens de dire ? demandai-je alors qu'un frisson me parcourait.

— Si vous voulez récupérer votre fille, allez le trouver, continua le mort-vivant.

Lucifer s'élança et lui trancha la gorge. La tête tomba au sol et roula sur le plancher, éparpillant des gouttes de sang partout.

C'était le dernier d'entre eux. Je fis disparaître nos épées, les mains tremblantes alors que j'assimilais l'affreuse vérité dévoilée par le garde. Je tournai mes yeux écarquillés vers Lucifer et croisai son regard furieux.

— Mort a enlevé Aurore ?

— Oui, ce doit être lui, répondit Lucifer, les dents serrés. J'ignore comment mais il a été libéré.

Un autre éclair de conscience me frappa, et la panique s'empara à nouveau de moi.

— Kassiel !

Lucifer prit son téléphone dans la poche de sa veste.

— Appelle-le.

Je pris le téléphone de mes mains tremblantes. Si Mort avait été libéré, Kassiel avait dû se rendre en Enfer. Ils avaient besoin de son sang, mais il n'y serait pas allé de son plein gré. Alors quelle quantité de sang avait été versée ? Était-il encore en vie ?

L'écran était flou et je pouvais à peine lire la liste de contacts. Lucifer me prit le téléphone et pianota plusieurs fois avant de me le rendre. Pendant la sonnerie, j'inspirai de manière saccadée, et quand Kassiel répondit, j'expirai rapidement.

— Kassiel ?

— Maman ?

Le son de sa voix me remplit de soulagement.

— Est-ce que ça va ? Où es-tu ?

— Je vais bien. Nous sommes toujours cachés. Pourquoi, maman ? Qu'est-ce qui s'est passé ?

— Il va bien, annonçai-je à Lucifer.

Mon mari ferma les yeux et détendit manifestement sa mâchoire. Je pressai un bouton pour que Lucifer l'entende aussi en demandant à Kassiel :

— Tu es en sécurité là où tu es ? Les autres sont avec toi ?

— Oui, ils sont tous là. Qu'est-ce qui se passe ?

— Il ont libéré Mort, déclara Lucifer. Et il a enlevé ta sœur.

— Quoi ? cria Kassiel à l'autre bout du fil. Où est-elle ?

— En Enfer.

Lucifer se contracta à nouveau, poings fermés et articulations blanches.

— Mort veut qu'on le rejoigne là-bas.

— Alors je viens avec vous, dit Kassiel. Nous venons tous.

Je me crispai à la pensée de mettre un autre de mes enfants en danger, mais nous aurions besoin de son aide. Nous aurions besoin de l'aide de tout le monde pour affronter cet ennemi.

— On te fera savoir quand on aura un plan. Reste à l'abri.

Nous dîmes à Kassiel que nous l'aimions et raccrochâmes. Dès que ce fut fait, Lucifer s'éloigna de moi, lâcha un cri de rage en invoquant de nulle part une épée d'ombres et taillada la cheminée. Puis la table à manger. Puis le canapé.

Il brandit à nouveau l'arme et je criai :

— Stop ! Détruire notre maison ne la ramènera pas !

Lucifer me regarda, le regard brûlant de fureur et de chagrin. Dans ses yeux, je vis la même douleur désespérée qui résonnait en moi. Je sus qu'il brûlerait tout sur son passage si ça ramènerait Aurore. Je jetterais de l'essence et allumerais les allumettes. Avec Lucifer à mes côtés, je deviendrais la méchante déesse terrifiante de la faim et de la misère, le déclencheur de l'apocalypse. Tout ça pour sauver notre enfant.

— Nous la retrouverons.

Je tendis les mains vers Lucifer, et son épée disparut avant qu'il s'approche de moi. Il entrelaça ses doigts avec les miens et nous nous regardâmes, l'air résolu. Une nouvelle force raidissait ma colonne vertébrale tandis que le pouvoir ondulait sur ma peau, circulant entre Lucifer et moi. Un pouvoir ancien. Un pouvoir divin.

— Nous sommes Lucifer et Hannah. Le roi et la reine des démons. Guerre et Famine. Personne ne peut nous arrêter, pas quand nous sommes ensemble.

Lucifer acquiesça lentement de la tête, sa rage se transforma en détermination, ses mains serrant les miennes.

— Nous combattons main dans la main depuis la nuit des temps, et nous ne laisserons personne prendre ce qui nous appartient. Je vais passer des appels et rassembler les troupes. Si Mort veut nous parler en Enfer, nous emmènerons toute une armée avec nous.

Nos chevaux apparurent juste devant les portes vitrées coulissantes, leurs yeux luisant comme les nôtres. Ils piétinaient la terre avec leurs sabots et secouaient la tête. Eux aussi étaient prêts pour la bataille.

Nous étions des Cavaliers, et il était temps de déclencher l'apocalypse. *Notre* apocalypse.

HANNAH

Nous étions de retour en Égypte mais cette fois-ci, Aurore ne gloussait pas joyeusement accrochée au torse de Lucifer. Mon cœur saignait qu'elle ne soit pas là. Le Sphynx se dressait au-dessus de nous sous une nuit sans lune qui nous plongeait dans le noir. Ce qui tombait bien car Lucifer et moi avions rassemblé tous nos alliés devant les Pyramides de Gizeh.

Nous avions une armée.

Lucifer à mes côtés, nous fîmes des rondes pour nous assurer que tout le monde était prêt et savait quoi faire avant d'ouvrir le portail pour l'Enfer. Une fois de l'autre côté, tout se passerait très vite, et ne serait que chaos. En passant devant les anciennes pierres rongées par le sable, je frémissai, mais pas du froid. Mort hantait réellement ce monument en ruine, même ici sur Terre.

Samaël rôdait non loin, regardant son téléphone comme s'il réfléchissait encore à la logistique et à l'organisation de la mission. Il avait toujours plus d'un tour dans son sac et était parfaitement digne de confiance dans n'importe quelle situation. Le voir sans son assistante Einial me peinait, ça attisait d'autant plus ma résolution à venger sa mort. Elle avait fait preuve de gentillesse pendant que Lucifer était au Paradis, c'était horrible qu'elle fasse elle aussi partie des victimes de Pestilence.

— Tout est prêt, annonça Samaël lorsqu'il nous remarqua enfin. Nous n'attendons plus que vos ordres.

Il y avait une pointe de tristesse dans son regard que je n'avais pas remarquée auparavant. Je m'avançai et le pris dans mes bras, prenant conscience que lui aussi se souciait d'un être cher.

— Je suis sûre que Lilith est avec eux.

— J'espère que tu as raison, souffla Samaël. Elle est partie avec eux sans se débattre, donc peut-être ne l'ont-ils pas blessée. Leur fille, Léna, a tout raconté à Baal. Fenrir les a kidnappées toutes les deux. Lilith a accepté d'utiliser la clé pour ouvrir le portail de l'Enfer seulement après que Léna a été libérée et qu'on lui a assuré sa sécurité.

— Je ne peux pas lui en vouloir d'avoir agi ainsi pour sauver sa fille, soupirai-je.

Pas quand j'étais venue avec toute une armée pour secourir Aurore. Les mères pouvaient déplacer des montagnes. Nous le ferions toujours.

Baal et Gabriel se tenaient non loin, mêlés aux autres vampires et anges, tous armés. Baal portait une armure rouge et noire avec des piques, seyant à un seigneur vampire. Quant à Gabriel, il arborait une armure dorée étincelante, parfaite pour un Archange. Ensemble, ils étaient particulièrement impressionnants, apprêtés pour se battre et secourir la femme qu'ils aimaient. Alors que Gabriel brandissait sa lance, je n'avais jamais vu un Archange si menaçant. Je fus frappée à l'idée de ce qu'il aurait pu être si c'était lui qui était devenu Déchu et non Lucifer.

Après quelques mots échangés avec Samaël, nous partîmes discuter avec Romana, qui était sous sa forme de gargouille, ses ailes de chauve-souris repliées derrière elle. Elle aboya des ordres aux soldats gargouilles avant de tourner son regard flamboyant vers nous. Elle portait la trahison de Theo comme un hauban, comme si ça l'avait personnellement touchée. À présent, elle possédait la férocité d'une femme qui avait beaucoup de choses à prouver.

Elle s'inclina devant nous.

— Mon roi et ma reine, je souhaite m'excuser pour les agissements de mon frère.

— Tu n'as pas à t'excuser, dit Lucifer.

— Nous savons que tu n'étais pas impliquée dans sa trahison, ajoutai-je.

Romana secoua la tête, la bouche tordue par la contrariété.

— Non, j'aurais dû m'en rendre compte. Theo a toujours été le plus loyal descendant de Belphégor. Je crois qu'il pensait devenir archdémon à ma place, même si je suis plus vieille de plusieurs siècles, et...

— Et quoi ? demandai-je en sentant qu'il y avait autre chose.

Romana regarda autour d'elle et quand elle parla, ce fut à voix basse :

— Theo n'est pas entièrement démon. Il est à moitié ange. Archange, plus précisément.

Lucifer haussa un sourcil.

— Qui est son père ?

— Michaël, déclara Romana dans un murmure.

Ma bouche s'ouvrit en grand. Ça faisait de lui le demi-frère de Callan. À cette nouvelle, Lucifer se tendit à mes côtés.

Romana continua à parler à voix basse, comme si elle nous partageait un secret.

— Lui et Belphégor ont eu une courte histoire il y a deux cents ans, bien avant la paix entre les anges et les démons. Theo a été élevé en Enfer par sa mère, qui a gardé ses origines cachées. D'après elle, Michaël a refusé de reconnaître Theo comme son fils. C'est l'une des raisons pour laquelle mère détestait tant les anges, et pourquoi Theo les déteste encore.

— Le fils de Michaël, né en Enfer... dit Lucifer avant de fermer les yeux et d'acquiescer. Ce doit être de cette façon qu'ils ont ouvert la tombe de Mort.

Évidemment. Ils n'avaient pas eu besoin de Kassiel parce qu'ils avaient toujours eu Theo avec eux, de la lignée d'une des personnes ayant scellé Mort à l'origine. Mince. Si seulement nous avions su la vérité sur lui plus tôt.

Il était trop tard pour nous inquiéter de ce que nous aurions pu faire différemment. Je touchai légèrement le bras de Romana.

— Merci d'être venue aujourd'hui, Romana. Je sais que c'est difficile d'avoir à partager sa loyauté.

Elle se redressa, faisant contracter ses ailes en cuir.

— Je ne la partage pas. Mon frère sera traduit en justice pour ce qu'il a fait. Tout comme les autres.

Lucifer commença à parler, mais il s'interrompit à l'apparition d'un portail coloré sur le sable. Ma mère le traversa, vêtue d'une armure sophistiquée et brillante, des fleurs gravées sur son plastron, ses bras et ses jambes. Son casque avait été façonné pour ressembler à une couronne blindée. Elle tenait un bâton dans sa main. Damien apparut juste derrière elle, vêtu d'une armure similaire, et accompagné d'une douzaine d'autres soldats de la Cour du Printemps. Mon peuple d'autrefois.

Je me précipitai vers eux et enlaçai étroitement mon fils, puis me tournai vers ma mère. Elle me prit également dans ses bras, à ma surprise.

— Ma fille, dit-elle en me caressant le dos. Je comprends trop bien ta peine.

— Nous sommes venus dès que nous avons su, précisa Damien. Nous sommes là pour vous aider à ramener Aurore.

Déméter s'écarta et reprit tout de suite contenance.

— La Cour du Printemps ne restera pas là les bras croisés pendant que l'un des nôtres se fait attaquer. Et contrairement à Obéron, nous n'ignorerons pas une menace qui touchera tous les royaumes si elle n'est pas arrêtée maintenant.

— Je suis si contente que vous soyez là, dis-je en les regardant tour à tour. Tous les deux.

Lucifer se décala derrière moi et hocha la tête en direction de ma mère.

— Oui, merci. Nous acceptons avec plaisir l'aide de la Cour du Printemps dans cette bataille.

Déméter le gratifia d'un sourire qui était plus hivernal que printanier... Mais c'était un début.

Damien salua de la main Kassiel et Belial, qui étaient avec Olivia, Marcus, Callan et Bastien. Nous nous dirigeâmes vers eux, laissant Déméter et ses soldats derrière. Olivia me prit dans ses bras.

— Je suis tellement désolée pour Aurore, dit-elle en me serrant fort.

Callan me fit ensuite un gros câlin d'ours.

— Je ferai tout mon possible pour ramener ma nièce. Nous sommes une famille, après tout.

— Oui, affirmai-je tout en me demandant si je devais lui dire pour Theo.

Peut-être quand tout cela serait terminé, si nous étions encore en vie. Finalement, je me tournai pour remercier Marcus et Bastien.

Kassiel m'entoura d'un bras, et nous allâmes parler à Damien et à Belial. Je contemplai mes trois fils, remarquant à quel point ils étaient différents. Damien dans son armure de fée, ses cheveux noir bleuté flottant dans le vent. Kassiel dans un costume similaire à celui de son père, et les mêmes yeux verts. Belial en jean déchiré, bottes de motard et l'Étoile du Matin attachée dans son dos. Je les aimais tous tellement, mais même si je redoutais qu'ils se blessent dans la bataille à venir, j'acceptais également qu'ils soient devenus des hommes. S'ils voulaient se battre pour leur famille, au nom de quoi devrais-je les en empêcher ?

— Ne faites rien de stupide et ne vous faites pas tuer, ou je vous botterai le cul, avertit Belial à ses frères.

— Ce n'est même pas possible, répliqua Kassiel en secouant la tête.

Damien fit un sourire malicieux à ses frères.

— Il s'inquiète surtout qu'on lui vole la vedette.

Belial croisa les bras.

— Peu probable.

— Soyez juste prudents là-bas, ne puis-je m'empêcher d'ajouter.

J'étais toujours leur mère, après tout.

— Je vous aime tous tant !

Kassiel posa une main sur mon épaule, l'air à présent sérieux.

— Ne t'inquiète pas. On ramènera Aurore.

— Oui, confirma Lucifer en regardant ses fils avec une fierté non dissimulée. Sur ce, je veux que vous fassiez quelque chose et il n'y a qu'en vous que j'ai confiance. Kassiel et Damien, je veux que vous retrouviez Azazel, Lilith et Cerbère. Libérez-les et mettez-les en sûreté.

— Ce sera fait, déclara Damien.

Lucifer regarda Belial quelques secondes avant de s'exprimer, les mots graves.

— Belial, je veux que tu sauves ta sœur. Ta mère et moi serons occupés à combattre Mort et Pestilence. Il faut que tu mettes Aurore en sûreté.

Belial posa le poing sur son cœur.

— Je le jure sur ma vie. Sur ma propre âme.

Ils se regardèrent et je sentis que l'immense confiance de Lucifer envers Belial avait ôté un grand poids dans leur relation.

Il était temps. Nous enlaçâmes à nouveau nos fils et allâmes nous placer au centre du Plateau de Gizeh, entre les pyramides. Lucifer portait une armure noire et argentée ainsi qu'une couronne pointue recouverte de rubis. Tout son corps luisait d'une légère teinte rouge. À côté de lui, je portais l'armure dorée et argentée que j'utilisais autrefois dans ma vie d'ange, sauf que j'arborais désormais une couronne assortie à celle de Lucifer, à la différence près qu'elle était sertie d'émeraudes.

Toutes les personnes rassemblées devant nous se turent, attendant les paroles du roi et de la reine des démons. Je scrutai les soldats que nous avions réunis, un impressionnant mélange d'anges, de démons et de fées, tous prêts à se battre et à mourir pour secourir nos êtres bien-aimés et sauver le monde d'une apocalypse imminente causée par Pestilence et Mort.

J'attendis que Lucifer se lance, mais il me fit signe de prendre la parole. Je m'éclaircis la gorge et élevai la voix, la renforçant avec du pouvoir afin de me faire entendre dans la nuit.

— Mort a été libéré. Il est libre et nous attend en Enfer. Il a enlevé ma fille et mes amis. Nous devons l'arrêter, lui et Pestilence, afin d'empêcher l'apocalypse qu'ils déclencheront dans tous les royaumes. Leurs alliés sont puissants, mais nous aussi nous avons une armée. Une armée issue de l'amour et du respect, non de la peur et de la colère. Grâce à cela, nous gagnerons. Je n'en ai aucun doute.

Un rugissement jaillit de la foule, grandissant alors que les soldats rassemblés devant nous se nourrissaient de l'enthousiasme des autres. Famine aspira leur pouvoir jusqu'à ce que je luise presque, puis le leur rendit. Ils allaient avoir besoin de toutes leurs forces pour la bataille à venir.

— Nous avons un plan.

Quand Lucifer parla, tout le monde se tut immédiatement.

— Nous devons stopper cette menace aujourd'hui, avant que Pestilence et Mort répandent leur mal dans les autres mondes. J'ouvrirai un portail pour le Chaos. Hannah et moi forcerons Pestilence et Mort à le traverser, pendant que vous vous battrez ailleurs. Une fois à l'intérieur, nous devrons immédiatement fermer ce portail pour nous assurer qu'aucun autre Ancien Dieu ne pénètre notre monde.

Il me regarda avec amour et dévotion.

— L'échec n'est pas une option, mais nous n'échouerons pas. Ils ont peut-être deux Cavaliers, mais nous aussi. Montrons-leur à quoi ressemble notre apocalypse.

Sur ces paroles, Lucifer leva la clé de l'Enfer et un grand portail noir ténébreux s'ouvrit. Suffisamment large pour que de nombreux soldats le traversent en même temps. Je déployai mes ailes argentées, et Lucifer ses ailes obscures à côté de moi. Ensemble, nous volâmes vers l'Enfer pour sauver notre fille et vaincre deux dieux.

32

LUCIFER

Mon armée se précipita à notre suite au travers du portail vers l'Enfer. L'air de ce côté-là était plus froid, le ciel plus sombre, et une odeur de mort régnait.

Mort était alangui sur un trône situé sous la tête du Sphynx. Mon putain de trône, qu'il avait dû ramener du palais dans le seul but de me contrarier. Il possédait le corps de Fenrir, et je me demandai ce que l'archdémon avait sacrifié pour gagner le pouvoir de Mort. Ses yeux luisaient d'un étrange reflet violet, et son corps avait déjà commencé à évoluer, devenant presque... squelettique.

Quel idiot. Fenrir ne pourrait jamais supporter le pouvoir de Mort. Il ne serait pas capable de le contenir, encore moins de le contrôler. Ce n'est pas ce qu'il souhaitait, du reste. Tout ce que Fenrir voulait, c'était me détruire et prendre ma place de roi. Il semblerait que ses intérêts soient les mêmes que mon père.

Je levai une main pour arrêter mes forces armées derrière moi et analysai la situation. Pestilence, alias Adam, se tenait à droite de mon père et Theo de l'autre côté. La rage de Guerre bouillonna en moi en pensant à tout ce que je voulais leur faire subir. Mais soudain, mon regard se posa sur les cages juste derrière eux. Elles étaient constituées d'ossements dentelés qui semblaient sortis de terre puis tordus sous la volonté de Mort. Dans chaque cage se trouvait une personne chère à mon cœur. Lilith. Azazel. Cerbère.

Aurore.

Elle tournait dans sa cage, ses ailes noires et blanches papillonnant pour la maintenir en l'air tandis qu'elle cognait sa tête contre les os à chaque ascension hésitante. À cette vue, ma fureur se transforma en volcan prêt à entrer en éruption. La main d'Hannah serra la mienne, me faisant savoir qu'elle l'avait également vue.

Je m'efforçai à détourner les yeux afin d'étudier la foule que mon père avait rassemblée tout autour de nous sous l'ombre des pyramides. Métamorphes, diablotins, gargouilles et d'autres encore qui avaient décidé de défier leur archdémon pour me renverser. Leurs forces nous encerclaient, mais nous pouvions les affronter. Putain. Je pouvais les combattre un par un avec ma rage décuplée à la vue d'Aurore en cage. Je me contrôlais à peine, et Hannah me retint comme si elle savait. Je brûlais de rage mais je pris une grande inspiration tandis qu'Hannah et moi atterrissions devant mon père.

Le rire de Mort éclata de la bouche de Fenrir. On l'aurait dit humide, comme si quelque chose en lui s'était brisé.

— C'est si gentil de ta part de me rejoindre, Lucifer.

— Père.

Je le regardai droit dans les yeux en le saluant, honorant notre lien sans me soumettre à lui. Je ne m'inclinerais pas ni ne ferais des courbettes à Mort, mais je pouvais lui rappeler que nous étions une famille jadis.

— Et Ève, dans un nouveau corps.

Mort inclina la tête et l'étudia.

— Thanatos, salua-t-elle d'une voix basse et menaçante.

J'étais impressionnée qu'elle se souvienne de son ancien nom.

Ses yeux ensorcelants se posèrent à nouveau sur moi.

— Je vois que tu as enfin brisé la malédiction. Tu en as mis du temps.

Je serrai les poings sur mes flancs au souvenir de ce qu'il nous avait fait des siècles auparavant. Comment il était parvenu à nous hanter même enfermé dans une tombe pendant des millénaires.

— Nous ne sommes pas tous enclins à tuer ceux que nous aimons, dis-je entre mes dents.

— Tu as toujours été faible.

Mort se leva de mon trône comme s'il ne s'était pas encore habitué à contrôler un corps et toutes ses articulations. Plutôt que de marcher, il roula vers nous, ses membres étrangement fluides.

— Peu importe. J'ai repris mon rôle légitime de roi de l'Enfer, un poste vacant depuis que tu as jugé bon d'abandonner ce royaume.

— Je suis toujours le roi de l'Enfer.

Il rit à nouveau.

— Ne gaspille pas ton souffle. Ton peuple a besoin d'une personne forte pour les mener, quelqu'un qui rebâtira l'Enfer et qui en fera un véritable territoire des morts. Une fois ceci fait, j'étendrai mon royaume sur Terre, puis au Paradis et au royaume des fées.

Il indiqua les anges et les fées dans mon armée.

— C'est tellement gentil de votre part d'avoir amené des représentants.

— On ne va pas te laisser faire ça, menaça Hannah.

Il plissa des yeux et nous examina attentivement.

— Pourquoi me stopper ? Même si vous le pouviez, bien que nous sachions tous que c'est impossible, vous êtes Guerre et Famine. Votre but est de me servir, moi le chef des Cavaliers, tandis que nous nous emparons de tous les mondes et les façonnons à notre image.

Il désigna la foule autour de nous, puis fit un geste plus large, comme pour inclure tous les royaumes.

— Venez, régnons ensemble. Les quatre Cavaliers de l'Apocalypse, comme dans la prophétie, comme il se doit.

Sa bouche s'étira en un large sourire. Une grimace. Un rictus.

— Nous pouvons oublier le passé.

— Hannah et moi ne collaborerons jamais avec toi, répliquai-je.

Ce n'était pas présomptueux de parler au nom de ma femme. Pas quand notre bébé était enfermé dans une putain de cage en os.

— Rends-moi ma fille, dit Hannah d'une voix métallique.

L'ordre était froid et dur mais Mort rit à nouveau.

— Je ne peux pas.

Il jeta un regard à la dérobée par-dessus son épaule et fit à Aurore un petit salut, rien qu'un infime mouvement des doigts.

— J'ai de grands projets pour ma petite-fille.

— Quels projets ? demandai-je.

— Je vais l'élever comme ma fille. Mon petit prodige. Le mélange parfait d'ombres et de lumière enrichi de l'essence d'un Ancien Dieu. Elle sera mon élève et régnera à mes côtés. Elle sera l'enfant que tu n'as pas été, l'enfant que tu n'as jamais pu être. Et un jour, quand elle sera plus vieille, elle sera l'hôte parfait.

— Espèce d'enfoiré.

Comme si je n'avais pas déjà assez de raisons pour l'expédier dans le Chaos. Hors de question qu'il élève ma fille pour en faire son prochain réceptacle.

— Tu ne toucheras pas à un seul de ses cheveux et tu ne gouverneras rien du tout, car nous allons te l'en empêcher aujourd'hui.

— Vous ne pouvez arrêter Mort. La mort est inévitable.

— C'est ce qu'on va voir.

Je donnai le signal que mon armée attendait. Celle-ci lâcha un rugissement de triomphe et se mit à avancer. Je me tournai vers Belial, qui s'était posé juste à côté de moi, et lui tendis la clé de l'Enfer.

— S'il arrive quelque chose, sors notre famille d'ici.

Il hocha la tête et s'élança vers les cages, ses frères avec lui. C'était la seule chose que je pouvais faire pour m'assurer qu'ils seraient en sécurité si Hannah et moi échouions. Il est certain que si nous devions essuyer une défaite, nous ne serions nulle part en sécurité. Pas face à Mort.

Hannah et moi nous regardâmes avec amour, dévotion et une féroce détermination. Je l'attirai contre moi et l'embrassai avec fougue, comme si c'était la dernière fois. Elle s'accrocha fermement à moi comme si elle ne me lâcherait jamais, puis nous nous éloignâmes.

Elle soupira en regardant vers le trône.

— Il est à nouveau temps de sauver le monde.

— Je m'occupe de mon père. Occupe-toi de Pestilence.

— Avec plaisir. Je t'aime.

— Je t'aime aussi. À jamais.

Je déployai mes ailes et fis éclater ma fureur. Je la sentis parcourir mon corps et répandre chaleur et électricité. Je crépitais de rage, et Guerre me donna de la force. Ça me rappela qu'avant même d'être Guerre, j'étais fait pour le combat, forgé dans la mort et la lumière pour être le plus féroce des guerriers angéliques, puis refaçonné en prince des ténèbres, père des mensonges, roi des démons.

Si quelqu'un pouvait vaincre Mort, c'était moi.

33

HANNAH

Tandis que Lucifer et moi volions en direction de Mort, le monstre leva les bras et une vague de pouvoir émana de lui. Ni nous ni nos soldats ne ressentirent quelque chose, mais le paysage prit une teinte violet trouble. Quelques secondes plus tard, des mains osseuses sortirent de sous terre, ramenées à la vie. La poussière s'agglutina et prit la forme de soldats morts-vivants : des anges et des démons qui avaient péri des millénaires auparavant durant la Grande Guerre. D'autres étaient des cadavres plus récents, la peau se désagrégeant ou présentant différents stades de décomposition, les ailes dépenaillées, leur lumière depuis longtemps éteinte. Ils chargèrent notre armée, en même temps que les autres combattants que Mort et Pestilence avaient rassemblés.

Zel secoua inutilement les os de sa cage, le visage déformé par la rage alors que Pestilence répandait sa maladie chez les métamorphes qui se précipitaient. Ils furent recouverts de pustules et devinrent gris, n'étant plus que l'ombre d'eux-mêmes. Ils s'élancèrent au milieu de notre armée, répandant la contagion. Theo bondit avec ses ailes de cuir et se jeta dans la bataille avec eux, sa peau de pierre le protégeant du mal de Pestilence.

Les hurlements et rugissements de la guerre emplirent l'air tandis qu'anges, démons, fées et morts-vivants entraient en collision. Je n'avais cependant d'yeux que pour un seul homme : Adam. Il n'avait cessé de me tuer, de me séparer encore et encore de Lucifer et de mes enfants. Il avait tué ma fille avant même qu'elle n'ait la chance de vivre. À présent, il menaçait la vie de mon autre fille, et je n'allais pas le laisser s'en sortir cette fois-ci.

Il était à moi.

Alors que la bataille faisait rage derrière moi, j'ignorai les affrontements à l'épée, les griffures, et les éclairs de magie. Je n'avais qu'un seul devoir : arrêter Pestilence, pendant que Lucifer arrêtait Mort. C'était à nous de le faire. Personne d'autre ne le pouvait, et nous ne pouvions pas échouer. Nous n'échouerions pas. J'étais bien trop en colère. Pas seulement parce qu'il avait enlevé ma fille, mais pour tout ce qu'Adam et Mort m'avaient fait endurer durant des millénaires, depuis ma toute première vie en tant qu'Ève. Ils m'avaient suffisamment tourmentée, et j'en avais assez. Tellement assez.

Le visage d'Adam était un cauchemar avec sa peau jaune, ses furoncles remplis de pus et son sourire balafré. J'atterris devant lui et créai une épée de ténèbres entremêlée de lumière.

— C'est si gentil à toi Ève de revenir vers moi, dit-il en dégainant son arc et ses flèches dorés. J'aimerais que tu saches que j'ai abandonné l'idée de te convaincre de régner à mes côtés.

Je reniflai.

— Quel soulagement.

— Ah oui ? Parce qu'à présent, la seule solution, c'est que tu meures.

Il me décocha une flèche venimeuse, mais j'utilisai une bourrasque de vent pour la contrer. Il n'avait pas vraiment voulu me viser toutefois. Il voulait simplement me narguer.

— Cette fois-ci, je prendrai un plaisir extrême à te regarder mourir, je pense. Peut-être même que je baiserai ton cadavre ensuite. Une dernière fois, juste toi et moi, comme au bon vieux temps.

Je brandis mon épée en essayant de ne pas vomir à ces mots.

— Tu me dégoûtes. C'est toi qui vas mourir aujourd'hui. Une mort définitive cette fois-ci. Tu ne reviendras pas.

— Comment pourrais-je mourir quand j'ai Mort à mes côtés ?

Il tendit la main, la maladie ondoyant sur sa peau alors qu'il la projetait sur moi. J'employai un mélange d'air et de lumière pour la bloquer et la repousser loin de moi, tout en faisant un bond sur le côté. Il me lança une douzaine d'autres flèches, si vite que j'avais à peine le temps de les éviter. Je me jetai alors sur lui. Sa maladie lécha ma peau, me provoquant fatigue et faiblesse mais je la combattis en donnant tout ce que j'avais.

Juste à ce moment-là, Lucifer ouvrit le portail pour le Chaos avec un craquement déchirant que je n'avais jamais entendu. C'était comme s'il avait déchiré un pan de l'univers, comme si le royaume lui-même combattait l'intrusion. Le portail était un kaléidoscope de reflets lumineux tournoyant sans fin contre un brouillard noir aux nuances de gris.

Le portail étant ouvert, cela signifiait que je devais y faire entrer Pestilence. Je dus admettre avec réticence que le tuer était presque impossible.

Ou pas ?

Nous fûmes tous subjugués un moment face au portail, avant de nous remettre en action. Du coin des yeux, j'aperçus Lucifer se battre contre Mort, essayant de le diriger vers le portail. J'eus à peine le temps de le remarquer cependant, car Pestilence contrait tous mes coups sans même s'épuiser alors que de mon côté aussi je manœuvrai en m'approchant du portail. Il sauta tout à coup sur moi ; son visage était l'abomination du mal tandis qu'il agrippait mes épaules et me tirait vers lui.

— J'ai souhaité ta mort, Ève.

Il utilisa encore une fois mon premier prénom, celui qui garantissait le souvenir de l'origine de tout. Celui qu'il semblait revendiquer comme une preuve de son droit de naissance.

— Mais maintenant, je pense que tu devrais aller dans le Chaos. Perdue pour toujours pour ta famille.

La panique me saisit alors qu'il me repoussait et me faisait tomber vers le portail, mais avant que j'aie le temps de me défendre, Kassiel me protégea de son corps. Il m'aida à me lever et dit :

— Occupe-toi de lui, maman.

Puis, il s'élança vers les cages, là où Damien et Belial essayaient déjà de libérer notre famille. Aurore pleurait dans sa cage et quand je me tournai vers elle, elle agita ses bras dans ma direction, ses yeux terrifiés posés sur moi malgré la distance. Elle avait besoin de moi, et ça me brisait le cœur de la voir si mal, mais au moins ses frères étaient là. Ils la protégeraient, je n'en doutais point. Mon cœur explosa face au mélange de colère, de chagrin, de fierté et d'amour, me donnant encore plus de détermination pour effacer une bonne fois pour toutes Adam de nos vies.

Je déversai mes émotions dans ma magie et invoquai des plantes grimpantes épineuses autour d'Adam, faisant confiance à mes soldats pour qu'ils retiennent l'armée de Mort pendant que je me concentrais. Mes plantes s'enroulèrent autour des jambes d'Adam pour le maintenir immobile, autour de ses mains pour emprisonner son arc, puis autour de son corps jusqu'à qu'il puisse à peine me voir à travers la végétation grimpante. Mais je n'avais pas l'intention de l'étouffer. Oh, non. Pour toutes les morts douloureuses qu'il m'avait offertes, il méritait bien plus qu'une privation d'air. Je serrai mes vignes suffisamment fort pour faire craquer quelques os et enfoncer profondément les épines dans la chair. Il cria de douleur.

Pestilence était néanmoins extrêmement puissant et il arrivait déjà à se libérer des plantes grimpantes, les arrachant de son corps, les faisant se fâner et mourir par infection. Ce fut à ce moment-là que je fis appel aux pouvoirs de Famine pour voler son énergie et son pouvoir, l'aspirant dans le mien. Je devins plus puissante, tandis qu'il s'affaiblissait. Il tenta de me combattre de tout son être, en vain. Je continuai à aspirer, ma faim réclamant davantage l'essence de Pestilence, jusqu'à ce que j'extirpe l'Ancien Dieu du corps d'Adam.

Adam tituba, les genoux heurtant le sol, le corps affaibli et usé après avoir accueilli Pestilence si longtemps. L'Ancien Dieu ondula au-dessus de moi sous la forme d'une essence spectrale jaune, un nuage teinté de maladie nauséabonde. Il étira ses doigts infectés au-dessus du champ de bataille, à la recherche de son prochain réceptacle, mais je n'allais pas le laisser faire. Je concentrai une masse d'air tournoyante d'ombres et de lumière autour de lui, puis le forçai à traverser le portail. Pestilence poussa un hurlement perçant, un son terrifiant qui rendit tout le monde nauséeux, alors que le portail du Chaos l'aspirait, comme s'il avait hâte de l'emprisonner.

Pestilence était parti, ne laissant qu'Adam derrière lui. J'étais son juge, son jury et son bourreau. Je l'avais mis à l'épreuve et j'avais été déçue. Aujourd'hui, j'étais sa Faucheuse.

Mon univers ne se réduisit plus qu'à Adam et moi. Je m'approchai de lui, détachant les dernières plantes toujours accrochées à son corps, laissant apparaître des éraflures et des coupures là où les épines avaient commencé à creuser. Il était recouvert des furoncles de Pestilence, presque chauve et avait la peau d'une teinte encore maladive, bien que ses pouvoirs de

Déchu agissent au mieux pour le guérir. Pendant une seconde, je vis Gadrel, celui que j'avais cru être mon ami, mais qui m'avait piégée dans de nombreuses vies. L'amer souvenir de tout ce qu'Adam avait fait.

Il méritait de souffrir pour ses péchés.

— Ève... Mon Ève.

Sa voix était faible, suppliante, et alimentait la haine que je ressentais.

— Je savais que tu reviendrais pour moi. Soigne-moi et nous pourrons enfin être ensemble.

— Non.

Il ne méritait pas un mot de plus, rien de ce que je dirais ne l'atteindrait. Il avait été un mari possessif et abusif quand j'étais Ève. Après que je l'avais quitté, ça n'avait fait qu'empirer. Il n'avait jamais été capable de me laisser partir, son obsession se perpétuant de vies en vies au cours des millénaires, sous la malédiction de Mort. Je ne ressentais rien d'autre pour lui que dégoût pour tout ce qu'il m'avait volé. J'étais devenue littéralement une autre personne par sa faute. Une personne différente encore et encore, qui perdait toujours tout ce qui lui était cher, puis qui devait le rechercher, tout en sachant qu'elle finirait par le perdre à nouveau.

Je refusais de perdre encore ceux que j'aimais.

Son expression changea quand il comprit que je n'allais pas l'aider.

— Salope, cria-t-il avant d'ajouter une douzaine d'autres insultes. Je te tuerai !

— Non, Adam. Il est temps que tu meures une bonne fois pour toutes.

J'enfonçai mon épée d'ombres et de lumière dans sa poitrine, le transperçant d'une grande balafre. Il écarquilla les yeux et cracha du sang en essayant de riposter. Il n'était cependant pas assez fort pour me stopper. Je sentis sa force vitale s'amenuiser. Cela me serait si facile de lui ôter la vie et de mettre fin à ses souffrances, afin de nourrir ma faim perpétuelle... Mais je ne le fis pas.

À la place, je le frappai avec toute la rage, toute la souffrance et tout l'amour que je ressentais pour ma famille, et avec la peine qu'il m'avait fait endurer encore et encore. Ombre et lumière, air et plante, vérité et faim ; tous mes pouvoirs concentrés le détruisirent, atome par atome. La torture déforma ses traits comme si on le déchirait, ses cris résonnèrent sur le champ de bataille, et puis c'en était fini. Mon pouvoir le dévora, effaçant complètement son existence.

Adam n'était plus, moi seule demeurait.

Notre éternelle bataille était enfin terminée.

34

LUCIFER

Malgré le pouvoir de Guerre, mon père parvenait tout de même à me maîtriser. Nous combattîmes à la manière d'un enfant qui essayait de bouger un adulte et de le pousser vers le portail du Chaos. Je commençais à penser que Mort serait impossible à battre. Personne ne l'avait jamais vaincu parmi tous ceux, nombreux, qui avaient essayé. Comment avais-je pu penser être l'exception ?

Je jetai un œil à Aurore derrière lui. Elle était désormais dans les bras de Belial mais avait toujours le regard dirigé vers nous. Ses pleurs qui réclamaient ses parents se perdirent presque dans le bruit de la bataille. Je ne pouvais laisser mon père emporter ma fille et l'élever. Avoir Mort comme figure paternelle n'engendrait rien de bon. Si quelqu'un savait bien cela, c'était moi.

— Oh, Lucifer. Tu aurais pu régner sur tous les mondes. J'avais placé tellement d'espoirs en toi mon fils. Au lieu de ça, tu t'es amouraché de cette femme mortelle. Elle t'a rendu faible.

Pourquoi tout le monde essayait toujours de me convaincre qu'aimer Hannah me rendait faible ?

— Non. L'aimer n'a fait que me rendre plus fort.

— Tu as tort.

Mort secoua la tête, puis fit un geste vers Aurore et Belial. Des morts-vivants les encerclèrent immédiatement, essayant d'arracher ma fille des bras de son frère. Cependant, Damien les repoussa d'une bourrasque. Zel, Lilith et Cerbère, libérés par Kassiel, se précipitèrent dans le combat, décapitant facilement les morts-vivants.

— Tu vois, dis-je en me tournant vers mon père. L'amour l'emporte.

Mais j'avais été si distrait par l'attaque visant ma famille que je n'avais pas remarqué Mort s'approcher. Il parvint à s'emparer de la clé du Chaos dans ma main. Il poussa alors un rugissement rauque en la serrant dans sa paume. Des rayons de lumière multicolores s'en échappèrent, avant qu'il ferme le poing et la brise en mille morceaux. Derrière lui, le portail pour le Chaos se ferma sur le champ.

Merde.

— Imprudent, Lucifer, me réprimanda Mort.

Il enroula sa main libre autour de mon cou et me plaqua contre lui de dos.

— Faible. Incapable. Inutile. Quelle déception tu es. Es-tu même mon fils ? Ou cet ange m'a-t-elle menti ?

— Je suppose que je suis un fils à maman, grognai-je en attrapant son bras pour le retourner.

Il heurta durement le sol, mais s'éloigna ensuite en rampant, trop vite pour qu'une vue de mortel le perçoive. Mais il n'allait pas s'échapper. Je ne savais pas comment l'arrêter, mais je devais mettre fin à tout cela. Peut-être pourrions-nous l'enfermer de nouveau dans sa tombe, qui devait être quelque part derrière lui. Il y avait une solution, je devais juste la découvrir.

Je lui jetai des feux de l'enfer bleus et rouges étincelants, mais il parvenait toujours à esquiver. Je continuai mes attaques, le repoussant encore et encore vers le champ de bataille derrière lui. Je libérai ensuite les pouvoirs de Guerre et m'emparai de tous ses soldats morts-vivant, les retournant contre eux-mêmes. Contre lui.

Ils déferlèrent sur lui, masse tortillante d'os et de chair morte. À cette vue, je ressentis une profonde satisfaction. Mais ensuite, un rugissement strident s'échappa de Mort quand il se transforma et devint un énorme loup noir aux yeux violets et aux griffes qui noircissaient le sol. La forme de loup de Fenrir, en version apocalyptique. Merde, peut-être était-ce réellement Ragnarök.

Mort en loup se jeta sur moi. Je réussis à l'esquiver à temps d'un rapide battement d'ailes, même s'il parvint à me labourer le côté. Son simple toucher aspira la vie en moi, et un frisson mortel se répandit dans mon corps. J'inspirai, m'efforçant de ne pas laisser Mort prendre le dessus. J'étais trop puissant pour être si facilement vaincu, mais combien de temps pourrais-je tenir contre ce loup mortel apocalyptique ?

Je sentis des doigts entrelacer les miens et vis le visage d'Hannah, les joues maculées de sang, les cheveux recouverts d'une fine couche de cendres grises. Elle était parvenue à vaincre Pestilence et Adam. Désormais elle était à nouveau à mes côtés, prête à combattre notre autre ennemi éternel.

— Finissons-en.

Elle envoya de l'énergie vitale en moi, ce qui me permit de repousser les dernières emprises de Mort.

— Je peux extraire Mort de Fenrir. Mais je ne sais pas quoi faire après.

— Je le renverrai dans sa tombe.

Plan b. Ou r. Ou n'importe lequel au point où nous en étions.

Hannah leva les mains, son corps reflétant une lueur verte tandis qu'elle aspirait l'essence de Mort. Celui-ci lâcha un hurlement à glacer le sang qui résonna dans tout le champ de bataille, si bien que tout le monde se couvrit les oreilles. Puis ce loup de la taille d'un camion à benne chargea Hannah. Je lui lançai des feux de l'enfer si puissants qu'ils le firent reculer et enflammèrent sa fourrure. Cependant, il se leva et s'ébroua, claquant sèchement ses gigantesques crocs. Ensuite, une immense patte tenta de me déchiqueter avec ses griffes, mais je le contournai en volant. Je continuai à lui lancer du feu, l'occupant pendant qu'Hannah aspirait sa force vitale. Il devint de plus en plus faible, le violet dans son regard s'atténua, ses mouvements ralentirent.

— J'y suis presque, gronda Hannah.

L'essence violette suinta lentement, contre son gré, de la bouche, du nez et des oreilles de Fenrir. Je me ruai au bas du Sphynx à la recherche de la tombe de Mort, mais elle ne s'y trouvait pas.

Tout à coup, Mort sortit violemment du corps de Fenrir. Il apparut sous la forme d'une sorte de Faucheuse fantomatique flottant au-dessus de nous. Fenrir secoua son corps de loup, puis Mort et lui essayèrent de fusionner à nouveau. Je lançai à Mort toute ma puissance, le retenant le plus possible, mais je savais que je ne pouvais continuer ainsi. Nous devions tuer Fenrir afin de rompre le lien.

Je cherchai rapidement mes fils, tout en luttant contre Mort. C'était Belial le plus près et étrangement, celui auquel je faisais le plus confiance pour cette tâche. Je croisai son regard et pointai Fenrir. Il hocha la tête quand il comprit.

Belial tendit Aurore à Damien, dégaina l'Étoile du Matin d'un mouvement rapide et planta ma vieille épée dans la gorge de Fenrir. Il agit vite, maniant l'Étoile du Matin avec rapidité et confiance, sans incertitude ni hésitation. Fenrir ne put même pas se débattre car la lame infusée de lumière lui avait tranché la gorge. Il tomba brutalement à terre.

Fenrir était mort, mais Mort était encore là. Un Ancien Dieu sans tombe dans laquelle l'enfermer, sans portail pour le Chaos où l'envoyer. Il avait toutefois besoin d'un corps.

Mort se libéra de mon emprise, et son essence se mit à flotter vers l'être qu'il avait déjà élu comme son nouvel hôte. Mort n'était pas indécis, et je sus son choix avant même qu'il atteigne cette personne.

Aurore.

Je me mis à courir vers mes enfants.

— Non ! Pas elle !

Damien tenta de s'enfuir, Aurore dans ses bras. Cependant, l'armée de squelettes de Mort l'entoura de toutes parts, Theo à leur tête. Kassiel se mit à les repousser, rejoint par Olivia et ses autres compagnons, mais Mort était trop rapide et puissant.

Belial vola devant l'essence de Mort, protégeant ses frères et sœurs de ses ailes, ses magnifiques ailes ombrées toutes déployées. Il brandit l'Étoile du Matin dans les airs, pile au milieu de l'essence de Mort. La brume tournoya autour de la lame, telle une caresse, s'envolant vers la main et le bras de Belial comme pour le goûter.

— Prends-moi, ordonna Belial. Pas la petite. Elle n'est qu'une enfant encore faible. Ce sera bien trop facile de te vaincre dans son corps. Moi je suis aussi ton petit-fils, et je suis presque aussi âgé que toi. Avec nos pouvoirs combinés, personne ne pourra nous arrêter.

— Belial ! s'écria Hannah. Ne fais pas ça !

Je l'attrapai par la main et la retins.

— Non. Il en est capable. J'ai foi en lui.

Elle me regarda comme si j'étais fou, mais il n'y avait qu'une seule personne ici suffisamment forte pour contenir Mort. Hannah et moi ne le pouvions pas, nous étions déjà des Anciens Dieux. Ce devait être Belial.

— Et si nous le perdions ? murmura-t-elle.

Je lui serrai la main.

— Nous ne le perdrons pas.

— Pourquoi souhaites-tu détenir ce pouvoir ? demanda Mort à Belial.

Notre fils aîné se redressa, les yeux étincelants de fureur.

— Pour renverser mon père une bonne fois pour toutes et revendiquer ma place légitime en tant que roi des démons.

Ses mots me frappèrent à la poitrine. Après tout ce que nous avions traversé, mon fils pensait-il vraiment cela ? Avait-il fait tout ceci rien que pour avoir la chance de s'emparer du pouvoir d'un Ancien Dieu ? M'étais-je vraiment trompé à son sujet ?

Mort gloussa.

— Tu me plais, petit-fils. Peut-être que ma descendance a simplement sauté une génération. Oui, tu feras un bon hôte, du moins jusqu'à ce que la fille vieillisse. Mais je demande un sacrifice.

Belial ferma brièvement les yeux, puis regarda sa mère, s'attardant sur elle, stoïque. Ensuite, il se tourna vers moi et je vis la vérité dans son regard, comme si j'avais été touché par le pouvoir d'Hannah. Belial ne voulait pas de la puissance de Mort. Il faisait cela seulement pour sauver sa sœur. Il le faisait pour *nous*.

Il contempla ensuite Aurore, toujours dans les bras de Damien, et serra la mâchoire.

— Tout ce que tu voudras, dit-il à Mort.

— Je te demande de sacrifier ton âme, réclama Mort d'une voix rauque.

— Belial, non ! cria Hannah.

Elle se précipita pour tenter de l'arrêter à tout prix mais je la pris dans mes bras, souhaitant qu'il existe un autre moyen de vaincre Mort et de sauver mon fils. Si Hannah et moi avions pu vaincre les Anciens Dieux en nous, je devais croire que Belial y parviendrait également. Peu importe la manière.

Belial nous jeta un dernier regard comme pour nous dire adieu, avant de hocher la tête aux paroles de son grand-père.

— Marché conclu.

Je ne pus qu'ensuite regarder avec horreur mon fils devenir Mort, le pourfendeur des mondes.

HANNAH

Alors que l'essence violette finissait de disparaître à l'intérieur de mon fils, je lâchai un cri torturé qui tonna avec force et rudesse tout autour, puis résonna, comme si tout l'Enfer partageait ma peine. Derrière nous, le bataille faisait toujours rage, mais rien de tout ceci n'importait. Tout ce dont je me souciais, c'était que j'allais perdre mon fils à cause de Mort.

J'agrippai la main de Lucifer, l'entraînant avec moi pour nous rapprocher de Belial. Mes ailes se déroulèrent quand mes jambes ne bougeaient pas assez vite. Putain. Un Ancien Dieu ne pouvait s'emparer d'un autre de mes hommes. Mort ne prendrait pas mon fils.

— Belial !

Son nom s'arracha de ma gorge.

— Belial, il faut que tu luttes !

Belial était à genoux, pris de tremblements suite à l'intégration de Mort. Mais ensuite, il leva la tête et croisa mon regard avec ses yeux luisants. Un gloussement atroce s'échappa de sa bouche, alors que de la magie violette ondulait sur son corps, faisant briller ses veines et ses os même de l'extérieur d'une manière terrifiante.

Theo atterrit devant moi, essayant de s'interposer devant mon fils mais Lucifer attrapa la gargouille par la gorge. Il déploya une tentacule ténébreuse pour s'emparer de l'Étoile du Matin, tombée quand Belial était devenu Mort, et la prit en main. Sans aucune hésitation, Lucifer utilisa l'épée étincelante pour décapiter Theo. Ensuite, Lucifer jeta le cadavre de la gargouille sur le côté, tel une poupée, puis tendit l'Étoile du Matin à Kassiel et s'essuya les mains.

J'étais incapable de me réjouir de la mort de ce traître, car tout ce que je voyais, c'était Belial. Celui-ci déploya ses ailes teintées de violet tout en contemplant son armée de morts-vivants disséminée sur le champ de bataille. Quand Belial était enfant, il faisait d'horribles cauchemars. Je lui caressais alors la tête et le rassurais jusqu'à ce qu'il se rendorme, mais Mort n'était pas un monstre dont je pouvais me débarrasser. Si ma seule volonté avait suffi, on m'aurait rendu mon fils immédiatement.

— Combats, Belial ! m'écriai-je. Rappelle-toi qui tu es vraiment !

Il lâcha un autre affreux gloussement.

— Qui je suis ? Je suis Mort. Belial n'est plus. Il était faible et désormais, il n'est plus là.

Lucifer serra les poings.

— Non, il est encore là. Tu es Belial. Notre premier enfant. Notre fils le plus puissant. Je sais que tu peux le combattre. Ne le laisse pas gagner.

Belial se jeta soudain sur Lucifer, enroulant ses mains autour du cou de mon compagnon. Les yeux de Lucifer s'écarquillèrent quand Mort aspira sa vie, le faisant pâlir.

— Je suis Mort, et tu vas mourir !

Au lieu de le combattre, Lucifer enlaça son fils.

— Si tu ressens le besoin de me tuer, alors qu'il en soit ainsi. Si je pouvais donner ma vie pour te sauver, je le ferais. Je sacrifierais tout pour toi avec plaisir.

Mort rugit et relâcha Lucifer, s'éloignant de nous. Il secoua la tête comme s'il était confus, et je sus que Belial était en train de le repousser. Tout ce dont il avait besoin, c'était d'un peu d'aide de sa famille.

Je fis signe à mes autres fils de s'approcher de Mort. Tout comme avec Guerre, je devais croire que Belial ne me ferait pas de mal. Lucifer à mes côtés, Kassiel se plaça à gauche, et Damien à droite. Aurore décolla de Damien et vola vers moi. Je l'attrapai dans mes bras et embrassai son visage, si soulagée de la revoir. Toute ma famille, réunie à nouveau. À présent, nous devions sauver l'un des nôtres.

— Belial, nous t'aimons, lui dis-je alors qu'il nous jetait un regard noir. Concentre-toi là-dessus. Concentre-toi sur ta famille.

— Ne laisse pas les blessures du passé dicter tes actions, mon frère, dit Damien.

— Je t'en prie, reviens, ajouta Kassiel. Nous sommes tous là à t'attendre.

— L'amour n'est que mensonge, déclara Belial. L'amour rend faible. L'amour n'est *rien*.

— C'est Mort qui parle, dit Lucifer. Pas toi.

— Que sais-tu de l'amour ? demanda Belial en foudroyant son père du regard. Tu m'as négligé quand j'étais enfant. Tu m'as banni de l'Enfer. Tu as prétendu que je n'existais pas pendant des siècles. Et maintenant tu me parles d'*amour* ? Où était ton putain d'amour à l'époque ?

— Je suis désolé, dit Lucifer d'une voix légèrement tremblante. J'ai commis beaucoup d'erreurs. J'ai laissé mon orgueil m'empêcher de faire ce qui était juste. Mais je t'ai toujours aimé, et j'ai toujours été fier de toi, même si je n'ai pas su le montrer. Je te promets de faire mieux à l'avenir.

Belial répondit en levant les bras. Son armée de morts-vivants nous chargea, percutant nos autres soldats pour arriver jusqu'à nous. Il était en train de perdre face à Mort. Nous devions agir. Trouver autre chose. Je pensai au début à aspirer son pouvoir, comme je l'avais fait avec Adam et Fenrir, mais nous serions alors coincés avec Mort sans hôte et sans savoir où le mettre. Nous devions aider Belial à prendre le dessus.

Je repensai à la manière dont Lucifer et moi avions renversé nos Anciens Dieux, et comment nous avions fait appel à nos natures contraires pour répliquer. Avec Famine, j'avais utilisé la croissance. Avec Guerre, Lucifer avait utilisé la paix. Ce qui signifiait qu'avec Mort, Belial devait utiliser la vie. Mais comment ? Il ne possédait pas ce don.

Lui non, mais moi oui.

Lucifer contempla la horde de morts-vivants qui approchait, mais nos soldats la repoussaient, pour l'instant en tout cas. Déméter et ses guerriers féeriques utilisaient la magie de l'air et d'élégantes épées pour les maintenir à distance. Gabriel et les autres anges envoyaient des jets de lumière et volaient au-dessus de la bataille, portés par leurs ailes flamboyantes. Baal, Lilith et Samaël menaient les démons et les Déchus. Parmi eux, je vis Zel taillader des métamorphes et des gargouilles, tandis que Cerbère démantelait des squelettes membres après membres. Ils nous faisaient tous gagner du temps, suffisamment pour sauver notre fils.

Je calai Aurore sur ma hanche puis tendis la main vers les autres. Ils saisirent mon idée, ainsi ma famille se prit la main en encerclant Mort. Il nous jeta un regard assassin de ses yeux violets, mais Belial l'empêcha d'attaquer, comme je m'y attendais.

— Qu'est-ce que vous faites ? demanda Mort avec un rire glacial. Vous ne pouvez pas m'arrêter.

Je libérai les pouvoirs de Famine, mais au lieu d'aspirer l'énergie, je la diffusai. Ma famille fit circuler la vie et la versa dans Mort, le faisant hurler. Lucifer libéra également les pouvoirs de Guerre, mais il les inversa, insufflant des sentiments d'amour et de paix dans notre fils et non de colère et de haine.

— Mort ne me prendra pas mon fils, aboyai-je en sentant Mort lutter en tentant de réprimer mon pouvoir qui donnait la vie. Je suis la déesse de la vie et mes enfants possèdent aussi ce don. Tu m'as maudite en me faisant mourir encore et encore, mais renaître sans cesse n'a fait que m'aguerrir. À présent, je donne ce pouvoir à Belial.

Ça fonctionnait. Mort était en train de relâcher son emprise sur Belial. Je vis les yeux de mon fils briller à nouveau. Mais je n'étais pas sûre que ça suffise, même si nous lui envoyions tous de la vie et de l'amour. Mort était tout simplement trop puissant, tel un trou noir qui aspirait tout.

Mais soudain, Aurore s'échappa de mon bras pour s'envoler vers Belial. Je lâchai un petit sanglot en tendant la main vers elle. C'était cependant trop tard, et elle atterrit dans ses bras, s'agrippant à lui. Belial baissa la tête vers elle. Il attrapa sa sœur d'un mouvement presque robotique. Je retins mon souffle en attendant de voir ce qui allait se passer. J'étais terrifiée, mais j'avais aussi confiance. J'étais sûre que Belial ne ferait pas de mal à sa sœur. Sûre que l'amour l'emporterait sur tout.

— Oui, tu feras un excellent hôte un jour, dit Mort, et mon espoir faiblit.

Aurore toucha ensuite le visage de Belial. Ils se regardèrent les yeux dans les yeux et quelque chose passa entre eux. Le pouvoir. La vie. *L'amour.*

— Be be be, prononça Aurore d'une voix claire au milieu de la bataille.

Essayait-elle de dire son nom ? Il la regarda en cillant comme s'il se posait la même question. Elle le regarda avec une adoration authentique de bébé, ses yeux brillant d'amour pour ce grand frère ronchon. Ça suffit pour le pousser à bout.

Belial renversa la tête en arrière avec un rugissement. Il se livrait à une bataille intérieure, et nous ne pouvions rien faire de plus pour lui. Cela sembla durer une éternité mais ensuite, Belial prit le dessus, et la lueur violette disparut à l'intérieur de son corps. Il tituba et je me précipitai pour lui prendre Aurore, pendant que Lucifer le soutenait dans ses bras.

Belial toussa.

— Il... il est parti.

— Oui, mon père n'est plus là, confirma Lucifer. Mais Mort est toujours là. Tu es un Ancien Dieu à présent.

— Comment tu te sens ? demanda Kassiel.

— Super, répondit Belial ironiquement.

Il s'écarta de Lucifer et se tint debout de lui-même.

— Comment est-ce possible ? demanda Damien.

Je haussai légèrement les épaules en souriant à mes fils.

— L'amour est plus fort que la mort.

Lucifer acquiesça.

— Oui, l'amour perdure, même après la mort. C'est la raison pour laquelle nous pleurons quelqu'un ou sourions au souvenir de cette personne. C'était la chose que Mort détestait le plus au monde, et la raison pour laquelle il nous a maudits, Hannah et moi, il y a toutes ces années. L'amour est la seule chose qu'il n'a jamais pu tuer.

— C'est bien beau tout ça mais ça te gênerait de stopper cette foule de morts-vivants avant qu'ils tuent ma grand-mère ?

demanda Damien en inclinant la tête vers la bataille derrière nous.

— Oh. Oui.

Belial leva les mains pour ordonner silencieusement aux morts-vivants d'arrêter. Ils tombèrent tous, leurs os s'écroulant au sol ou redevenant poussière.

Une fois partis, la bataille se termina. Métamorphes, diablotins et autres traîtres se rendirent. Nous pûmes enfin souffler de soulagement.

Je pris Aurore dans mes bras et la serrai fort contre ma poitrine, déposant des baisers sur ses cheveux blonds.

— Brave petite, murmurai-je. Tu as vu ce que tu as fait ? Tu as sauvé ton frère.

Je la serrai à nouveau contre moi et ses doigts frappèrent ma joue. Je tournai la tête pour embrasser ses petites mains tandis que Lucifer nous enlaçait toutes les deux, nous entourant de ses bras et de ses ailes.

Il lâcha un soupir et se pencha pour embrasser Aurore sur la tête.

— Vous avez été incroyables toutes les deux.

Aurore gloussa et tendit les mains vers ses plumes. Il la laissa les caresser quelques instants avant de me la prendre et de rabattre ses ailes. Je me dirigeai alors vers Belial.

— Tu vas bien ? demandai-je en l'enlaçant longuement.

J'avais failli le perdre aujourd'hui.

— Je vais bien, dit-il en se dégageant doucement de mon étreinte. Grâce à toi.

Ce furent bien ses mots mais j'étais sa mère et je savais qu'il mentait. Quelque chose était différent chez lui. Il était plus froid. Plus vide.

Mais évidemment qu'il était différent. C'était un dieu désormais.

Lucifer s'approcha ensuite et serra l'épaule de Belial, toujours Aurore dans les bras.

— Je savais que tu en étais capable.

— Vraiment ? demanda Belial, sincèrement surpris.

Il hocha la tête.

— Je n'ai jamais douté que tu trouverais un moyen de nous revenir.

— Be be be, baragouina Aurore.

Belial lui fit une grimace qui ressemblait presque à un sourire en tendant une main vers elle.

— Mais tu as sacrifié ton âme, dit Kassiel. Qu'est-ce que ça signifie ?

Damien se tapota les lèvres.

— Père a sacrifié ses souvenirs, mais ils lui sont revenus. L'âme de Belial pourrait-elle revenir elle aussi ?

Je secouai la tête.

— Je ne sais pas. J'espère.

Lucifer passa un bras autour de ma taille.

— Nous sommes tous là. Réunis à nouveau. S'il existe un moyen de sauver l'âme de Belial, nous le trouverons.

Belial leva les yeux au ciel.

— Je vais bien. Vraiment.

Il semblait en effet aller bien. C'était difficile de savoir ce que la perte de son âme avait exactement provoqué en lui. Je priai que ce ne soit pas dramatique, et qu'il serait capable d'avancer dans la vie, avec un peu plus de puissance maintenant. Dans tous les cas, je savais que de retour à la maison, je me rendrais de nouveau à la bibliothèque pour y chercher des réponses. C'était ce que j'avais l'habitude de faire après tout.

Un cheval de couleur pâle galopa dans notre direction et inclina la tête face à Belial, qui semblait surpris par la tournure des événements. C'était un Cavalier désormais, comme Lucifer et moi. Cependant nous n'étions désormais plus que trois sur Terre, ce qui signifiait que la menace d'une apocalypse était écartée. Après tout, toutes les prophéties mentionnaient quatre Cavaliers.

Alors que l'Enfer se calmait autour de nous, je m'appuyai contre Lucifer, contemplant le champ de bataille et les effets de notre guerre apocalyptique. Une guerre que nous avions gagnée contre toute attente. Marcus et d'autres anges étaient en train de soigner les blessés. Romana et Azazel avaient regroupé les ennemis restants et les maîtrisaient, tandis que Cerbère maintenait les prisonniers alignés en grondant. J'aperçus Déméter parmi les fées, ajustant sa couronne de guerre. Tous les gens que j'aimais étaient venus se battre à nos côtés, et nous étions victorieux.

Une immense vague de soulagement me submergea alors que je me tournais vers Lucifer, portant toujours Aurore. Je les pris dans mes bras, les serrant fort. Nous étions libres. Libérés de la malédiction de Mort. Libérés de la menace d'Adam. Libres d'avoir une vie normale. Bon, aussi normale qu'une vie pouvait l'être quand il y avait des anges, des démons, des fées, des bébés qui pouvaient voler et des chiens à trois têtes. Sans oublier un couple de Cavaliers de l'Apocalypse.

— Nous avons réussi ! s'exclama Lucifer avant de déposer un baiser sur mes lèvres. Nous avons gagné.

Je hochai la tête, les yeux embués par le bonheur.

— Rentrons à la maison fêter ça.

LUCIFER

Hannah et moi entrâmes dans la salle de réunion du Celestial. Nous avions décidé qu'elle continuerait à être la base opérationnelle de notre empire, même si nous avions désormais élu domicile en Californie du sud. Las Vegas était le centre principal des démons sur Terre et ça ne changerait pas. Après tout, avec Internet et un jet privé, nous pouvions gouverner de partout. Bon sang, que j'aimais ce siècle.

Ma reine et moi prîmes place à chaque bout de table. Je laissai mon regard se poser doucement sur chaque personne. Ça faisait trois semaines que nous avions arrêté Mort et Pestilence, et j'avais réclamé une réunion avec tous les archdémons, nouveaux comme anciens. J'avais quelques changements à faire pour préparer l'avenir de notre peuple, pour le conduire dans une nouvelle ère.

Lilith était assise à ma gauche, complètement remise de son enlèvement et toujours aussi charmante. Baal était à ma droite, vêtu d'un costume qui semblait avoir été confectionné à l'époque victorienne. À côté de lui se trouvait Romana, en face de Samaël, tous les deux stoïques. Puis à côté d'Hannah se tenait Valefar, représentant les dragons pour la première fois, et enfin Bastet, cheffe des métamorphes félins et nouvelle archdémon dans nos rangs. Elle m'avait rapidement prêté allégeance après la mort de Fenrir, jurant que son peuple éradiquerait la corruption et maintiendrait l'ordre dans les autres clans de métamorphes. Comme l'insurrection émanait en majorité de loups et d'ours, j'étais prêt à la laisser essayer. D'un autre côté, elle détestait Fenrir depuis des millénaires et était heureuse de prendre sa place, ce qui me rassurait de sa loyauté. Pour l'instant, en tout cas.

Le dernier siège était vide. Les diablotins n'avaient toujours pas choisi d'archdémon et, d'après ce que j'avais entendu, c'était le chaos dans leurs rangs. L'un des nombreux sujets à l'ordre du jour.

— Merci d'être venus aujourd'hui, dis-je. Nous avons pas mal de choses à discuter.

— Oui, de grands changements s'annoncent, dit Hannah en s'asseyant avec un sourire.

Les archdémons s'hérissèrent et se regardèrent entre eux.

— Les rumeurs sont-elles vraies ? demanda Romana. Vous vous retirez ?

Un rire jovial m'échappa.

— Non, bien sûr que non. Pourquoi penser une telle chose ?

À ces mots, les démons se calmèrent. Les immortels n'aimaient pas le changement. Ils avaient tendance à s'accrocher à leurs façons de faire, même quand celles-ci étaient obsolètes et qu'il était évident qu'évoluer leur serait profitable. Le changement était évidemment nécessaire pour la survie de notre peuple. J'avais beaucoup réfléchi ces dernières semaines et je m'étais rendu compte que j'avais échoué sur ce plan auparavant. Soit j'avais été trop réfractaire au changement, soit je l'avais appliqué trop vite. Mais à présent, j'avais Hannah qui gouvernait à mes côtés et qui m'aidait à trouver le bon équilibre.

Je m'assis lentement dans mon fauteuil comme si c'était un trône, le dos droit, reposant mes mains sur les accoudoirs.

— Le premier point, c'est une promotion. Samaël, lève-toi je te prie.

— Oui, mon seigneur ?

Il se leva avec réticence, surplombant la tablée.

— Samaël, Hannah et moi sommes heureux d'annoncer que tu es nommé officiellement archdémon des Déchus.

— Je... je ne comprends pas. Les Déchus n'ont pas d'archdémon.

— Ils ont en un maintenant, dit Hannah en gratifiant son ami d'un large sourire.

Je hochai la tête. Jusqu'à présent, j'avais été à la fois roi des démons et chef des Déchus, mais il était temps de déléguer davantage. De plus, Samaël méritait une promotion pour tout ce qu'il avait fait pour nous.

— J'aurais dû faire ça il y a des siècles.

— Je suis bien d'accord, dit Lilith en adressant un sourire sensuel à Samaël. Tu faisais déjà concrètement ce travail depuis des années de toute façon, Sam. Il est grand temps que tu en reçoives la pleine reconnaissance.

— Merci, dit Samaël en inclinant la tête, et les autres archdémons le félicitèrent. À la tête des Déchus, je ferai tout ce qui est en mon pouvoir pour les servir.

— Je sais que tu le feras, dis-je. Et j'en profite pour aborder le sujet suivant : la croyance que les Déchus ne seraient pas de vrais démons, ou que je les préfèrerais aux autres espèces de démons. C'est faux. Nous sommes tous des créatures de la nuit et les enfants de l'Enfer. Hannah et moi régnerons sur tous les démons de manière égalitaire et impartiale.

C'était l'une des excuses de Mammon pour avoir essayé de me renverser. Ces dernières semaines, après avoir discuté en privé avec d'autres archdémons, j'avais découvert que c'était un problème plus important que je ne l'avais imaginé. J'espérais qu'en nommant Samaël archdémon des Déchus, il s'imposerait comme chef et représentant et me permettrait d'agir de manière équitable avec toutes les espèces de démons. Après tout, je n'étais pas vraiment Déchu, plus maintenant, ni ma reine.

Je pianotai sur la table tandis que nous abordions le sujet suivant.

— Quant aux diablotins, nous leur donnons encore une semaine, et s'ils ne nomment pas d'archdémon, nous en choisirons un pour eux. Quelqu'un souhaite-t-il proposer une candidature ?

— Ce ne sera pas nécessaire, fit une voix chantante depuis l'embrasure de la porte.

Un brouhaha s'éleva alors que notre invité surprise entrait à grands pas dans la salle. Je n'avais pas vu cet homme depuis des siècles, et même s'il pouvait changer à volonté d'apparence, je reconnus aussitôt ce prétentieux suffisant : Loki.

Aujourd'hui, il apparaissait avec des cheveux noirs ondulés, des pommettes à couper le verre, des yeux verts malicieux et toujours son sourire caractéristique de filou. Un vieux diablotin, cousin de Némésis, mais aussi le père de Fenrir, qui avait hérité ses pouvoirs lupins de sa mère. Loki était-il là pour jurer fidélité ? Ou pour se venger ?

Je me levai, me préparant en cas d'attaque.

— Bienvenu, Loki. Ça fait longtemps.

— Où étais-tu toutes ces années ? questionna Bastet en secouant ses cheveux brun foncé.

Sa façon de parler me fit penser qu'ils avaient dû être ensemble autrefois.

Loki agita la main avec un sourire énigmatique.

— Oh, tu sais. Ici et là. Je traînais, je me suis occupé, mais il semble qu'on a besoin de moi en ce moment. Je viens en tant que nouvel archdémon des diablotins, prêt à jurer fidélité au bon vieux Lucifer et à son adorable reine.

Il fit un clin d'œil à Hannah, et je retins à peine un grognement.

Je me contentai toutefois de hausser un sourcil en direction d'Hannah, lui demandant silencieusement s'il disait la vérité. Elle l'étudia attentivement, lisant certainement son aura, puis elle hocha la tête.

— Oh, parfait, je vois que vous approuvez.

Loki s'inclina de façon sophistiquée devant nous.

— Je suis votre humble servant, mon roi et ma reine. Je vous prête allégeance et jure de vous servir au mieux comme archdémon.

Je n'aimais pas ça, je n'aimais pas ça du tout. Loki était le plus grand escroc de tous les temps, rusé comme un renard. S'il n'était pas apparu depuis des siècles, il devait y avoir une raison, que nous ne connaîtrions pas avant de nombreuses années. Je ne croyais pas une seconde qu'il était revenu parce que les diablotins avaient besoin de lui. Mais qu'est-ce qu'on disait déjà : sois proche de tes amis mais encore plus de tes ennemis ?

Je lui adressai un des mes propres sourires charmeurs.

— Nous sommes ravis de t'avoir avec nous. Je t'en prie, assieds-toi.

Tous les regards suivaient Loki alors qu'il prenait place.

— Avec plaisir.

Hannah lança un sourire chaleureux à la tablée et attira l'attention sur elle quand elle reprit :

— Maintenant que le problème d'archdémon est réglé, nous pouvons passer à la suite. L'Enfer.

— Qu'en est-il ? demanda Baal.

Je me rassis.

— Nous allons commencer à le reconstruire.

Cela éveilla l'intérêt de tout le monde.

— Vous prévoyez d'y retourner ? demanda Valefar.

C'était une autre chose que son père, Mammon, avait voulu. Après discussion avec les autres archdémons, il semblerait que nombre de mes sujets souhaitaient également cela, tandis que d'autres ne ressentaient pas du tout le désir de quitter la Terre.

— Un jour, oui, dit Hannah. Une fois l'Enfer reconstruit et habitable, nous ouvrirons un portail pour tous les démons qui souhaitent y retourner. Nous savons que beaucoup ont fait de la Terre leur domicile et ne voudront pas partir, mais d'autres ont hâte de revenir dans notre ancien royaume.

— Nous aimerions monter une équipe de représentants des sept espèces de démons pour mener ce projet à bien, expliquai-je. Merci de choisir cinq de vos gens qui, selon vous, seraient les plus aptes à cette mission, et transmettez-nous leurs noms à la fin du mois.

Baal hocha la tête avec respect.

— Cela aidera à unir notre peuple.

— Vous croyez ? demanda Lilith. Ça ne va pas plutôt créer une scission entre les démons de la Terre et les démons de l'Enfer ?

— Nous essaierons d'éviter cela en permettant aux démons de se rendre librement d'un royaume à un autre, dit Hannah.

Valefar se frotta le menton.

— Mon peuple approuverait cela. L'Enfer est bien plus sûr pour mes dragons que la Terre mais nous sommes si peu nombreux que nous aurons également besoin de ce royaume pour nous multiplier et redévelopper notre espèce.

Bastet se pencha vers moi et demanda :

— Mais allez-vous gouverner les démons sur Terre ou ceux en Enfer ?

— Les deux.

Je braquai mon regard sur tous ceux qui pourraient essayer de me défier, puis les gratifiai d'un autre sourire désarmant.

— Bien que j'en sois incapable sans mes archdémons. J'ai besoin de vous tous plus que jamais. Je vois un brillant avenir pour notre peuple mais il nous faudra travailler tous ensemble pour ouvrir aux démons la voie d'une nouvelle ère.

Loki applaudit doucement puis sourit aux autres.

— Eh bien, je ne sais pas pour vous, mais il m'a persuadé. Comptez sur moi, vieux Malin.

Je tentai de ne pas grincer des dents à ce vieux surnom et maintins mon sourire.

— Excellent. Maintenant, s'il y a des sujets que vous aimeriez aborder, allez-y.

Bastet présenta son plan pour gérer les différentes meutes de métamorphes et les autres y allèrent de leurs idées et questions. Tandis que la réunion continuait, je me surpris à revenir sans cesse sur Hannah, l'observant diriger l'assemblée avec aisance. Elle avait tellement changé, difficile de croire qu'elle était la même femme innocente qui était venue frapper à ma porte pour me demander une faveur. Mon Ève. Ma Perséphone. Ma Hannah.

Elle croisa mon regard et m'offrit un sourire rien que pour moi, rempli d'amour et de respect. Elle était mon égale. Ma compagne. Ma femme.

Ma reine.

HANNAH

Je m'étirai et roulai dans le lit, ne désirant pas vraiment me réveiller mais l'étant quand même. Non pas que j'avais besoin de dormir, bien sûr. J'aimais simplement ça. Ça me donnait l'impression d'être moins... divine.

— Bonjour.

La voix de Lucifer était chaleureuse et pleine de promesses. Quand sa main effleura ma hanche, je me fichai tout à coup d'être réveillée. Il m'embrassa le cou, ses doux cheveux caressant ma joue avant même que j'ouvre les yeux. J'avais le sentiment qu'il était réveillé depuis des heures. Contrairement à moi, ça lui était égal de dormir.

— 'jour, murmurai-je en retour, savourant son toucher et sa bouche chaude tandis qu'il me bécotait la mâchoire.

La maison était silencieuse. Paisible.

J'ouvris les yeux.

— Aurore.

La main de Lucifer était sur ma joue, ses yeux posés sur les miens.

— Elle dort encore. Reste là avec moi.

Il se reprit à me mordiller alors que sa main frôlait à nouveau ma hanche, puis se posait sur mes côtes pour que son pouce appuie doucement sous mon sein.

Je souhaitais l'encourager, mais j'étais obnubilée par l'organisation de la fête, des traiteurs, des invités et de ma fille qui fêtait ses un an. J'aurais du temps pour Lucifer plus tard. Je m'en assurerais.

— Bien que j'aie envie de continuer, je dois gérer plein de merdes, soupirai-je.

Lucifer rit à ces mots éloquents.

— Quelles merdes ?

— Des trucs de fête, clarifiai-je. Aurore n'aura un an qu'une seule fois, et les invités s'attendront à une fête, pas à nous rejoindre dans notre chambre pour la plus grosse orgie du monde.

Ses yeux papillonnèrent d'intérêt.

— Une orgie ? Comme c'est vieille école. Tu sais que je suis pour.

Je ris et pressai ma paume contre son torse en m'éloignant de son corps.

— Peut-être une autre fois. Je vais d'abord à la douche.

Je m'arrêtai une fraction de seconde, sachant ce que j'allais entendre.

— Économisons l'eau, dit Lucifer d'une voix traînante et se levant dans toute sa splendide nudité.

J'arborai un grand sourire. D'accord, peut-être que les trucs de la fête pouvaient encore attendre un peu.

Je contemplai nos amis et notre famille de la même manière qu'à la bataille contre Pestilence et Mort. Cette fois-ci cependant, l'atmosphère autour de moi résonnait de rires plutôt que de hurlements. Aujourd'hui, tous les gens que nous aimions étaient réunis pour célébrer le premier anniversaire d'Aurore, et je ne pouvais être plus heureuse. On avait à nouveau monté des tentes dans notre jardin et apporté des tables et des canapés d'extérieur. Un énorme buffet trônait sur un côté, avec un bar, naturellement. Lucifer n'aurait pas fait sans.

Je cherchai des yeux ma fille et l'aperçus avec Déméter. Évidemment. Déméter faisait preuve de la plus grande des patiences à tenir la main d'Aurore pendant que celle-ci avançait en titubant, s'efforçant à marcher. Elle tournait en rond dans le jardin, s'appuyant sur ses petites cuisses potelées, tandis que ses ailes essayaient de l'élever.

Des ballons de baudruche voletaient, et Aurore essayait de les attraper en s'élevant haut, haut, haut, puis elle les éloignait avec ses tentatives maladroites pour les capturer. Déméter l'attrapait et souriait, l'embrassant sur les joues, la couvant de son amour de grand-mère. Déméter était encore un peu froide avec Lucifer et moi, mais elle ne ressentait que de la chaleur envers Aurore.

Derrière elle, Lilith était assise avec Brandy et Asmodée, faisant sautiller le petit Isaac sur ses genoux. Elle avait l'air complètement gaga de son petit-fils, tandis que Samaël, Baal et Gabriel discutaient à côté d'elle. Olivia, la fille de Lilith et de Gabriel, vint s'asseoir à côté d'elle, prenant le bébé dans ses bras en souriant. Callan, Marcus et Bastien étaient attablés non loin. Je souris à cette grande famille dans laquelle Brandy était curieusement intégrée. Je parie qu'elle n'imaginait pas une seconde dans quoi elle allait s'embarquer en tombant amoureuse d'Asmodée. À en juger par son sourire et l'amour que son fils recevait, elle s'en fichait totalement.

C'était aussi ma famille, bien sûr. Olivia était liée à mon fils et à mon neveu, ce qui nous reliait tous. Je ne souhaitais pas que ce soit différent.

— Jolie fête, dit Zel en passant un bras autour de mes épaules. Je n'ai toujours pas le droit de donner à Aurore ses poignards ?

Je soupirai et ris en même temps.

— Pas avant quelques années.

— Mince. J'avais hâte de commencer son entraînement.

Je m'appuyai contre ma meilleure amie.

— Elle est encore trop jeune, mais dans quelques années, tu pourras lui apprendre tout ce que tu sais. Je ne peux imaginer meilleur mentor pour elle.

Zel grommela :

— Très bien, je suppose que je peux encore attendre un peu. Au moins jusqu'à ce qu'elle marche comme il faut.

— Merci.

J'étudiai son regard, à la recherche de traces de tristesse.

— Mais ça te suffit ça ? Tu es heureuse ici avec nous ?

Zel haussa les épaules.

— Je suis satisfaite. J'ai un but. Je suis avec les gens que j'aime. Ça me suffit.

J'acquiesçai lentement de la tête, mais j'espérais qu'un jour Zel serait capable de retrouver l'amour, malgré la mort de sa compagne. Était-il possible d'avoir une seconde moitié prédestinée ? Je n'en étais pas sûre mais à ce stade, je me contenterais que Zel rencontre une belle femme qui la fasse sourire.

Je cherchai mes fils et aperçus Damien et Kassiel assis ensemble à l'extrémité des tentes, occupés à boire des bières. Ils étaient détendus, plaisantaient et caressaient les nombreuses têtes de Cerbère tandis qu'il essayait de voler le fromage dans leurs assiettes. Mais où était Belial ?

Je le vis debout, seul, en train de contempler l'océan. Il avait les mains dans les poches de son jean et le vent qui ébouriffait ses cheveux foncés. Mon cœur se serra en le voyant, inquiet, mais Lucifer le rejoignit et les deux discutèrent calmement. Quelles que furent leurs paroles, le vent les emporta avant d'atteindre mes oreilles, mais j'étais simplement heureuse qu'ils se reparlent.

Belial avait toujours l'air différent, mais il jurait qu'il allait bien. Je n'étais pas sûre de pouvoir faire quelque chose pour lui à l'heure actuelle, et si même c'était possible. Comme Lucifer et moi, il avait dû apprendre à être un Ancien Dieu, avec Mort comme partie permanente de lui à présent, et tout ce que ça impliquait. Ce n'était pas facile, mais Lucifer et moi étions là pour lui s'il rencontrait des problèmes. Quant à l'absence de son âme... eh bien, je ne savais toujours pas ce que cela signifiait, mais je le découvrirais. Quand Lucifer et moi étions résolus, rien ne pouvait nous arrêter.

En continuant à observer les invités, Lucifer se plaça derrière moi, posa ses mains sur mes hanches et déposa un baiser dans mon cou.

— À quoi tu penses ?

— Au destin. La vie. L'amour.

Il se blottit dans mon cou.

— Le sexe ?

Un rire bref m'échappa.

— C'est tout ce qui t'intéresse ?

Les mains de Lucifer avaient déjà migré vers mes fesses.

— Quand tu portes des petites robes légères comme ça, oui.

— Plus tard, promis-je en m'assurant de tenir ma promesse. Après le départ des invités.

— J'en prends note.

Fidèle à ses paroles, Lucifer me rejoignit sur le balcon plus tard dans la soirée. La fête était terminée, Aurore était au lit et je contemplais l'océan, tout comme l'avait fait Belial plus tôt.

— Tu penses encore à l'amour ? questionna Lucifer en s'avançant.

Il était désormais torse nu, seulement vêtu de son pantalon noir qui épousait son corps à la perfection.

— Avec toi ? Toujours.

— Tu m'as fait une promesse.

Ses mains effleurèrent mes flancs tandis qu'il relevait la robe que je portais pour exposer mes cuisses.

— J'avais une idée... Quelque chose que nous n'avons pas fait depuis de nombreuses années.

Je haussai les sourcils.

— Qu'est-ce donc ?

Il me retira ma robe pendant que ses ombres magiques arrachaient tout ce que je portais en dessous. Puis, il baissa son propre pantalon, libérant son sexe impressionnant.

Il me prit la main tandis que ses ailes noires se déployaient derrière lui.

— Viens avec moi, mon amour.

Je déployai mes propres ailes argentées et ensemble, nous nous élançâmes dans la nuit, complètement nus, la magie ténébreuse de Lucifer nous dissimulant aux regards. Une fois au-dessus de notre domaine, j'admirai le paysage, appréciant la vue de notre maison. Notre palais sur Terre.

Mais ce n'était pas pour ça que Lucifer m'avait conduit jusqu'ici. Il m'attira vers lui, les ailes bien étirées derrière lui. Puis, sa bouche s'écrasa sur la mienne pendant que ses mains retrouvaient mes cuisses. Son baiser était ferme et avide, tout comme ses doigts sur ma peau. Mon désir grimpa immédiatement en comprenant ce qu'il avait en tête.

Je posai les mains sur les épaules de Lucifer et sentis les muscles fléchir et bouger sous mon toucher tandis qu'il continuait à me couvrir de baisers. Des baisers mouillés et langoureux dans mon cou. Une légère morsure. Le bout de sa langue sur ma clavicule, et la douce caresse de ses doigts sur mes seins, effectuant des ronds sur mon téton jusqu'à ce qu'il durcisse et que je me cambre contre lui.

— Je vois que j'ai toute ton attention maintenant, dit-il avec un sourire suffisant.

— Mmhmm.

J'emmêlai mes doigts dans ses cheveux alors que ses lèvres se refermaient sur mon téton avant de l'aspirer dans sa bouche. Il s'occupa ensuite de mon autre sein. Sa queue ferme reposait lourdement contre ma cuisse. Je souris quand il fit un léger mouvement de va-et-vient contre ma peau.

— Je vois que je ne suis pas la seule à être attentive.

— Si seulement tu savais à quel point tu m'as tourmenté tous ces siècles, à quel point tu pouvais faire réagir mon corps d'un simple regard, ou rien que par ta respiration, ton sillage dans une pièce...

— Je comprends tout à fait ce que tu ressens.

Je tirai ses cheveux, attirant sa bouche sur la mienne, pendant que mes ailes battaient doucement derrière nous pour nous maintenir dans les airs. Le vent soufflait doucement contre nous, l'air nocturne frais soufflant contre ma peau, mais je savais que le toucher de Lucifer me garderait au chaud.

Il me fit plaisir, ses lèvres s'écarquillant en un sourire avant de capturer les miennes. Sa langue se glissa dans ma bouche, avec douceur et lenteur à la recherche de quelque chose, mais sans se presser. Elle prit son temps parce nous en avions plein. Pas d'urgence, personne à combattre, personne en danger.

Je lui rendis son baiser, savourant notre liberté. Je parcourai son corps, sillonnant les vallées entre ses muscles, puis caressai son membre, qui se durcit davantage lorsqu'il eut le souffle court.

— Aguicheuse.

Je ris et posai un baiser sur sa gorge.

— Tu aimes ça.

— Je t'aime de toutes les manières, Hannah.

Il agrippa mes jambes et les enroula autour de ses hanches, tandis que ses ailes noires battaient derrière lui.

— De toutes les manières. Et je vais te posséder maintenant.

J'enroulai les bras autour de son cou et me serrai contre lui.

— Des promesses, des promesses.

Toujours planant, il avança les hanches et son gland explora les plis de mon sexe. Je resserrai les jambes autour de lui quand il me pénétra dans sa totalité. Deux personnes ne pouvaient être plus proches. Deux moitiés, liées pour ne faire plus qu'un, nos âmes entremêlées de la même manière que nos corps. Nous étions le roi et la reine de la nuit, et nous consommions notre amour au milieu des étoiles.

Les mains sur mes hanches, Lucifer se mit à effectuer des va-et-vient. Il utilisa ses ailes pour se propulser avec davantage de force. Il commença lentement et doucement, durement et profondément. Puis j'utilisai mes propres ailes pour me pousser contre lui, accélérant le rythme. Il grogna et s'éleva tout à coup plus haut. J'étais empalée sur sa queue tandis que nous ne faisions plus qu'un dans la nuit, touchant la lune. Je me tins à ses épaules et le laissai prendre les rênes.

Nous décollâmes à une vitesse folle, nos corps liés. Faire l'amour dans les airs n'avait pas son pareil, c'était un véritable corps-à-corps. Chaque coup de rein était compensé par un battement d'ailes pour nous stabiliser. Les plumes de Lucifer me caressèrent, leur toucher délicat contrastant avec ses mouvements saccadés. Ses doigts me faisaient presque mal alors qu'il mouvait mon corps contre le sien, visant juste à chaque fois.

Nous fîmes l'amour comme seuls des dieux le pouvaient, nous déhanchant avec plus de force et de rapidité qu'aucun humain, notre plaisir renforcé par le pouvoir qui nous parcourait et la façon dont nos ailes embrassaient le ciel. Je caressai ses plumes et il lâcha un grognement sourd.

— Putain, Hannah. Jouis pour moi.

Sa respiration s'accéléra en me pénétrant.

— J'ai envie de te sentir serrer ma queue quand tu perdras le contrôle.

— Quand je serai prête.

Je voulais que ça dure le plus possible, mais je ne pouvais arrêter le plaisir qui montait en moi. Il était trop fort. Il me touchait à tous les endroits sensibles, et tout ce que je pouvais faire, c'était crier et gémir tandis qu'il me prenait de plus en plus fort. Ses mains se posèrent sur mes fesses, les pressant, réclamant obéissance.

— J'ai dit, jouis pour moi, gronda-t-il en plongeant profondément son sexe en moi.

Je me cambrai contre lui, mes ailes papillonnant quand l'orgasme me submergea de chaleur et de pouvoir. Lucifer gémit également tandis que je me contractais autour de sa queue, mes jambes toujours enroulées autour de ses hanches, refusant de le lâcher tant qu'il n'avait pas joui complètement en moi. Il donna un dernier coup de rein alors que nous nous agrippions l'un à l'autre, nos ailes nous maintenant à peine dans les airs pendant qu'un plaisir indicible nous faisait perdre le contrôle.

— Je t'aime, dit-il en enfouissant son visage dans mon cou. Dans toutes les vies. Pour l'éternité.

— Je t'aime aussi. À jamais.

Nous nous décollâmes l'un de l'autre afin de nous balader au-dessus de chez nous, sans nous lâcher la main. En regardant mon compagnon, les yeux brillants sous les étoiles scintillantes et le doux clair de lune, je ne ressentis que de l'amour et de la paix. Contre toute attente, Lucifer et moi nous étions retrouvés après des centaines de vies, nous étions parvenus à rompre la malédiction qui ne cessait de nous séparer. Nous avions vaincu Mort et enfin éliminé Pestilence. Nous n'avions plus à vivre dans la peur de ce que nous ferait Adam, à nous ou à nos enfants. Nous étions libres.

Et plus important encore, nous avions réuni notre famille. Nous étions résolus à ne plus jamais la déchirer, quelles que soient les menaces qui se profileraient. Quoi qu'il arrive, nous étions prêts pour le prochain chapitre de notre histoire.

Il était temps de vivre.

À PROPOS DE L'AUTEUR

Elizabeth Briggs est une auteure best-seller du New York Times. Elle écrit des romances paranormales et fantastiques avec des héroïnes audacieuses et des héros intrépides. Elle est diplômée de UCLA en sociologie et a depuis travaillé pour un cabinet d'avocats international, donné des conseils d'écriture à des adolescents et fait des missions de bénévolat pour secourir des chiens abandonnés. À présent, c'est une geek à temps plein qui vit à Los Angeles avec son mari, sa fille et une meute de chiens velus.

Visiter le site internet d'Elizabeth : www.elizabethbriggs.com

www.ingramcontent.com/pod-product-compliance
Lightning Source LLC
Chambersburg PA
CBHW050834190726
48286CB00007B/2087